진보에는 나이가 없다

진보에는 나이가 없다

최병권 지음

humanist

1

2003년 2월 초 문무대왕 수중 능 앞에 섰다. 참으로 긴 세월, 먼 길을 돌아 고향 땅 선조들 곁으로 왔다. 피플스 파워와 마르코스 장기 독재의 필리핀, 시베리아 동토와 옛 발해 땅에 살고 있는 고려인들, 베를린 장벽의 붕괴와 통일 독일, 엄청난 체제 개편기를 맞은 동유럽, 큰 것이 작은 것으로 계속 분열하며 유혈 내전으로 말미암아 역사의 '패자 캠프'로 줄달음치는 발칸 반도, 제1차 걸프전이 벌어지는 중동 땅, 자본주의라고 다 같은 것은 아니라며 미국과 영국의 앵글로색슨 경제 모델 수용을 한사코 거부하는 유럽 대륙 국가들의 새로운 '열린 애국주의' ……. 이러한 거센 물결을 뒤로한 채, 나는 지금 여기에 와 있다.

대왕 능이 눈앞에 바라보이는 동해 바닷가에는 겨울비가 내렸고, 해변 횟집에서 부르는 노랫가락이 빗소리에 젖어든다. 모든 게 황량하다. 석굴암 부처님의 눈길이 머무는 곳도 여기라는데, 성스러워야 할 이 땅이 왜 이처럼 방치된단 말인가? 또한 나는 왜 이처럼 황량한 겨울 바닷가에 서 있는가?

타버릴 듯한 마음으로 '평화'와 '통일'을 희구하기 위해서였다. 우리 힘만으로는 감당할 수 없는 엄청난 재앙이 하늘 저편에서 밀려오는 것도 아랑곳없이, 이 땅의 지도자라는 사람들은 서로를 할퀴고 물어뜯으며 밤낮 집안 싸움을 하느라 여념이 없다. 삼국을 통일해 이 땅의 백성들을 전쟁의 불구덩이에서 구해낸 뒤 죽어서도 용이 되어 나라를 지키겠다며 동해 바다에 수장하라고 한 문무대왕께, 빌고 또 빈다. 부디 전쟁의 불꽃이 이 땅을 비켜가게 해 달라고. 그리고 악의 무리들을 쫓아 달라고……

2

삼국 가운데 가장 작고 약했던 신라가 삼국 통일의 위업을 달성했던 것도, "명예에는 의무가 따른다"는 노블레스 오블리지(nobless oblige)에 충실했기 때문이 아니던가? 위험에 처하면, 고귀한 자가 먼저 몸을 던지는 것이 '노블레스 오블리지'다.

신라는 수구(守舊) 세력 중심의 성골 체제에서 과감히 벗어나, 김유신과 김춘추를 정점으로 신주류를 형성함으로써 삼국 가운데 가장 먼저 체제 개혁을 이루어냈다. 뒤이어 삼국 통일을 국가 비전으로 삼고, 내부의 힘을 여기에 집중했다. 더불어 지배층의 높은 도덕성을 바탕으로 사회 통합을 이루어냈다.

《오국사기》의 저자인 이덕일 선생도 약소국 신라가 삼국을 통일한 원동력을 신주류를 성공적으로 형성한 데서 찾는다. 신라 기득권층의 대표인 비담의 반란을 진압한 인물이 신라 주류 사회에서 천대받던 가야계의 김유신이라는 점은 큰 의미를 갖는다. 김춘추 또한 폐위당한 진지왕의 손자라는 약점을 가지고 있었다. 그러나 이들은 성골 귀족 대다수가 가담한 비담의 난을 진압하면서 신라 사회의 주류로 떠올랐으며, 높은 도덕성을 바탕으로 신라 사회를 하나로 통합해냈다. 《삼국사기》 '선덕여왕 11년조'를 한번 읽어보자.

김유신이 백제를 치고 돌아와 아직 왕을 뵙지 못했는데, 백제의 대군이 또 변경을 침범하자 왕이 유신에게 막으라고 경령했다. 유신은 집에 들르지도 못한 채 또다시 출정하여 2천 명의 목을 베었다. 그리고는 3월에 돌아와 왕에게 명령을 수행한 결과를 보고하고 집에는 아직 들르지도 못했는데, 백제가 또 침입했다는 급보를 받았다. …… 유신은 이번에도 집에 들르지 못하고 주야로 군사를 훈련시켜 서쪽으로 행군하는데, 도중에 바로 자기 집 문 앞을 지나게 되었다. 그때 집안 식구들이 모두 나와 보고 눈물을 흘렸으나, 공은 돌아보지 않은 채 그대로 지나쳐갔다.

김춘추와 김유신의 이 같은 '노블레스 오블리지'가 신라인들에게 삼국 통일이라는 국가 비전을 자기들의 것으로 삼게 했다. 신라인들은 새로운 지배층이 제시한 국가 비전과 그들의 헌신을 보며 일종의 '영적인 폭발 상태'로 접어들었고, 이것이 곧바로 삼국을 통일하는 원동력이 되었다. 이 같은 통일의 원동력은 태종무열왕 김춘추에게서 장자 문무왕에게로 이어져 통일을 국가 과제로 설정하고 이를 담당할 신주류를 만들어냄으로써 그 누구도 불가능하다고 생각했던 삼국 통일을 현실로 이루어냈다. '영적 폭발', 곧 '애국의 에너지'가 폭발했던 것이다.

이처럼 불타오르던 '신라 혼'은 다 어디로 갔는가? 지금 이 땅의 지도자들은 과연 어떤 모습을 하고 있는가? 돈으로 권력을 사고, 또 권력으로 돈을 끌어안으며, '노블레스 오블리지'는 고사하고 오히려 애국을 호탕하게 비웃는 것은 아닌가? 위기에 처한 이 나라에서는 더 이상 살 수 없다며, 돈과 자식들을 외국으로 빼돌리는 데 솔선수범하는 사람이 바로 이 땅의 지도자들이다. 기려야 할 '역사의식'도, 품어야 할 '민족의식'도 저버린 채 왜곡된 '자의식'만을 끊임없이 추구하는 오늘의 현실이 부끄러울 따름이다.

3

비 오는 동해 겨울 바닷가에 서서 영광과 굴욕의 지난 세월들을 되짚어본다. 천 년이 가고, 또 다른 천 년이 가고, 다시 새로운 천 년이 우리 앞에 펼쳐졌다. 새 백 년, 새 천 년이 지난날과 같을 수는 없다. 아니, 같아서는 안 된다. 탈법과 불법, 거짓말, 부패, 게으름, 욕심, 식민지 모방의식, 무례, 비굴, 폭력, 무기력, 허장성세, 안이함, 비겁함 따위와는 결별하고, 준법의식과 정직함, 깨끗함, 부지런함, 공공정신, 창조성, 진지함, 예의바름, 당당함, 평화로움, 역동성, 성실성, 정교함, 치열함을 바탕으로 용기가 빛을 발하는 새 역사를 창조해야 한다.

전자가 노예의 속성이라면, 후자는 주인의 품성이다. 이제는, 불평 불만을 끊임없이 토해내면서 앞선 자를 지치고 일그러진 얼굴로 뒤따라갈 것인지, 아니면 겸손하고 당당하게 역사를 이끌고 가는 기관차가 될 것인지를 선택해야 한다.

첫번째 천 년에 김유신과 김춘추를 주축으로 이 땅에 신주류가 등장했던 것처럼, 세 번째 맞는 천 년에도 새 역사를 열어갈 신주류가 등장해야 한다. 어떤 사람들이 신주류인가? 안에서는 폭군을 마다하지 않으며, 국제 무대에 나가서는 강자에게 무제한으로 굴종하는 자들은 절대 신주류에 낄 수 없다. 나를 존중하고 그럼으로써 남을 존중하며, 분열 에너지가 아니라 융합 에너지를 발전의 원동력으로 삼고, 세계 안에 내가 있고 내 안에 세계가 있다는 사실을 아는 지혜로운 눈과 넓은 가슴을 가진 자들이 신주류를 형성해야 한다. 이들은 '노 비전(no vision)', '노 리더십(no leadership)', '노 체인지(no change)'를 표방하는 무능하고 부패한 정치 현실에 지치고 실망했으나, 냉소와 허무주의에 빠지지는 않았다. 이들은 잘난 척하지 않고 부드러우나 바람에 흔들리지 않으며, 자기 일에 충실하면서도 나라와 사회 발전에 대해 늘 깊이 생각하고, 개혁 개방을 지지하나 개혁이 '그들만의 오만한 개혁'이 되지 않기를 바라며, 세계를 향한 개방이 민족의 자주성과 자존을 상실하는 과정이 되지 않기를 바란다.

또한 이들은 민주주의를 강력하게 지지하나 민주주의가 경제사회 발전의 역동성을 잃은, 낮은 생산성과 무질서를 뜻하는 것이 되지 않기를 바란다. 거짓 목소리를 내거나 공리공담뿐인 지식 자랑을 일삼는 자, 자신과 타인에게 정직하지 못하고 열렬하지 않으며 과거에만 매달린 채 마음의 문을 닫아버린 자, 진리를 독점하려는 자, 공적 자산을 사적 소유물로 삼으려는 자들은 새로 형성될 이 땅의 신주류와 아무런 관계가 없다.

눈을 감으면 조상들의 말씀이 들리는 듯하다. "집안 싸움 그만 하고, 아름다운 이 강산에 꽃보다 더 아름다운 사람 꽃을 피워라. 이웃 나라들과 사이 좋게 지내고, 집안 싸움 부추겨 득 보려는 사악한 무리들에게는 가차없이 채찍을 휘둘러라"라는 음성이……. 단결과 개혁에 대한 열망이 간절하다 보니 조상들의 음성이 생시인 듯 들려오는가 보다.

2003년 9월
최병권

차례

2부 오랫동안 응시한 하나의 길

1부
두 갈래 길

나의 첫 세계 수업

"돌아오기 위해 나는 유럽으로 간다"

전두환 쿠데타의 계엄 시절 눈만 뜨면 '땡전 뉴스'가 들려오던 1981년, 바람이 부는 광화문 우체국 모퉁이에서 정 형을 만났다. 얼굴이 말이 아니다. 갈라 터진 입술 사이로 새나오는 그의 쉰 목소리…….'나 이제 서울을 떠난다."

정 형은 젊은 시절 동숭동에 새 바람을 일으키던 인물로, 초대 경북지사와 제헌의회 의원을 지낸 할아버지 이야기를 자랑삼아 자주 하던 친구이다. 명문 고등학교 출신의, 거칠 것 없이 활달하던 이 친구가 서울을 떠난다니, 왜? 물을 필요조차 없다. 너도나도 절망 속에 빠져 있던 때가 아닌가. 어디로? 경북 김천. 무엇을 할 건데? 농사를 짓겠다는 것이다.

이윽고 그는 미국 대사관에서 근무중이던 아내와 세 아이들을 데리고 분연히 서울을 떠났다. 20년 세월이 흐른 지금 이 친구는 진짜로 훌륭한 농사꾼이 되어 살고 있다. 산 아래에 터를 잡은 그의 집과 뜰은 작지만 아름다운 공원 같다.

그 무렵, 젊은 나도 떠난다. 어디로? 서독으로. 고향이 아니라 세계로 가는 것이다. 다 같은 사람인데 왜 그 나라 국민들은 사람답게 살고, 우리는 이처럼 잔혹하고 거칠게 흡사 동물처럼 살고 있는지를 한번 알아보고 싶었다. 광화문과 무교동 뒷골목에서 밤마다 벌어지는 성토와 비판의 말들, 그리고 핏발 선 눈길만을 주고받으며 세월을 보낼 수만은 없지 않은가? 정말 이대로는 살 수 없다. 오늘이 그날이고 그날이 오늘인 무골충의 인생을 계속 살 수는 없는 것이다. 마음 속 깊은 곳으로부터 '떠나라'는 목소리가 들려온다.

부끄러움과 모멸의 세월

'떠나라'는 목소리와 '어떻게'라는 또 다른 내면의 목소리 사이로 불면의 밤이 이어진다. 그 동안의 일들이 눈앞에 펼쳐진다. 광주 취재길에서 돌아온 최영호 형이 사진기를 책상 위에 내팽개치며 큰소리로 울던 모습…… 그곳에서는 대체 무슨 일이 벌어지고 있었단 말인가? 이제는 정말이지 갈 곳이 없다며 숨겨 달라고 매달리던 기자협회 회장 김태홍 선배……. "이 자를 숨겨주는 자도 똑같은 처벌을 받을 것"이라는 계엄사령부의 현상수배 TV 화면, 기자들이 아직 출근을 하지 않은 이른 아침, 문공부 직원이라며 편집국에 올라와서는 "왜 왔는지 알지요? 같이 갑시다" 하던 합동 수사본부 요원들과 남영동 취조실…… 밤샘 취조와 옆방에서 들리는 비명소리, 김태홍을 잡으러 다니다가 버스 안에서 금테안경을 소매치기당했다는 베테랑 수사관의 얼굴…… 그러면서 "영남 사람인 네가 뭣 대문에 호남 사람을 숨겨주었느냐, 내 금테안경을 소매치기당한 것은 네 책임이다" 하며 안경을 물어내라던 그의 모습과 말들…….

그리고 또 있다. "왜 김태홍을 숨겨주었느냐?"며 밤새도록 이어지던 취조에, "쫓기는 짐승이 집안에 뛰어들면 사연을 묻지 말고 일단 품어주어야 한다. 밀고를 하지 마라. 밀고는 남자가 할 짓이 아니다"라는 할아버지의 말씀을 어릴 적부터 듣고 자란 탓에 그와 평소에 내왕이 없었음에도 불구하고 숨겨준 것이라고 대답했던 기억, 그러자 그 다음 날 아침부터 '의리의 돌쇠'라는 별명이 붙었다. 물론 빈정대는 소리였다. 취조실을 들락날락하는 사람들마다 "이 자가 의리의 돌쇠야, 촌놈같이 생겼다"고 말하곤 했다. 본래 촌놈을 촌놈이라고 하는 데 하등 서운해할 것은 없다.

그런데 지금까지도 확인하지 못한 것이 하나 있다. 합동 수사본부의 최 소령이라는 사람이 "최병권을 가혹하게 다루지 말라"고 했다는 것이다. 아마 고향이 경주이거나 우리 최씨 일가인지도 모르겠다. 암튼 그를 찾아보지 못한 일은 지금도 아쉬움으로 남는다. "고맙다"는 인사말 한마디 할 기회조차 갖지 못했으니까 말이다.

최 소령의 덕인지 아니면 "일신상의 이유로 사직코자 하오니" 하며 낸 사표를 수리하지 않고 있던 신문사의 덕인지는 모르겠지만, 어쨌든 나는 풀려났다. 풀려나기 전날, 한밤중 수사본부 간부들이 앉아 있던 원탁 테이블 위에는 나에 대한 조사 기록이 쌓여 있었고, 그 맨 위에는 "최병권의 인격과 사상을 보증한다"는 내용의 김대중 사회부장의 신원보증 각서가 놓여 있었다. 신문사 선배들로부터 과분한 사랑을 받은 셈이다. 그러나 일이 끝난 것은 아니었다. 합동 수사본부의 위관급 장교들이 최병권을 처벌하지 않기로 한 윗선의 결정에 이의를 제기하고 나선 것이다. 그러면서 하는 말이 미국에서 반정부 활동을 하던 어느 목사가 "전두환 쿠데타는 역사의 필연"이라며 쿠데타 지지성명을 발표했는데 이것을 조선일보에서 기사화해주면 최병권의 일을 없던 것으로 하겠다는, 이른바 바터 제의를 하고 있다고 했다. 지금 다시 생각해도, 그 시절은 부끄러움과 모멸의 세월이었다.

그리고 나는 떠난다

그 세월을 아프게 견디고 있는 내게, 어느 순간 "떠나라" 하는 소리가 들려온 것이다. 그 목소리는 "그러면 어떻게?"의 목소리보다 더 크게 내 가슴을 흔들었고, 마침내 나는 기다려주는 사람 하나 없는 독일 유학길에 올랐다. '의리의 돌쇠'였는지 아니었는지는 알 수 없으나 한 가지 분명한 것은 합동 수사본부의 그들 말처럼, 젊은 시절의 나는 분명 촌놈이었고, 토종 그 자체였다는 점이다. 토종이 처음으로 바다를 건너 서양 오랑캐의 땅에 발을 디딘 것이다.

그들은 어떻게 살고 있으며 무엇을 생각하고 무엇을 찾아 헤매는지 알고 싶었다. 같은 분단국이며 동서 냉전의 최전선인 서독과 한국은 근본적으로 무엇이 다른 것인지 알고 싶었다. 한쪽에서는 라인 강의 기적과 함께 민주주의가 꽃을 피우는데 다른 한쪽에서는 한강의 기적을 경험해놓고도 인권유린과 억압이 자행되는 야만의 세월이 끝없이 이어지고 있는 그 본질적인 이유를 알고 싶었던 것이다.

서독 쾰른 공항에는 겨울비가 내리고 있었고, 나의 귓전에는 "최씨 고집 누가 말려" 하던 편집국장의 음성이 맴돌고 있었다. 일단 떠나오기는 했으나 내가 목표로 한 곳은, 비분강개하는 자들의 충혈된 눈동자가 빛나는 그런 곳이나 고향 땅이 아니었다. 자기 아버지가 왜, 어디로 가는지도 모른 채 공항 개찰구 밖에서 눈을 동그랗게 뜨고 바라보던 아홉 살, 일곱 살짜리 두 아이를 남겨두고 홀로 서독 땅으로 떠난 것이다.

서독과 스위스의 국경 마을인 남독 프라이부르크에 짐을 풀었다. 프라이부르크 대학에 온 것이다. 모든 것이 낯설고 아는 사람 하나 없다. 토요일 오후, 한국에서처럼 무심코 가게를 찾는다. 그러나 가게란 가게는 이미 모두 문을 닫았다. 토요일 오후부터 일요일까지는 아예 법으로 문을 닫게 되어 있다는 것이다. 그러면 식당은? 마찬가지이다. 배는 고파오고 가게와 식당문은 닫혀 있고. 오늘은 그런대로 견딘다지만, 일요일인 내일까지도 속절없이 굶게 생겼다. 고픈 배를 움켜쥐고 기숙사 방에서 창 밖을 내다보니 바깥 풍경이 부옇다. 하루 밤낮을 굶은 상태에서 일요일 점심때가 다가오는데 상황을 돌파할 어떠한 해결책도 떠오르지 않는다. 멍하니 앉아 있을 뿐이다.

그런데 전화벨이 울린다. 이 낯선 땅에서 날 찾는 이 누구인가? 수화기를 드니 흘러나오는 음성이 모국어, 바로 한국말이다. 자기는 프라이부르크에 10여 년째 살고 있는 변 박사라는 사람인데, 최 기자가 이곳에 왔다는 말을 듣고는 전화하는 거라고, 오늘 한번 만나자는 것이다. 물론 "오케이"다. 반갑기가 이루 말할 수 없다.

변 박사는 70세를 바라보는 의사로 프라이부르크 대학 병원에서 근무하고 있다고 한다. 서울 의대를 졸업하고 어찌어찌 하다가 독일로 와 이곳에 정착했다고 한다. 부인과 딸은 미국에서 살고 있고 자기는 독일에서 혼자 살고 있는데, 부인과는 오래 전에 이혼을 했다는 것이다. 변 박사도 혼자이고 나도 혼자이다. 그날 홀로 사시는 변 박사 집에서 그분이 요리한 닭백숙을 정말 허겁지겁 먹어치운 일이 지금도 눈에 선하다.

변 박사는 본래 이북 출신으로 남한에는 일가친척 한 사람 없어서 외롭기는 한국에서 사나 독일에서 사나 마찬가지라고 한다. 그러나 그런 그도 술이 거나해지면 흘러간 옛 노래를 자주 불렀다. 내가 프라이부르크에서의 어학공부를 끝내고 쾰른으로 떠나기 전날 밤 변 박사는 너무 섭섭하다며 눈물을 흘렸다.

이국 하늘 아래를 떠돌던, 한 우수한 과학자의 외로움과 억제된 쓸쓸함이 마침내 터져나온 것이다. 기차로 대여섯 시간만 타고 오면 되니까 자주 찾아뵙지요, 라고 했으나 그후 자주 찾아뵙지를 못했다. 그러다가 2년 후 그분의 부고를 접했다. 죄송하기가 한이 없다. 겉으로는 큰소리를 치지만 속으로는 쓸쓸하기 짝이 없는 삶을 사는, 외로운 영혼들이 많은 것이다.

"너에게는 세계가 하나 더 생겼다"

이렇게 해서 그후 20여 년에 이르는 '우리와 그들에 대한 나의 세계 수업'이 시작되었다. 이 '세계 수업'을 통해 나는 참으로 많은 사람과 사건을 접했다. 그리고 참으로 많은 것을 배웠다. 산 너머에 또 산이 있고, 태산 위에 또 태산이 있으며, 사람의 얼굴도 하나가 아니어서 적이 친구의 얼굴을 하거나, 친구가 때로는 적의 얼굴을 하고 있을 수 있다는 것을 깨달았다. 다양한 사람들을 만나고 갖가지 사건에 부딪치면서 너무나 많은 것을 깨달았다.

첫번째 세계 수업을 마치고 신문사로 돌아오자 선우휘 주필이 반갑게 맞아주며 "너에게는 세계가 하나 더 생겼다. 시야가 더욱 넓어지고 깊어졌을 것이다"라고 말해준다. 그러더니 그 뒤로는 해외에서 무슨 일이 터지기만 하면 나를 파견하곤 했다. 급기야 해외로 다시 나가기 위해 국내에 일시 체류하는 꼴이 되어버렸다. "어이, 네가 가봐라" 하면 그 길로 다시 출장가방을 챙겨야 했다. 왜 그랬을까? 편집국의 선배 한 분은 "조병권을 보내기만 하면 되든 안 되든, 결국 일을 해결하고 온다. 마음이 놓인다"고 했다. 그래선지 동료와 후배들은 나를 "해결사"라고 부르기도 했다. 이렇게 해외를 들락날락하면서 나는 어느새 국제정치의 현실에 직면하게 되었다.

1998년 파리에서 열린 생화학 무기통제를 위한 국제회의장에서의 일이다. 나는 회의장 뒤편에서 '사람 위에 사람 없고, 국가 위에 국가 없다'는 교과서적인 이야기가 현실과는 전혀 다르다는 것을 목격했다. 사람 위에 사람이 있었고, 국가 위에 국가가 있었던 것이다. 주권 국가라고 해서 다 같지는 않은 것이다.

회의장 뒤 복도에서 사람들이 길게 줄을 잇고 있었다. 어떤 사람들이 어디를 향해 이렇게 줄을 서 있는 것인가? 그런데 줄 가운데에 선 겐셔 서독 외상의 얼굴이 가장 먼저 시야에 들어온다. 자세히 보니 줄을 선 사람들은 회의에 참가한 세계 각국의 외무장관들이 아닌가? 공개 회의석상에서 얼굴을 붉혀가며 갑론을박하던 외무장관들이 순한 양들처럼 조용하게 그리고 조심스럽게 자기 차례를 기다리며 서 있는 그 줄의 종착점은 어느 방의 문 앞이었고, 그 방문을 지나 방 안으로 들어서면 슐츠 미국 국무장관이 앉아 있었다. 각국 외무장관들이 신문기자와 일반인들의 시선이 미치지 않는 곳에서 미국 국무장관에게 '경배(?)'를 드리고 있었던 것이다. 그야말로 국가 위에 국가가 있었던 것이다.

독일 땅에서 최익현을 생각하다

"아, 가슴 아프다. 오늘날의 국사를 차마 어찌 말하리오"

그 시절, 프라이부르크에 무거운 짐을 풀기는 했으나 잠이 오지 않는다. 민초의 어리석음과 집권자의 어리석음 그리고 포악함과 낙후, 여기에 대한 안타까움과 분노. 그러나 살아 있는 모든 것에 대한 끝없는 사랑을 이야기하는 중국 작가 노신(魯迅)의 글들을 읽으면 그런대로 슬픈 마음이 가라앉고 눈꺼풀이 스르르 감긴다. 그리고는 '빛은 동방에서 서라벌에서'라는 교훈(校訓)을 가진 동방 국민학교와 경주 중고등학교가 떠오른다. 동방 국민학교 뒤의 형제봉, 형제봉 소나무에서 딴 솔방울들이 겨울 교실 난로에서 타던 불길과 연기, 어릴 때 놀던 경주 남산과 옥룡암, 인왕 남천, 배반 들판, 북천내의 맑은 물과 자갈밭, 오월 보리밭 둔덕에 흐드러지게 피던 흰 찔레꽃과 집 뒤 채소밭에 떨어진 감꽃들, 그리고 남산 자락에서 소 먹이던 날들이 눈앞을 떠간다.

국민학교 5학년 때, 할아버지와 방앗간을 고치다가 땅 속에서 아주 큰 옛날 항아리를 캐냈다. 항아리 안에 또 하나의 작은 항아리가, 그 항아리 안에 또 다른 항아리와 수없이 많은 옛 토기와 조각들이 가득 담겨 있었다. 할아버지는 "이 모든 것은 국가의 것이다. 아주 소중한 것이니 박물관에 갖다 주어라" 하신다. 옳은 말씀이고, 할아버지의 말씀인데 마다할 수 있나? 손수레에 싣고 배반에서 십 리길을 걸어 경주 박물관에 갖다 주니 착한 학생이라며 공책 한 권과 연필 한 자루를 상으로 주었다.

기억, 기억들……

요즘도 간혹 이 이야기를 하는데, 그러면 친구들은 "어이구, 이 바보" 한다. 그때 바보가 지금도 여전히 바보인 것만큼은 변함이 없다. 도무지 약삭빠르지 못한 것이다. 그러나 어쩔 수가 없다. 바보가 좋아서가 아니라 어쩔 수 없는 운명으로 '이 바보'를 나는 받아들이고 있다.

"나라의 것이니 나라에 갖다 주어라"고 하시던 할아버지는 자상한 데가 전혀 없는, 참으로 무덤덤한 분이셨다. 아버지 없이 할아버지 밑에서 자란 나에게 평소 다정한 말 한마디를 건네는 일도 없었다. 대학입학시험에 합격했을 때 처음으로 대견한 듯 미소를 지은 것이 나에 대한 할아버지의 처음이자 마지막 애정 표시가 아니었던가 싶다.

경주 중고등학교를 다니던 시절에는 제법 공부를 잘 하는 편에 속했는데 왜 법과대학에 가지 않고 정치학과를 가서 이날까지 복잡

하고 고통스러운 날들을 보내고 있을까? 생각해보면 그건 다 이진원 선생님 때문이다. 이 선생님은 아마 나를 기억하지 못하실 테고, 그 시절에도 나를 특별히 생각해주신 것은 아니었다. 내가 이 선생님께 진학 지도를 요청했던 것은 더더욱 아니다. 단지 국어 시간에 내게 건네신 한마디 말씀이 너무나 강렬했기 때문이다. 고어(古語) 시간이었는데 "법은 거미줄과 같아 큰 새는 이 거미줄을 뚫고 나가고 거미줄에 걸리는 것은 작은 것들"이라는, 장자인가 노자인가가 했다던 말씀을 예로 들어가며 이야기해주셨다. 그렇다! 법은 거미줄과 같다. 작은 것은 잡고 큰 것은 놓아주는 거미줄의 집행자인 법관이 되면 뭐 하나? 법대를 가느니 차라리 법을 만들고 세상을 진단하는 정치학과로 가자! 수업 시간, 이런 생각을 남 몰래 하고는, 과감히 이 생각을 집행했던 것이다. 그 결과 싫든 좋든 오늘의 내가 만들어진 것이다. 시를 쓰지 말고 수필을 쓰라고 하신 이종룡 선생님, 한국전쟁 때 중공 팔로군의 군대 규율을 전해주신 최선복 선생님도 오늘날의 나를 만드는 데 많은 영향을 주셨다. 그분들의 영향 아래에서 내가 성장했다는 것을 그 선생님들은 지금도 모르고 계실 것이다. 참으로 훌륭한 선생님들을 나는 경주 중고등학교에서 만난 것이다.

정지용의 시처럼 '꿈엔들 참하 잊히랴……' 지금도 그렇다. 고통스러운 일이 있을 때마다 어김없이 베갯머리로 찾아드는 것은 고향 마을과 그 안에서 놀던 어릴 때의 풍경이다. 남산을 맴돌며 망개열매로 목걸이를 만들어 걸고 남천을 건너며 열십자 표시를 굴에 긋고 냇물을 마시던 그때가 생의 저편 언덕처럼 아득하기도 하고 엊그제 일 같기도 한데 세월이 벌써 이렇게 많이 흘렀던가?

꿈엔들 참아 잊히랴

대학 때의 일이다. 한일 굴욕외교에 반대하는 학내 시위를 주동했다는 이유로 구속되어 서대문 교도소에 잡혀 있는데, 당시 경주 교회 집사님이던 어머니께서 면회를 왔다. 숙자 아지매와 함께. 첫 면회를 와서는 "잘 있었나, 고생되제? 나쁜 놈" 하는 한마디도 없이 먼저 기도를 하신다. "나라를 위해 한 일이라면 불효라고 하더라도, 하나님 내 아들을 용서해주십시오." 그렇게 기도하던 어머니 모습이 지금도 눈에 선하다.

전쟁통에 밀물처럼 밀려든 피난민들을 위해 집 대문을 활짝 열어 그들을 잠재우고 밥해 먹이고…… 구호활동에 동분서주하던 아버지가 피난민들 속에 묻어들어온 장티푸스에 걸려 젊은 나이에 돌아가신 뒤, 어머니는 홀로 할아버지를 모시며 우리 남매를 키웠다. 그런 어머니께 불효를 한 나는 '그대 다시 고향에 가지 못하리' 하는 어디선가 들은 말이 늘 귓전을 맴돌았다. 해동의 시베리아를 40여 일간에 걸쳐 종횡단하고 바이칼 호수 지류인 레나 강을 거슬러올라 세계에서 가장 추운 곳이라는 벨호얀스크 산맥 아래에 섰을 때도, 1차 걸프전쟁 때 이라크 망명 병사를 따라 시리아 사막과 티그리스 강을 건너 이라크에 잠입했을 때도, 고향을 멀리 떠나 세계를 떠돌 수밖에 없던 지난 세월, 끊임없이 귓전에 들리는 소리는 바로 '그대 다시 고향에 가지 못하리'와 '꿈엔들 참아 잊히랴'라는 두 마디 말이었다.

어쨌든 한일 국교는 정상화됐다. 그것은 시대의 요청이었고, 그 시절의 우리들도 국교 정상화 자체를 반대한 것은 아니었다. 우리들이 반대한 것은 '굴욕 외교'였고, 정상화 협상 과정에서 오고간 검은 돈이었다. 일본에 대한 경각심을 늦출 수 없었다. "미국 놈 믿지 말고, 소련 놈 속지 말라, 일본 놈 일어난다"는 말이 헛말이 아닌 것이다. 대학을 졸업한 후 직장생활을 하면서도 '과거를 용서는 하되 잊어서는 안 된다'는 사실을 늘 기억하고자 했다. 과거를 잊지 않기 위해 1972년에는 친구들 30여 명이 3만 원씩 내서 《대일민족선언》을 발행했다.

《대일민족선언》은 그해 한국일보가 주는 출판문화상을 받았지만, 이것을 내느라 나는 없는 집안 살림을 더욱 축냈다. 당시 내가 대표로 있던 동인 모임 성격의 '일우문고'는 《대일민족선언》에 이어 상해 임시정부 초대 대통령 박은식 선생이 한문으로 쓴 《한국독립운동지혈사》를 번역 출판한 후 민청학련사건과 함께 해체되었다. 여기에 나는 면암 최익현 선생의 글을 실었다. 경주 최씨 문중의 구한말 거유(巨儒) 최익현 선생은 을사보호조약을 통탄하면서 전국민에게 애국 애족에 앞장설 것을 호소하는 글인 〈포고팔도사민〉과 '조선물산 장려회 취지서'를 비롯 일제 강점기간 동안 애국 단체에서 내놓은 200여 종의 각종 선언문과 격문을 모아 《동학당격문》을 편찬했다.

최익현 선생은 조선 말기의 거유이며 의병장이다. 신라 말기 고운 최치원 선생이 그러했던 것처럼 고운의 후손인 최익현 선생 또한 나라가 위기에 처하자 구국의 길 위에 떨쳐 일어섰다. 최익현 선생은 1876년 5조로 된 격렬한 척사소를 올려 일본과의 통상조약 체결 불가를 역설하다가 흑산도에 위리안치되었다. 1879년에 석방되어 1894년 갑오경장으로 단발령이 내려지자 이에 반대하다 또다시 투옥되었다. 1898년 궁내부 특진관이 되고, 뒤에 경기도 관찰사 등의 발령을 모두 사퇴했다. 국내에서 크고작은 사건이 있을 때마다 죽음을 무릅쓰고 상소하여 매국 역적들의 토멸을 강력히 주장하였다. 1905년 을사보호조약이 체결되자 이듬해 제자 임병찬, 임낙 등 80여 명과 함께 전라도 태인에서 의병을 모집했다. 순창에서 400여 명의 의병을 이끌고 관군과 일본군에 대항하여 싸웠으나 패배해서 대마도로 유배를 당했다. 유배지 대마도에서 지급되는 음식물을 적의 것이라며 거절, 단식을 계속하다가 끝내 돌아가셨다.

최익현의 〈포고팔도사민〉

《대일민족선언》에 실었던 최익현 선생의 〈포고팔도사민〉을 소개한다.

아, 가슴 아프도다! 오늘날 국사를 차마 어찌 말하리오. 옛적엔 나라가 멸망함에 단지 종사가 무너질 뿐이더니 오늘날의 망국에는 인종도 아울러 멸망하노라. 옛적엔 타국을 멸함에 무력에 의했으나 오늘날에는 계약에 의한다. 무력에 의하면 그래도 승패만 있지만 계약에 의하면 스스로 복망의 길에 들어선다. 아! 지난 10월 21일의 변고와 같은 일이 혹시 전세계 고금에 있은 적이 있는가!

우리 나라가 이웃이 있어도 스스로 교제를 못하고 다른 사람으로 대신케 하니 이는 곧 나라가 없는 것이다. 우리는 토지와 백성이 있으되 스스로 주인 노릇을 못 하고 타인으로 하여금 대신 감독케 하니 이는 임금이 없음이라! 나라와 임금이 없으면 무릇 우리 삼천리 인민은 모두 노예요 신첩이라. 무릇 남의 노예가 되고, 남의 신첩이 되면 살아도 죽는 것만 못하거늘 하물며 저들이 여우와 같은 잔악한 사기술을 우리에게 끼친 것을 살펴보면 우리 인종을 이 땅에 남겨두려 하지 않음이 분명하다. 그러니 비록 노예와 신첩이 되려고 해도 어찌 삶을 얻을 수 있으리오.……(중략)

인민에 관해서 말해보면 각처 철로의 일꾼과 노일전쟁 때 징용당한 우리 군인을 모두 소처럼 채찍질하고 돼지처럼 몰아붙이다가 조금이라도 뜻에 어긋나면 풀 베듯 순식간에 죽여버리니 우리 백성의 부자형제로 하여금 원한과 복수심을 품고서도 복수할 길조차 막고 진신과 사서가 전후하여 상소문을 쓴 것은 모두 나라를 위해 충성스러운 계책을 내놓은 사람을 갑자기 포박하고, 대신 중신들을 욕보여 조금도 예로써 대우하지 않았으니 여지없이 우리를 경멸한 것이로다. 각 부처에 자기 사람들을 배치하여 고문관이라 이름붙이고 후한 봉급을 취하여 그들이 하는 것은 우리를 피폐케 하고 그들을 위하는 일을 하니 이것이야말로 소위 그 집 밥을 먹고 그 집 기와를 깨뜨려 자기 집 담장을 칠한다는 옛말과 같은 것이로다. 이들의 불법과 부도는 큰 압박 겁탈이니 그 큰 것을 들여다보면 이것과 같은 것이로다. 약정한 것을 지키지 않고 맹세한 것을 깨뜨리는 죄로 말하면 시모노세키 조약으로부터 노일전쟁의 선전서에 이르기까지 모두 대한의 자유독립을 말했고, 정녕 그뿐이 아니라 우리 영토를 보호한다는 것이 한두 번 그친 것이 아니로되 모두 쉽게 파기하고 배신하니 난을 남김이 적지 않다.……(중략)

이것으로 보건대 우리 나라가 비록 좁으나 사람의 성질이 강력하여 타국에 많은 양보를 반드시 하지 않는다. 단 요즘 문치의 여세 때문에 백성의 기개가 위축하여 떨칠 수가 없고, 천하의 대세를 두루 알 수 없어서 변고에 대처하는 생각을 할 수 없었노라. 천하의 대세를 알지 못하였기 때문에 죽음이 목전에 있어도 죽음을 모르니, 만일 사람들이 필사를 안다면 살아갈 길은 그 가운데에 있는 것이다. 오직 그 필사를 모르면서 오히려 혹시 살 것을 생각하기 때문에 마침내 죽게 될지언정 살 수가 없을 뿐이노라. 필사의 증좌가 이미 위에서 말한 바와 같다면 사는 길은 어느 곳에서 볼 것인가. 오늘의 문제를 해결하려면 오직 각각의 기력을 불러일으키고 각자의 심지를 갈아서 애국을 애신보다 더 앞세우게 하고, 노예 됨을 싫어함이 죽음을 싫어하는 것보다 더 심히 하며, 만인의 마음을 한 사람의 마음 같이 할 수 있으면 죽음 가운데에서 살길을 거의 구하리로다.……(중략)

　　익현은 정성이 모자라고 힘이 미약하여 이미 병에 걸려 죽지 못해 충성을 다하지 못하고 순국으로써 백성의 의기를 고취하지 못하니 하늘을 우러러보아 부끄럽고, 살아서 우리 수천만 동포를 대할 수 없고 죽어서 지하의 이공을 뵐 수도 없도다. 이에 나의 비루함을 헤아리지 못하고 삼가 오늘날 시국의 대세를 보고 들은 바대로 간략하게 이 글을 지어 우리의 모든 관리와 백성에게 포고하노니 오직 원하는 것은 우리 관리와 백성 익현이 죽어가면서 하는 말을 가볍게 버리지 말고 각자 스스로 면려하여 저놈들로 하여금 결과적으로 민족말살을 못 하게 하면 천만다행이라. 시급히 해야 할 일을 다음에 열거하노라.

• 금번 신조약을 마음대로 허락한 제순, 지용, 근택, 완용, 중현 이 오적은 우리 국가의 죄인일 뿐 아니라 실로 천지 조정의 원수이며, 전국 만민의 원수라. 빨리 겨를없이 그들을 없애버림이 마땅하였을진대 도리어 조정에 반거하게 하여 비록 진신 우가들의 성토하는 글이 있었으나 일찍이 어떤 사람이 칼을 들어 적을 향했다는 말을 듣지 못했으니 국가 인민의 수치가 이보다 더 큰 것이 있겠는가. 춘추의 법에 난신적자는 사람마다 그들을 죽일 수 있으니 관리, 백성, 군졸, 하인은 모두 적을 토벌하지 않으면 살지 않겠다는 뜻을 이마 위에 붙이어 노력하고 스스로 분발해서 이들 오적 죽일 것을 맹세하여 우리 조정 인민의 대원수를 제거하라.

• 저 오적은 나라를 팔아먹는 재주를 피웠구나. 오늘 한 가지 허락하고 내일 또 한 가지 허락할 것이니 작년에는 의정서를, 금년에는 오조약을 조인하였으니 다시 무슨 여지가 있는고. 필경 그 흉모역도는 우리 폐하로 하여금 청성오국의 행을 삼지 않으면 일본의 대공신이 될 수 없느니라. 무릇 대소의 제관리와 병졸과 백성은 모두 충성을 분발시켜 화를 예방하는 방법을 생각하라.

• 먼젓번 결세를 납부하지 말고 면포, 기물과 저놈들의 물건을 사용하자는 유가들의 통고문을 보니 침으로 확실한 노리라(?무슨 말인지? 원본 확인요 - 참으로 한심한 노릇이라?). 대개 결세는 나라의 경비를 공급하는 것인데 지금 대개가 일본인의 금고에 들어가니 어찌 우리 백성의 고혈을 원수에게 먹이는고. 마땅히 각 군은 각 리의 넉넉한 집에 예치해두었다가 오적이 제거된 뒤에 궁내부에 납부함이 옳도다. 철로는 저들이 사람과 나라를 멸하게

하는 한 수단이라. 매일 기차를 타는 자가 이렇게 많으니 우리 백성의 어리석음이 어찌 이다지 심한가. 생각건대 각처에서 기차를 타는 비용이 천만 금으로만 계산되겠는가. 재물이 다 없어지고 나라가 멸망함은 우리 백성이 스스로 취한 것이 아닌가. 기타 면포 기물이 저들의 재산을 축적시키는 데에 그 수를 알 수 없을 정도로 많으니 슬프구나. 옛날 저들과 통상하지 않을 때는 우리 백성이 생존하지 못했는가. 생각하지 못함이 심하구나. 원컨대 우리 모든 관리와 백성은 일심으로 맹세하여 군기와 총포 이외에는 일체 사용하지 말라. 저들의 물건이 기계의 이(利)는 있으나 우리나라 사람이 제조한 것이 아니면 사지도 말고 사용하지도 말라.

(출전: 《대일민족선언》 18~25쪽)

프라이부르크가 내게 가르쳐준 것들

"그들은 노인들을 부축해서 다시 버스에 올라탄다"

프라이부르크는 검은 삼림 슈발츠발트(Schwarzwald)에 둘러싸여 있다. 삼림이 너무나 울창해서 '검은 숲'으로 불린다. 이 삼림 속에서 하이데거(Martin Heidegger)와 니체(Friedrich Wilhelm Nietzsche), 헤세(Hermann Hesse)가 현세에 부정적인 우울한 사고를 하고 있었다. 이 지방은 가톨릭이 우세한 지역이다. 그런만큼 종교개혁 때 신교와 구교 간의 종교전쟁도 치열했다.

프라이부르크에서 북쪽으로 한 20km 쯤 떨어진 작은 마을이 있다. 포도가 많이 재배되는 곳이다. 여름 날 이 마을에 들어서니 텅 빈 것처럼 사람 그림자 하나 보이지 않는다. 모두 포도밭에 나가 있는 것이다. 텅 빈 마을 한복판에 광장이 있고, 그 광장 한가운데에 아주 오래 된 비석이 서 있다. 비바람에 깎인 비석에는 비문이 새겨져 있는데 무슨 말인지 쉽게 읽을 수가 없다. 옛 게르만어로 씌어져 있는 것이다. 같이 간 독일 친구에게 무슨 이야기가 적혀 있느냐고 물으니까 이런 뜻이란다.

우리를 용서하라. 우리의 어리석음을 용서하라. 우리는 우리 동네의 윗동네와 아랫동네에 함께 태어나 함께 자란 친구이다. 그런데 우리는 그때 우리가 믿는 종교가 신교와 구교라는 그 이유 하나 때문에 3대에 걸친 살육전을 벌였다. 이제 살육을 그만하자. 용서하고 화해하자. 용서와 화해가 우리가 함께 모시는 하나님의 뜻인 것을 왜 우리는 일찍 몰랐던가? 친구여, 나를 용서하라.

'그들'의 두 얼굴

분노와 증오, 슬픈 마음으로 잠못 이루던 그 시절, '용서와 화해'라는 두 글자를 대하는 순간 말로 표현하기 어려운 충격을 느꼈다. 광주에서의 일이 맨 먼저 떠오른다. 어떻게 그들을 용서할 수 있단 말인가? 정직하고 착한 사람들, 진정으로 나라를 사랑했던 그 마음들이 경멸당한 채, 오히려 거짓과 포악함, 그 이면의 말할 수 없는 비겁함이 판을 치는 이런 세상과 어떻게 화해를 한단 말인가? 군사독재에 굽신거리던 선배들의 모습이 눈에 선하다. 정말 싫다.

사실 독일이 윗마을과 아랫마을 사람들끼리는 서로 '관용과 화해'로 살아가고 있는지 모르지만 바깥 마을 사람들에 대해서는 그렇지 못하다. 낯선 사람, 특히 유색인종에 대한 배타와 멸시의 감정은 지금도 여전히, 그리고 유감없이 발휘되고 있다.

프라이부르크는 대학도시이다. 그래서 세계 곳곳의 온갖 인종들이 이 도시로 몰려든다. 이 도시 안에 있는 한 모두 코스모폴리탄이 되고, 가게 주인들도 일단은 손님 대접을 해준다. 그러나 도시 바깥으로만 나가면 전혀 딴판인 세상을 만나게 된다.

어느 토요일 오후에 인도네시아 친구들, 태국 친구들과 함께 도심을 벗어나 슈발츠발트 속 한 작은 카페에 들러 맥주 한잔을 주문했다. 그런데 종업원들의 서비스 태도가, 이건 완전히 맥주잔을 던지는 것이나 마찬가지다. 짐승에게도 음식을 그런 식으로 줄 수는 없다. 인도네시아 친구는 새파랗게 질려서 팔팔 뛰다가 기절하고 말았다. 그녀는 지금 어디에서 무엇을 하고 있을까?

인종차별과 극단적인 민족감정은 어디에나 있다. 어느 과정이든 외국인이 독일 대학에 들어가 정식으로 학업을 하려면 독일어 시험에 합격해야 한다. 이를 위해 대학마다 어학 코스를 두고 있다. 이때 겪은 에피소드 하나. 선생이 환경보호를 이야기하다가 학생들에게 "당신들 나라의 사정은 어떤가?" 하고 묻는다. 아버지 때부터 사회민주당원이라는 그리스 학생 안드레아스가 일어서서 그리스의 환경문제를 말하겠다고 한다. 그런데 그가 말하는 그리스의 환경문제는 환경문제 그 자체라기보다는 매우 복잡한 성격의 것이었다. 정확히 말하자면 '미군 주둔과 환경문제'라고 하는 편이 옳을 것이다. 그의 요지는 이랬다. "그리스에 미군이 주둔하고 있다. 문제는 주둔군 주변의 환경인데 기지 안은 말할 것 없고, 기지 주변 환경이 파괴되고 있다. 미군은 더럽다." 그러자 선생은 "아. 그러냐? 다른 의견이나 경험을 가진 사람은?" 하고 학생들에게 물었다. 하지만 응답하는 학생이 없다.

수업은 이렇게 끝났다. 그러나 진짜 문제는 그날 밤 기숙사에서 터졌다. 낮에 "미군은 더럽다"고 말한 안드레아스가 하얗게 질린 얼굴로 내 방으로 뛰어드는 것이 아닌가? 수업을 같이 들었던 미국 학생들이 양동이에 물을 가득 담아와서 자기 방에 들이붓고 있다는 것이다. 낮의 반미적 발언에 대한 미국인의 보복이었다. '이럴 수가' 하는 생각과 함께 '아, 모두들 자기 나라를 대단히 사랑하고 있구나' 하는 생각이 동시에 든다. '미국이 가장 신뢰하는 우방국'인 한국에서 온 사람임을 내세워 미국인들을 애써 달래 사태를 겨우 진정시키긴 했으나, 서럽다고 우는 안드레아스를 맥주집으로 데려가 위로하느라 그날 밤 또 없는 돈을 날렸다.

교과서에서는 '관용과 화해'를 말하지만 현실 속의 세상은 이렇다. 그러나 타인종, 타민족에 대해서는 이처럼 전투적이지만 그들 내부에서 서로를 대하는 태도는 말 그대로 '지극정성'이다. 이것이 서양 오랑캐가 가진 두 모습이다.

젊은이들이여 반데롱을 떠나라!

프라이부르크는 그림과 같이 아름다운 작은 도시이다. 도시 안에 공원이 있는 것이 아니라 공원 안에 도시가 있는 것 같다. 우거진 가로수와 꽃들이 도시 전체를 공원으로 만들고 있다. 한여름 밤 프라이부르크의 낭만은 대단하다. 석조(石造)의 인공 도랑에 라인 강 지류 젬 강의 강물을 끌어들인 맑은 물이 도심 한가운데로 흐르고 있다. 이 인공 도랑의 맑은 물에 발을 적시고 앉아 있는 청춘 남녀들은 끼리끼리 모여 인생과 사랑을 이야기하고 합창한다.

프라이부르크는 독일 최대의 삼림 슈발츠발트의 산 아래 도시인데다 일조량이 독일에서 가장 많다. 그래서 이곳에서 노후를 보내는 것이 독일인들의 공통된 꿈이다. 도시가 아름답다 보니 이 도시를 지키고자 하는 시민들의 정성도 유별나다. 자전거가 이렇게 많은 도시도 드문 것 같다.

자전거는 이 도시 최고의 교통수단이 되고 있다. 프라이부르크 시민들이 자전거를 이같이 많이 이용하는 것은 우연이 아니다. 프라이부르크는 독일에서 자연보호 운동이 가장 활발한 곳이다. 초등학교 때부터 선생님들이 자연보호의 중요성을 가르친다. 자동차 대신 자전거를 타자는 교육이 캠페인 비슷하게 벌어지고 있다. 하지만 그저 "자전거를 많이 타자"는 구호를 외친다고 해서 자전거를 많이 타게 되는 것은 아닐 터이다. 도시의 도로구조 자체를 아예 그렇게 만들었다. 가로수 사이에 자전거 전용도로가 따로 나 있다. 밝은 햇빛 아래 맑은 공기를 마시며 자전거로 통학, 통근하니 이곳 사람들은 따로 운동할 필요가 없겠구나 하는 생각이 든다. 도시의 매연에 찌든 몸을 사우나에서 겨우 씻어내는 것과는 애초부터 차원이 다르다.

프라이부르크의 자연보호는 자전거 타기에 그치지 않는다. 시내 중심가를 자동차를 타고 가다 보면 외지인으로서는 당황할 수밖에 없는 신호등과 마주치게 된다. 붉은 정지 신호와 함께 '아우스 (aus)'라는 글자가 나타난다. '아우스'는 뭐든지 끄라는 뜻인데 무엇을 끄라는 것인가? 바로 엔진을 끄라는 것이다. 네거리의 정지 신호등 앞에 선 차들은 이 '아우스' 신호에 따라 단 몇 분만이라도 일제히 시동을 끈다. 그리고 앞으로 가라는 청색 신호와 함께 다시 켜라는 '안(an)'의 글자가 나타나면 그제서야 시동을 걸어 차를 움직인다. '아우스'와 '안'은 어떻게 하든 조금이라도 자동차의 배기가스를 줄여보겠다는 시 당국의 자연보호 의지의 표현이다.

'아우스'와 '안'만이 아니다. 자동차 이용 자체가 억제되고 있다. 자동차 대신 도로 한가운데를 달리는 전차와 버스 타기가 적극 권장되고 있다. 프라이부르크의 교통신호 시스템은 색다르다. 전차가 네거리로 접근하기 시작하면 교통신호가 무조건 청색으로 바뀐다. 네거리 신호 때문에 전차가 멈추는 법이 없다. 도시 교통신호 체계를 전차 우선으로 전환시킨 것이다. 덕분에 어디를 가든 전차를 타고 가는 것이 가장 빠른 길이다.

그리고 이 나라 사람들은 여름이 되면 도시를 벗어나 먼 길을 떠나는 걸 즐긴다. 지향 없이 이리저리 발길 닿는 대로 하는 도보여행을 독일 사람들은 '반데룽(wanderung)'이라고 한다. 이들이 바로 '반들러(wandler)', 방랑자인 것이다. 독일 소설에는 헤르만 헤세의 《크눌프》를 비롯해서 방랑자들의 이야기가 참 많다. 깊은 숲과 강, 누렇게 익은 밀밭 사이를 걷는 방랑자들의 이야기에는 사람과 자연이 하나로 녹아들어 있다. 반데룽은 여름날의 일이다. 여름은 젊은이의 계절이자 반데룽의 계절이다. 기말시험이 끝나기가 무섭게 독일 학생들은 혼자 또는 여럿이 반데룽을 떠난다. 길을 걷다가 지치면 지나가는 차를 공짜로 얻어 타기도 하고, 한밤중 들판에서 별을 바라보며 노숙을 하기도 한다. 그들의 발걸음은 독일 국경 안에서만 머물지 않는다. 낯선 사람이 사는 낯선 땅일수록 그들의 발길을 더욱 오래 잡아둔다.

유럽의 여름은 찬란하다. 구름 끼고 부슬비가 내리는 봄가을과 달리 여름에는 비가 거의 오지 않는다. 그래서 유럽의 여름은 축제의 계절이다. 지중해에서 북해에 이르는 크고 작은 마을마다 여름이면 음악 페스티벌과 스펙터클, 야외 공연, 미술 전시회 등 각종 축제가 벌어진다. 이 축제가 방랑자들을 맞이하는 것이다. 축제의 밤에는 너와 내가 따로 없다. 록 페스티벌에 함께 열광하고 함께 춤을 춘다. 국제 부부가 일년 중 가장 많이 탄생하는 것도 이때이다. 국경 마을일수록 더욱 그렇다. 독일과 프랑스, 룩셈부르크가 국경을 맞대고 있는 모젤 강변의 포도주 산지 셍겐 마을 같은 경우는 젊은 부부치고 국제 부부가 아닌 부부가 별로 없다. 한여름 밤의 포도주 축제가 유죄였던 것이다. 여기서 사람과 사람, 언어와 언어, 문화와 문화가 서로 만난다. 반데룽과 이런 문화행사를 통해 지역성의 편협함이 극복되고, 우리 문화가 소중한 것만큼 남의 문화도 소중하다는 것을 알게 된다.

우리 나라 학생들도 동과 서, 남과 북으로 나뉘어 있는 한반도 땅으로 반데룽을 떠나보는 것이 어떨까? 전라도 땅을 밟아보지도 않고 전라도 친구와 만나보지도 않은 채, 누군가가 전해주는 이야기만 곧이곧대로 받아들여 그쪽 사람들은 나쁘다는 식의 바브 같은 생각과 말을 더 이상 하지 않기 위해서라도 말이다. 이런 말들을 계속하면 결국 바보가 되는 것은 다른 사람이 아니라 그 자신이다. 반데룽과 낯선 사람, 낯선 문화와의 접촉은 텅 빈 머리를 채워주고 닫힌 마음을 열어준다. 자기와 다른 것을 수용하는 데서 내면세계의 깊이가 생겨나는 것이다.

서양 오랑캐들의 '경로 우대'

이곳 서양 오랑캐들이 하는 행동은 아주 '요상스럽다.' 오랑캐라면 오랑캐다워야 하는데 영 그렇지 않은 것이다. 서양 오랑캐, 즉 양이(洋夷)의 땅 프라이부르크에서 첫번째로 맛본 배신감이 바로 오랑캐가 오랑캐답지 않은 데 있었다.

그 나라에도 버스에 '경로 우대석'이라는 것이 있다. 그런데, 버스가 정류장에 멈추고 정류장에서 노인들이 버스를 기다리고 있는 것이 눈에 들어오면 버스 앞자리에 앉아 있던 사람들은 예외없이 버스에서 내려 노인들을 부축해서 올라와 그 경로 우대석에 앉힌다. 그냥 올라오는 노인들에게 좌석을 양보하는 정도가 아닌 것이다. 학생이든 아주머니든 신사숙녀든 누구든 차에서 내려서는, 마치 자기 할머니와 할아버지를 모시듯 부축해서 올라온다. "진짜로" 경로를 하고 있는 것이다.

이 모습을 보고는, 뭔가 빼앗긴 것 같기도 하고, 이건 아닌데 하는 당혹감이 엄습한다. 노인 공경을 최고 덕목의 하나로 꼽는 우리 유교 문화권 나라보다 그들이 더욱 진실하게 노인들을 공경하고 있지 않은가? 이러면 우리가 그들을 "서양 오랑캐"라 부를 수 있는가? 그들이 서양 오랑캐가 되든 안 되든 그게 중요하지는 않지만, 그러면 우리는 무엇이 되나? 과학기술 문명에서는 뒤졌지만 정신 문명에서는 그래도 우리가 앞서 있다는 그 동안의 자존심이 흔들리기 시작하는 것이다. 이게 바로 문제인 것이다.

문제는 또 있다. 우르르 전차에 올라탄 아이들과 청소년들이 장난을 치며 큰 소리로 떠든다. 그런데 정도가 지나치다 싶을 때까지는 승객들 모두가 자기 아들 딸, 손자 손녀를 보듯 정다운 눈길로 이들을 바라본다. 그러나 지나치다고 생각하는 순간 할머니나 할아버지 한 분이 호되게 학생들을 나무란다. 할머니나 할아버지의 호통이 터지는 순간 차 안은 쥐죽은 듯이 조용해진다. 노인들을 진정으로 존경하는 것이다.

빙어는 독일에 있을 때 친하게 지낸 몇 안 되는 독일인 친구 중 한 사람으로, 미생물 박사이다. 그에게 "경로사상은 우리 고유의 것인 줄 알았는데 너희들도 아주 노인들을 공경하고 있다. 왜 그런가" 하고 물었다. 그의 대답은 이랬다.

"경로사상이라고 하면 동양사상의 일부분인 것 같은데 우리는 이를 잘 모른다. 경로사상이라는 것과 관계없이 약한 자를 돕고 부축하는 것은 당연한 일이 아닌가? 노인들은 거동이 불편한 약자이다. 그래서 우리는 앞다투어 버스에서 내려 노인들을 부축해서 올라오는 것일 뿐이다. 더군다나 우리는 우리의 할머니들에게 특별히 고맙다는 마음을 갖고 있다. 2차대전 후 전쟁터에서 살아 돌아오지 않은 남편 대신 어린 자녀들을 데리고 전쟁의 폐허에서 독일을 다시 일으켜세운 사람들이 우리의 할머니들이다. 라인 강 기적의 주역이었던 그들이 이제는 늙고 병들었다. 그들을 고맙게 생각하고 부축하는 것은 사람으로서의 자연스러운 도리이다."

인파 속으로 사라진 대통령

프랑스 지하철 메트로와 버스에도 경로 우대석은 어김없이 있다. 그러나 프랑스의 경우 엄길하게 말하면 경로 우대석이라고 말하기는 힘들다. 우대석 위에, 자리에 먼저 앉을 수 있는 자격 순위가 글자로 쓰여 있다. 첫번째가 전쟁에서 부상한 사람이고 두 번째가 산업현장에서 부상을 입은 사람, 세 번째가 임산부, 네 번째가 노인들이다. 국가와 사회를 위해 일하다가 상처받은 사람이 맨 먼저이고 다음 세대의 생산을 예비하고 있는 여성이 그 다음이다. 단지 연세가 높다는 것만으로 최상의 우대를 요구할 순 없다는 생각이 반영되어 있는 것이다. 이것 또한 프랑스적인 것의 하나라면 하나이다.

'요상한' 서양 오랑캐의 또 다른 이야기 한 토막. 우리보다 몇 배나 잘 사는 북구 어느 나라 수도의 정오. 이 나라 대통령이 집무실에서 나와 자전거를 타고 부둣가를 달리고 있다. 늙은 부두 노동자가 대통령을 보고 소리 높여 어디 가느냐며 인사를 하고, 대통령은 집으로 점심 먹으러 간다고 대답한다. 이 부두 노동자와 대통령은 초등학교 동창생이라고 한다. 핀란드 수도 헬싱키에서 직접 본 장면이다.

또 다른 서양 오랑캐 나라의 전직 대통령. 14년 동안 대통령으로 있으면서 자기 나라는 물론이고 세계사의 흐름을 바꿔놓은 70대의 이 노정치인이 대통령궁을 떠난 지 채 며칠이 안 되었을 때 비서 한 사람 없이 혼자 기차를 타고 여행길에 올랐다. 연로하고 병든 몸이어서 그런지 외투 차림에 중절모를 쓰고 여행가방을 손에 든 채 기차역 플랫폼을 인파에 떠밀려 빠져나가고 있다. 이 장면이 사진기자들에게 잡혔다. 이 나라 주요 시사잡지에 실린 이 사진에는 '인파 속으로 사라지다'라는 제목이 붙어 있었다. 이 전직 대통령은 사진 제목처럼 역사의 무대를 떠나 인파 속으로 사라졌으나 이 나라 국민들 마음 속에는 오랫동안 남아 있을 것이다. 살아 있을 때 '스핑크스' 또는 삼촌이라는 뜻의 '통통'이라는 애칭으로 불렸던 미테랑 프랑스 전 대통령의 이야기이다.

미테랑이 엘리제궁에 머물러 있을 때의 어느 날 저녁, 파리 소르본 대학 강당에서는 '여성문제'에 관한 학술 세미나가 열리고 있었다. 참가자 대부분이 학생들이다. 세미나가 끝난 뒤에도 참가자들은 토론이 미진했던지 대학 앞 카페에 모여 이것이 그것이고 그것이 이것이다, 라는 식의 갑론을박을 계속하고 있다. 그런데 갑자기 비가 쏟아진다. 학생들 속에 파묻혀 있던 신사 한 사람이 "나는 이제 가봐야겠는데" 하며 자리에서 일어선다. 그리고는 학생들을 보고 "누구 차 좀 태워줄 사람 없나"고 묻는다. 지하철을 타고 왔는데 이렇게 비가 쏟아지니까 자동차를 얻어 타야겠다는 것이다. 학생 한 명이 자기 집과 방향이 같으니까 함께 가자며 작은 고물차를 몰고 나온다. 학생이 모는 작은 고물차를 타고 간 신사는 얼마 전까지 이 학교 교수였던, 이 나라의 문화부 장관이다.

　서양 오랑캐들은 오만과 편견, 가혹함과 민주성을 동시에 갖고 있는 것 같다. 그들은 자기들이 세계의 주인이라는 생각을 갖고 있으며 따라서 자기 이외의 사람들에 대해서는 비문명의 야만으로 생각한다. 그들이 야만이라고 생각한 것에 대해서는 아주 오만하고 때로는 잔인하기 짝이 없는 태도를 보이기도 한다. 그러나 자기들끼리는 아주 잘 한다. 형제애와 겸손, 민주적인 태도가 발휘되고 있는 것이다. 어떤 점에서는 이것이 우리와 다른 점이 아닌가 싶다. 우리는 우리끼리는 잘 못하고 형제애를 갖고 있지 못한 반면, 나와 다른 그리고 나보다 세다고 여겨지는 서양 오랑캐에 대해서는 깜빡 죽는 시늉을 한다. 핏속에 녹아 있는 사대주의 때문인가, 아니면 우리 내부에서가 아니라 외부의 그들에게서 기회를 찾고자 해서 그런 것인가?

주말 슈발츠발트 산길에서 말을 탄 독일인들이 같은 산길을 걷는 제3세계 유색인종들을 말채찍으로 가리키며 "너희들 어디서 왔냐, 산길을 이렇게 한가운데로 걸으면 되겠냐" 하며 소리를 지른다. 서양 오랑캐의 두 얼굴은 끝이 없는 것이다.

찰리 검문소의 두 줄기 담쟁이 넝쿨

"동서독은 최대의 위기를 최고의 기회로 전환시켰다"

1982년 겨울 밤. 독일 루르 공업지대 섬유염색 도시 뷔페탈. 바로 엥겔스의 고향이다. 뷔페탈 에방겔리 시 교회에서 2박 3일 코스로 '제3세계 포럼'이 열리고 있다. '전두환의 한국' '마르코스의 필리핀' '인종분리 정책(아파르트헤이트)을 실시한 프레데릭 드 클레르크의 남아공'이 이번 포럼의 주요 의제이다.

이 세 나라가 당시로서는 세계에서 가장 자주 토론 대상이 된 나라였던 모양이다. 나를 포함하여, 세계 각국에서 온 2백여 명의 참가자들은 선택한 주제별로 토론을 한 뒤 나중에 전체 모임에서 토론 결과를 발표한다.

나는 이 자리에서 1980년 5월 광주에서 무슨 일이 있었는지를 비로소 제대로 알게 되었다. 어떻게 입수했는지 알 수 없지만, 당시의 광주 사진들이 나붙어 있었다. '전두환의 한국' 팀에 소속된 내가 무슨 말을 떠들었는지 지금은 별로 기억에 남아 있지 않다. 아마도 민주화에 극도의 공포감을 가진 한국의 기득권층과 그들의 허약한 도덕적 토대, 그리고 이들을 지원한 미국에 대한 비판을 쏟아냈던 것 같다.

이념을 넘어 평화로

독일인들이 그때 내게 "독일 온 지 얼마 되지 않았다는데 독일 말을 참 잘 한다"고 말했던 것이 유난히 기억에 남는 걸 보면, 그 칭찬이 싫지 않았던 모양이다. 세미나 후일담이기는 하지만, 그날 정말로 뼈아픈 말도 들었다. 아무리 한국과 멀리 떨어져 있다 해도, 한국 기자가 공개석상에서 그런 식으로 미국을 비난하는 것은 온당하지 못하다는 말을 독일 진보파 지식인 한 사람이 했다는 것이다. 그래서 "그러면 너희들은 어떻게 하는데?" 하고 되물었다. 서독 사민당 당원이기도 한 독일인 친구 빙어의 말이 "우리끼리 있을 때는 물론 우리도 미국에 비판적인 이야기를 많이 한다. 그러나 다른 나라 사람들이 있는 자리에서는 말을 극도로 아낀다"는 것이 아닌가? 마음 속에 있는 말을 잘난 척하고 떠들어대는 내 모습이 그들에게는 허풍선이처럼 비쳤던 모양이다. 이것 역시 지난날 부끄러웠던 내 모습 중 하나이다. 진실로 나라의 운명을 걱정하는 자는 그렇게 함부로 말하지 않는다는 그날의 깨달음을, 나는 지금까지도 교훈으로 간직하고 있다.

그날 밤 11시경. 갑자기 참석자 전원이 자리에서 일어났다. 순간 뷔페탈 교회 안으로 흑인 신부 한 사람이 들어선다. 박수소리와 함께 모든 사람들이 이 흑인 신부에게 깊은 경의를 표시한다. 도대체 그가 누구인데 이렇게 열렬한 환영을 받는단 말인가? 남아공에서 온 신부라고 한다. 뒷날 카닌 신부로 알려진 인물인데, 그러면 카닌 신부는 또 누구인가? 옆자리의 독일인에게 "저 신부가 누구냐?"고 물으니 "도널드 우즈를 아느냐?"고 되묻는다. 모른다고 하자 이번에는 "스티브 비코를 아느냐?"고 또 묻는다. 비코라면 이름을 들어본 적이 있다. 남아공의 흑인 민권운동 지도자로 백인 경찰에 잡혀 고문을 받다가 죽었다는 기사를 읽은 기억이 희미하게 떠올랐다.

명색이 기자라면서 그 시절의 나는 정말이지 아무것도 몰랐다. 남아공의 백인 기자 도널드 우즈가 비코의 고문사에 분개해서 그 진상을 국제사회에 폭로하기 위해 남아공을 어떻게 탈출했는지, 그리고 그때 카닌 신부가 그의 탈출을 어떤 식으로 도왔는지를 당시의 나는 전혀 알지 못하고 있었던 것이다. 한국 사회에서는 이런 문제에 대한 관심 자체가 금기시되어 있었던 까닭이다. 그러다 보니 남아공 흑인 신부가 아파르트헤이트를 백인 전체의 수치로 여기고 있는 포럼 참석자들로부터 박수로 환영받는 까닭을 알 수가 없었다.

비코의 죽음과 도널드 우즈 기자의 목숨을 건 남아공 탈출. 그 과정에 있었던 흑인 신부 카닌의 헌신을 그린 영화가 리처드 아텐보로 감독의 〈자유의 절규(Cry freedom)〉이다. 이 영화는 픽션 형태를 취하고 있으나 사실은 실제 일어난 일을 바탕으로 한 다큐멘터리이다. 백인, 흑인 구별을 떠나 사람이 사람답게 사는 길이 어떤 것인가를 이 영화는 잘 보여준다.

이 영화에 등장하는 그 카닌 신부를 나는 이때 만난 것이다. 나는 열기와 먼지 그리고 꿈을 노래하는 남아공 백인 가수 조니 클래그의 노래 〈잔혹과 광란 그리고 꿈〉도 그 무렵 처음 들었다. 그는 이 노래에서 남아공 흑인들에게 잔혹과 광란의 현실에 절망하지 말 것을 호소하고 있었다. 그는 아파르트헤이트의 폭력을 노래 부르고 동시에 삶과 행복, 가정을 노래 불렀다. 어떻게 이 노래가 남아공 흑인들만을 향한 노래일까? 전두환 독재 아래에서 지쳐 있고 절망해 있는 한국인들을 위한 노래가 바로 이 노래가 아닌가? 조니 클래그는 이 노래 이후 한동안 침묵을 지켰으나 1990년 만델라 석방과 함께 다시 대중 곁으로 돌아왔다. 그런데 그가 새로 부른 노래 〈아사 보난가〉는 이전과는 달리 관용과 상호 존중의 메시지를 담고 있다. 인류학 박사 조니 클래그가 연구실을 떠나 록 가수로 변신하게 되는 데에는 남아공 비밀경찰의 손에 살해된 스승 데이비드 웹스터의 죽음이 큰 영향을 미쳤다고 한다. 폭력과 증오의 설교를 더는 들을 수 없다는 것이었다. 관용은 원칙을 포기하는 것이 아닌, 도그마에 대한 부정이자 증오에 대한 치료제였다.

'국민총생산' 보다 중요한 것은 '국민총행복'

카닌 신부가 아주 짧은 연설을 마치고 자리를 떠나자 곧바로 세 명의 여자가 한겨울 밤의 찬바람을 헤치며 세미나장으로 들이닥쳤다. 한 사람은 간호사로 니카라과 내전에 참여했다가 갓 돌아왔다고 하고, 다른 두 명의 젊은 여성은 독일 녹색당 당원이라고 한다. 잠깐만 시간을 내달라며 니카라과 내전의 잔혹상을 전하고, 이 시점에서 녹색당에 대한 요청이 얼마나 큰지를 진심을 다해 이야기한

다. 관심사는 서로 다르지만 동서양을 넘어 모두들 참으로 치열하
게 살고 있다는 생각이 든다. 개인이나 집단의 이익을 위해서가 아
니라 공동의 이익을 위해 밤바람을 마다하지 않는 이런 사람들이야
말로 역사 발전의 선두에 서 있는 것이다.

　덕분에 나도 '녹색당'이라는 것을 이날 밤에 처음 접했다. 물고기
가 살지 못하는 더러운 물이 흐르는 강변 포장도로를 매연을 내뿜
는 자동차로 쏜살같이 달리는 것이 행복인가? 아니면 맑은 시냇물
을 끼고 숲 사이에 뻗어 있는 오솔길을 맨발로 걷는 것이 행복인
가? 뷔페탈 교회의 처녀들은 바로 이 질문을 던지고 있었다. 그러
면서 그들은 국민총생산(GNP)보다 국민총행복(GNH; Gross
National Happiness)을 역설한다. 국민총생산과 무한경쟁, 능력제
일만을 내세우는 자본에 의해 상처받고 찢긴 사회를 국민총행복과
인간과 인간, 인간과 자연의 연대로 다시 치료하자는 것이다. 그렇
다고 해서 이들이 '자본'에 대해 무조건적인 거부감을 갖는 신좌파
와 더불어 새로운 이데올로기를 모색하고 있는 것은 아니었다.

　환경보호운동은 근본적으로 우파에 가까울 수밖에 없는, 애향과
애국주의에서 비롯되는 경우가 많다. 바이칼 호수 살리기 운동에
앞장서고 있는 시베리아 작가 발렌틴 라스푸틴은 러시아의 대표적
인 슬라브 민족주의자이다. 독일 녹색당의 경우도 프라이부르크 출
신의 게르트 바스티안 장군과 68학생운동 출신의 페트라 켈리, 지
금 독일 외무장관으로 있는 요쉬카 피셔, 유럽의회 의원 다니엘 콩
방디가 어깨를 나란히 하고 있었다. 이른바 '무지개 연합'이 이뤄지
고 있는 것이다. 바스티안 장군과 페트라 켈리는 그후 알 수 없는
죽음의 길로 갔지만 말이다.

'무지개 연합'의 애향, 애국주의자들은 '연대'에 비중을 두는 신좌파들과는 달리 '깨끗함'과 '순수'에 비중을 더 두고 있다. 깨끗한 자연, 깨끗한 사회, 깨끗한 핏줄의 인종적 순수함이 그들이 내세우는 구호이다. 그래서 그들은 석유 램프와 주막집, 여름철의 반데롱과 탈곡기가 윙윙 돌아가던 지난날의 들판을 그리워하면서 과거를 이상화한다. 그들은 역사와 과학기술의 진보를 믿지 않는다. 그런 의미에서 그들은 분명히 '반동적'이다. 아버지와 아들, 산골 주민과 방랑자 사이에 흘렀던 따뜻한 인정, 사람 좋고 익살스러운 우리들의 이웃 신부님, 남불의 깨끗한 산과 강을 한폭의 수채화처럼 그린 프랑스 영화 〈아버지의 영광〉이 유럽 전역에서 히트를 친 것도 유럽인들의 이 같은 '반동적'인 복고풍과 무관하지 않다. 이 복고주의가 신좌파와 함께 환경운동의 한 부분으로 들어와 있는 것이다.

1982년은 독일에서 핵 위기가 절정으로 치닫던 해이다. 이 위기는 소련이 동독에 핵탄두 중거리 미사일 SS25를 배치하기로 함에 따라 야기된 것으로, 여기에 미국이 퍼싱2 미사일로 대응하고 나선 것이다. SS25나 퍼싱2는 사정거리가 1,000km 이내인 중거리 미사일이다. 중거리 미사일이라는 것은 말하자면 발사되었을 때 떨어지는 곳이 SS25는 서독 땅이고, 퍼싱2는 동독 땅이라는 뜻이다. 핵폭탄을 장착한 소련과 미국의 미사일이 발사될 경우 결국 핵전쟁이 일어나는 전쟁터는 독일 땅이 되는 것이며, 죽는 사람들은 게르만이라는 것이다. 이런 생각과 공포감이 광범위하게 확산되면서 여기에 반대하는 '평화운동(Friedensbewegung)'이 치열하게 전개되기 시작했다. 물론 녹색당도 여기에 적극 참여했다.

서독의 수도인 본 남쪽, 퍼싱2가 배치될 예정인 기지에는 이를 봉쇄하기 위한 1백만 서독인들의 인간띠가 형성되기도 했다. 치열한 평화운동에도 불구하고 퍼싱2와 SS25는 동서독 땅에 배치되었다. 그러나 이것이 동독체제 붕괴의 출발점이 되리라고는 그 당시 어느 누구도 예상하지 못했다. 동독 공산당의 호네커가 서독 평화운동을 반미운동으로 잘못 알고 동독 내의 녹색 평화운동을 부분적으로 허용했던 것이다. 서독 녹색운동과의 연대를 위한 관제 평화운동이 필요하다는 생각에서였다. 그러나 관제로 시작된 동독 평화운동이 점점 내용과 깊이를 더해갔고 이것이 자기운동법칙에 따라 라이프 치히 교회를 중심으로 한 촛불시위로 이어져 종국에는 베를린 장벽을 무너뜨렸다. 역사의 패러독스란 바로 이런 것을 두고 하는 말이 아닐까.

〈디 차이트〉와 독일 통일

독일 민족 전체가 일대 위기의 순간에 서 있던 이때, 눈길을 끄는 기사가 하나 있었다. 독일 최고의 지식인 신문인 〈디 차이트(Die Zeit)〉의 1면 머릿기사였다. 디 차이트는 발행부수는 많지 않지만 발행면수가 많아 두께가 두껍다. 그래서 나처럼 혼자 밥을 해 먹어야 하는 신세의 사람들에게는 냄비 밑받침으로도 자주 활용되곤 한다. 나는 그렇게 식사를 하면서 냄비 밑에 놓인 신문의 큰 제목 기사를 훑어보기도 한다. 아무튼 그것은 당시 나의 특수한 사정이었을 뿐이고, 서독 사회에서 이 신문은 인구 센서스에 '디 차이트족'이라는 특수 분류가 생겨날 정도로 지식인 독자, 그 중에서도 진보적 지식인 독자들을 많이 가진 신문이었다. 또한 그들은 사회로부터도 그만한 대접을 받고 있었다. 전철에서도 〈디 차이트〉를 보고 있으면 옆자리의 승객들이 일정한 거리를 두면서도 존경을 눈길을 보낸다고 할 정도였다. 나치 시절 몇 차례의 죽을 고비를 넘긴 반나치 레지스탕스 출신의 백작 부인 마리온 그뢰핀 된호프가 함부르크에서 창간한 〈디 차이트〉는 헬무트 슈미트 전서독 총리가 오랫동안 발행인으로 있었다.

퍼싱2 미사일 배치와 반미감정을 둘러싸고 서독 사회가 양분되고 있을 때 〈디 차이트〉는 이 신문 정치부장을 동독으로 보내 "동서독은 둘이 아니라 하나이며 다시는 독일 땅이 전쟁터가 되어서는 안 된다"는 것을 강하게 암시하는 긴 글을 쓰게 했다. 지금도 이 기사의 큰 제목을 기억하고 있다. '찰리 검문소의 두 줄기 담쟁이 넝쿨'이라는 제목이었다. 동독에 들어가기 위해 기자는 동서독을 가르는 베를린 장벽의 찰리 검문소에 도착한다. 그런데 그 찰리 검문소 벽에 달라붙은 담쟁이 넝쿨이 양쪽에서 올라가서는 맨 위에서 서로 만나 엉켜 있었던 것이다. 하지만 기사에는 이것이 무엇을 뜻하는지에 대해서는 더 이상의 해설이 없다. 그러나 이 말이 무엇을 뜻하는지는 누구나 안다. 찰리 검문소 양쪽 벽의 담쟁이 넝쿨은 바로 동독과 서독을 상징하고, 이 동서독이 결국은 하나가 될 것이라는 메시지이다.

게다가 이 기사를 쓴 기자의 고향은 동독 땅이다. 이어진 기사에서 그는 고향 마을을 찾아가 옛 친구를 만난다. 옛 친구는 동독 공산당 지구당 간부가 되어 있다. 두 사람은 카페에서 맥주를 마신다. 체제 우위에 관한 이야기는 하지 않을 것이라고 다짐했으나 결국은 이 주제에 이야기가 미치게 된다. 그래서 그들은 이야기를 중단하고 카페에서 나온다. 길거리 테라스에서 양복을 벗고 다시 맥주를 마시는데 이때부터는 체제에 관한 말들이 사라지고 독일인이라면 어린 시절 누구나 읽은 동화작가 그림 형제를 비롯해서 게르만 공동의 문화유산에 대해 즐겁고 긴 이야기들을 나눈다. 당시 독일이 위기의 순간에 처해 있었는데도 이 긴 기사에는 반미와 반소련, SS25와 퍼싱2 미사일에 관한 말은 한마디도 나오지 않는다.

그럼에도 불구하고 이 기사를 읽는 독자들은 동서독이 민족 공동의 위기의 순간에 함께 서 있음을 절감하게 된다. 그리고 나는 '아, 기사를 이렇게도 쓰는구나!' 하는 전기 충격과도 같은 느낌을 받았다. '짖는 개는 물지 않는다'는 옛 속담과 함께. 진정으로 민족의 운명을 걱정하는 자는 비현실적인 정치구호만을 함부로 남발하지 않는 것이다.

이토록 위태로웠던 미사일 위기 7년 만에 동서독은 통일되었다. 분단 이후 최대의 위기를 그들은 최대의 기회로 전환시킨 것이다. 위기 안에 기회가 있고, 기회 안에 위기가 도사리고 있음을 그들은 알고 있었다. 진실로 모든 것은 사람 하기 나름인 것이다.

평화 가득한 한반도를 향해

"기회가 안방에 들어오면 치맛자락으로라도 이를 잡아야 하는 것이다"

　　1980년대 독일처럼, 우리도 지금 핵 위기를 겪고 있다. 북한이 핵폭탄 프로그램을 개발함에 따라 한반도 전역이 또 한 차례의 전쟁 위기에 휘말려 있는 것이다. 북한은 1992년 남북한 기본 합의서에서 한반도 전역의 비핵화에 합의해놓고도 핵폭탄을 개발했으며, 1994년 제네바 합의서에 서명을 해놓고도 다시 뒤편으로 농축우라늄 원폭 개발을 해왔다. 이는 북한 스스로도 인정한 것이다. 그렇게 함으로써 남북한 정상회담에서 채택한 6·15 공동선언과 김대중 정권의 햇볕정책을 희화화시켰다. 한마디로 한국과 국제사회의 대북 지원과 경제협력의 선의가 우롱당한 것이라 볼 수 있다.

　　핵폭탄은 왜 만드는가? 사용하기 위해 만든다. 사용할 수 있기 때문에 동시에 억제력을 가진다. '나도 핵폭탄을 갖고 있고, 너에게 핵폭탄을 던질 수 있다. 그러니까 나에게 핵폭탄을 던지지 말라'고

할 수 있고, 이것이 통하는 것이 '핵 억지력'이다. 냉전 시기 미국과 소련이 바로 이 같은 핵 억지력의 논리에 따라 핵무기 경쟁을 벌이며 이를 통해 핵전쟁 발발을 억제해왔다. 그러나 이것은 어디까지나 미국과 소련 간의 전략이었을 따름이다.

융합은 분열보다 더 큰 힘을 낸다

유엔 안보리 상임 이사국 5개국과 기묘하게 일치하고 있는 세계 핵 클럽 5개국(미국, 영국, 프랑스, 러시아, 중국)이 갖고 있는 핵폭탄과 제3세계 국가들이 갖고 있는 핵폭탄의 의미와 용도는 같지 않다. 인도와 파키스탄의 핵이 미국이나 러시아를 겨냥하고 있지 않은 것처럼 제3세계의 핵은 내전 또는 지역 전쟁에서 사용되기 위함이다. 북한이 대륙간 탄도 미사일을 실험했다고는 하지만 그들의 핵폭탄이 미국 땅에 떨어질 것으로 보는 사람은 없다. 북한 핵이 터져 핵구름의 버섯이 피어오르고, 핵폭풍이 불어닥칠 곳은 미국이 아니라 한민족 공동체의 삶의 터전인 한반도와 일본, 중국 동북지방, 러시아 연해주 일대일 것이다. 남을 위협하는 것이 아니라 자기 자신을 위협하여 타인을 협박하려는 것이다.

그러면서 "죽음을 각오한 자 당할 자 없다"고 한다. 북한 외무부 대변인이 2002년 10월 15일 미국의 핵 포기 요구를 거부하면서 한 말이다. 왜 그들은 끊임없이 죽음을 각오하고 있는 것일까? 사람을 살리는 '생명의 문화'가 아니라 사람을 죽이는 '죽음의 문화'가 그들을 휘감고 있는 이유는 무엇일까? '죽음을 각오하고' 6·25를 일으키고 지금 또다시 한반도 강토 전역을 핵전쟁의 폐허로 만들 작정인가?

　자해공갈이 통할 때도 있고, 통하지 않을 때도 있다. 상대가 자기보다 더 독할 때는 통하지 않는 법이다. '나 죽는다'고 할 때 '그래 죽어라' 하는 '몰인정한' 상대가 얼마든지 있는 것이다. '나만 죽지 않고 인질들과 동반 자살하겠다'고 하면, '그래 동반 자살해라. 어디까지나 너희들의 일이다'라는 자들도 있는 것이다. '동반 자살을 하겠다고? 그래 도와주지' 하며 나설 사람들이 있을지 모른다.

　만약 북핵이 터진다면, 강제적으로 동반 자살의 길에 동행해야 할 사람들은 누구인가? 북한의 '불구대천의 웬수 미국'인가, 아니면 북한과 남한 사람들 그리고 일본과 중국 동북부, 연해주에서 고단한 역사를 살아온 한민족 전체인가? 북한이 누구에게 핵 위협을 하고 있는가? 그들 자신과 우리 동포에게 핵 협박을 하고 있다. 그리고 한민족 전체를 핵 인질로 잡고 있다.

　그러면서 "죽음을 각오한 자 당할 자 없다"고 하고 있는 것이다. 아주 장한 것 같지만 어리석고 잔인하기 짝이 없다. 북핵은 북한의 보통 사람들과 아무런 관련이 없다. 핵폭탄으로 그들이 지키려고 하는 것은 그들 정권이지 북한 사람들이 아니다. 무슨 말을 하더라도 우리는 북한의 핵폭탄 개발과 한민족 전체를 그들의 핵폭탄 인질로 삼는 것을 용납할 수 없다. 반핵 평화주의의 큰뜻은 반드시 북한에도 똑같이 적용되어야 한다. 북한이 우리를 같은 민족으로 보든 보지 않든 말이다.

　남과 북이 각각 두 개의 국가인 것은 틀림없는 현실이다. 그러면 민족은 하나인가 둘인가? 어리석은 질문 같다. 조상이 같고 말이 같으며 문화와 역사 전통이 같은데 다른 민족일 리가 없다. 그러나 진짜 그런가? 공산주의자들이 보는 민족은 따로 있는 것 아닌가? 베를린 장벽 붕괴 이전의 동독 공산당의 민족론을 보면 민족에 대한 그들의 생각이 우리와 아주 다르다는 것을 알 수 있다. 필요에 따라 이런저런 말을 하고, 감동을 주는 여러 가지 장면들을 연출하지만 그들의 두뇌 깊숙이 자리잡고 있는 민족론은 분명히 우리와 다르다.

동서독이 분단되어 있던 시절, 동독은 서독에 대해 '같은 민족'이라는 생각을 갖고 있지 않았다. 독일민주공화국, 즉 동독은 자기들이 역사 속의 게르만 민족과 아무런 관계가 없으며, 따라서 나치와도 관계가 없고 나치의 전쟁범죄 책임도 갖고 있지 않으며, 서독과 특별히 협력을 강화해야 할 이유도 없다는 말을 되풀이해왔다. 공산주의 속에서 새로 태어난 독일민주공화국만이 동독인의 조국일 뿐 그 밖의 조국은 없다는 것이다. 이것이 그들이 말하는 민족이다. 그들이 말하는 '민족'은 피와 공동의 문화유산 같은 것은 별 의미를 지니지 못한다. 조상이 같고 말이 같아도 사상이 다르면 남일 따름이다. 자기와 같은 사상 편에 설 때만 비로소 동포가 되고 동포애가 생긴다. 그렇지 않을 때는 오히려 남보다 못한 증오와 적대의 대상이 되고 만다.

할아버지 할머니가 살아왔고 이를 물려받아 오늘 우리가 살고 있으며, 내일 우리 후손에게 물려줄 땅이 '조국'이다. 이 조국에는 민족공동체가 운영되고 있다. 그런데 북한은 민족에 대한 생각이 다르듯 조국에 대해서도 우리와는 다른 생각을 갖고 있다. 1994년 북핵 위기를 전후해서 그들은 "서울을 불바다로 만들어버리겠다"고 하는가 하면, "적들이 조국의 풀잎 하나라도 건드리면 짓뭉개버릴 것"이라고 했다. 당시 북한 최고인민회의 의장 양형섭의 말이다. 여기서 그들이 말하는 조국은 우리가 말하는 조국과 분명히 다르다. 북한만이 그들의 조국인 것이다. 우리가 말하는 조국이나 동포애와 그들이 말하는 조국과 동포애는 이처럼 출발부터가 다르다. 우리는 '미워도 다시 한 번' 하는 식으로 북한 동포들의 굶주림을 안타까워하지만 그들이 보기에는 이것도 다 바보짓이다. 그렇지 않고서야 세계가 그들 뜻대로 되지 않는다고 해서 "서울을 불바다로 만들어버리겠다"거나 "조국의 풀잎 하나라도"라는 발언을 할 수 있겠는가?

북한 지배층이 과거 동독의 호네커처럼 북한만을 그들의 조국으로 본다면 우리로서도 어쩔 수 없다. 어쩔 수는 없지만 우리도 각오를 다질 수밖에 없다. 형제가 아니라고 하는 사람을 붙잡고 아무리 형제라고 해도 말과 마음은 쉽사리 통하지 않는다. 하지만 그렇다고 해서 우리까지 그들처럼 행동할 필요는 없다. 우리는 어떤 일이 있어도, 우리의 조국을 '남한'에만 국한시키지 않으며, 우리의 동포를 '남한 사람'으로만 한정하지 않는다. 핏줄은 부인하고자 해서 부인할 수 있는 것이 아니며, 따라서 북한 동포들의 어려움을 외면할 수가 없다. 실제로 북한 지배층이 아무리 '조국의 풀잎 하나'를 연설해도 북한에 사는 보통 사람들이 우리에 대해 갖는 동포애에는 변함이 없을 것이다. 지난날 동독 사람들도 그랬다. 호네커가 동독만의 조국론을 그렇게 강조하고 서독에 대한 적대교육을 일상적으로 실시했지만 동독 사람들의 귀에는 그저 소음에 불과했고, 때가 되니까 결국은 하나로 합치게 되었다. 서로 싸우면서 닮는다는 말이 있지만 우리까지 북한 사람들을 동포로 여기지 않는 잘못을 저

지른다면 그보다 더 큰 비극은 없을 것이다.

"죽음을 각오한 자 당할 자 없다"고 하지만 죽음보다는 삶이, 증오보다는 사랑이 더 큰 힘을 갖는다. 핵융합이 된 수소폭탄이 핵분열이 이뤄진 원자폭탄보다 더 강한 폭발력을 갖고 있는 것도 융합의 힘을 말해주는 것이 아니겠는가. 대립과 분열, 증오와 적대의 길에서 한번 길게 숨을 쉰 뒤 협력과 통합, 사랑의 길로 발길을 돌리기를 정말 간절하게 바란다. "죽음을 각오한 자 당할 자 없다"에서 "삶을 각오한 자 당할 자 없다"로, 즉 생명의 문화로 전환하는 순간 지금까지 불가능하게 보이던 것들이 가능한 것이 되고, 막혔던 것이 뚫릴 것이다. 세상 사람들이 모두 증오의 감정으로 눈에 핏발을 세우고 있는 것만은 아니다. 신뢰의 감정에 응답하면 응답하는 것만큼의 신뢰로 보답받는 것이 자연의 이치이다. 이 길로 북한이 돌아서주기를 바란다.

아름다운 산하에 아름다운 사람꽃이 피어나길

지금은 평화를 이야기할 수밖에 없고, 평화가 절실하게 요청되는 시기라고들 한다. 틀림없는 말이다. 그러나 위협과 억압에 굴복하는 평화, 불의를 외면하는 평화는 평화가 아니다. 그리고 민주주의가 그런 것처럼 평화도 그냥 찾아오는 것이 아니다. 전쟁과 마찬가지로 평화도 대가에 대한 지불을 요구한다. 진정으로 평화를 바란다면 평화의 세금을 내야 하는 것이다. 내가 아닌 다른 누군가가 평화를 가져다주고 평화를 지켜줄 것이라고 생각해선 안 된다. 그것은 평화가 아니라 굴종일 따름이다. 평화의 세금을 내려 하지 않는 자, "지금 이대로"를 외치며 어떠한 변화와 개혁도 싫다는 자, 정의와 민주를 비웃으며 안일하고 부패한 삶을 사는 특권 기득권층이 말하는 평화는 '가짜 평화'이다.

햇빛은 차별 없이 골고루 대지를 비춘다. 그러나 어떤 나무와 풀은 무성하게 자라고 어떤 나무와 풀은 제대로 자라지 않는다. 햇빛 탓이 아니라 나무와 풀이 못 자란 탓이다. 길을 걷다 보면 중도 보고 소도 본다. 때로는 소나기와 눈보라를 만나기도 하고 때로는 폭염에 시달리기도 한다. 객관적인 조건은 우리의 존재 조건이다. 문제는 한 생명체의 생명력에 달려 있다. 북핵 위기로 한민족 전체의 운명이 중대한 시련을 맞고 있는 이 시점이야말로 우리 민족의 생명력이 크게 폭발되어야 할 때이다. 우리의 생명력을 폭발시킬 수만 있다면 현재의 북핵 위기는 민족통일을 앞당기는 기회로 뒤바뀔 것이다.

2003년 1월 19일 전국에서 모인 '솔(Weekly SOL)' 회원 6백 명과 임진각에서 '반핵 반전 평화행진'을 했다. 우리가 임진각에서 평화행진을 하던 날, 서울 시청 앞 광장에는 10만 명이 운집한 채 한국 기독교계의 반핵 반북 집회가 열리고 있었다. 6백 명과 10만 명. 한국 신문과 TV 방송들은 물론 시청 광장으로 몰려갔다. 그러나 미국 폭스 TV와 AP, 로이터통신 등 외신들은 임진각에서 열린 '솔'의 평화행진을 취재하러 왔다. '솔'의 평화행진에 참여한 사람들은 단순히 동원된 군중이 아니라 스스로 평화를 향한 염원을 갖고 온 사람들이었기 때문이다.

그때 우리는 한반도의 반핵·반전·평화를 호소하면서 동시에 우리 마음 속에 자리잡고 있는 폭력성을 내몰 것을 다짐했다. 자연과 인간을 사랑하고 폭력과 정복을 거부하는 평화행진을 하겠다고 다짐했던 것이다. 평화행진을 통해 우리 안에 있는 미움과 비뚤어진 심성, 열등감과 오만함, 병든 마음이 치유되기를 바랐다.

그날 나는 전국에서 12대의 버스를 나눠 타고 임진각 평화행진에 참여한 6백여 명, 평화를 사랑하는 사람들에게 '아름다운 산하에 아름다운 사람꽃이 피어나기를' 진심으로 바라는 마음으로 다음과 같은 연설을 했다.

새로운 기대와 새로운 두려움 속에 새해가 막을 올리고 있군요. 새로운 기대라는 것은 이 땅의 젊은 꽃봉오리들이 피어나기 시작했다는 것이고, 새로운 두려움이라는 것은 한반도에서의 전쟁 위기가 크게 고조되고 있는 데에 따른 것입니다.

'붉은 악마'와 '아시아의 자부심' '촛불시위' 그리고 2002년 대선 이후 이제 한국은 분명히 한 단계 더 업그레이드되고 있습니다. 그러나 전쟁의 위기가 검은 그림자를 드리우면서 '민주수호' 이후 '평화수호'가 우리의 최대 당면 과제가 되고 있다고 생각합니다. 민주화와 자유가 그러했듯이 평화도 그냥 주어지는 것이 아님을 우리는 알고 있습니다. 평화는 우리에게 노력을 요구합니다. 이 요구에 우리는 부응할 것입니다. 이 요구에 부응하기 위해 이렇게 만나고 있는 것입니다. 우리는 어느 누구의 대표도 아니고, 누구의 요청에 의해 이 자리에 함께 하고 있는 것이 아닙니다. 우리는 우리 스스로 마음의 요청에 따라 이 자리에 있는 것입니다.

우리는 한반도의 반핵·반전·평화를 호소합니다. 우리는 특히 남북한과 미국 지도자들에게 호소합니다. 배신의 감정과 미움, 공포와 분노가 있다고 하더라도 다시 한 번 숨을 길게 내쉰 뒤 살아 있는 모든 것이 가진 생명의 존엄성을 다른 모든 것보다 우선해서 생각해주십시오. 우리는 생존이 있고, 그 다음에 비로소 민주주의와 인권, 역사 발전과 정의가 있다고 생각합니다.

그러나 우리가 말하는 반핵이 반북한을, 반전이 반미를 뜻하는 것이 아님을 분명하게 밝힙니다. 우리는 강자의 핵이든 약자의 핵이든 핵폭탄 자체를 반대하며, 핵폭탄이 없는 세상을 소원합니다. 그리고 우리는 사상과 체제, 인종과 문화, 종교가 다르다 하더라도 억압과 폭력을 거부하는 사람이라면 어느 누구와도 지구촌 가족의 일원으로서 평화롭고 평등하게 서로 오가며, 도와가며 살아갈 수 있다는 것을 믿습니다.

우리는 한반도의 반핵·반전·평화를 호소하면서 동시에 우리 마음 속의 폭력을 내몰 것을 다짐합니다. 이를 위해 우리는 자연과 인간을 사랑하고, 폭력과 정복을 거부하는 평화행진을 시작할 것입니다. 평화행진을 통해 우리는 우리 안에 있는, 미워하는 마음과 비뚤어진 심성, 열등 콤플렉스와 오만함 등 병든 마음이 치유되기를 바랍니다.

그리고 우리는 한반도를 항구적인 전쟁 상태 아래에 두고 있는 정전협정 대신 평화협정이 체결되기를 바라고, 그 바탕 위에 남북한이 통일되어 세계 모든 나라들과 사이좋게 지내며, 사람이 꽃보다 아름답다는 말 그대로 우리의 아름다운 산하에 아름다운 사람꽃이 피어나기를 희망합니다.

하지만 여전히 지금도 매일같이 전쟁을 알리는 신호음들이 들린다. 찰머스 존슨 박사는 미국인으로서 6·25 참전용사이자 세계가 알아주는 동북아 전문가이다. 9·11 테러를 사전 경고한 책인 《블로우 백(Blowback)》 저자이자 버클리 대학의 일본재단 이사장이기도 한 존슨 교수는 내게 "불행한 일이지만 또 한 차례의 한국전쟁을 피할 수 없다"는 내용의 글을 전자우편으로 보내왔다. 그러니까 대비를 하라는 뜻이었다.

존슨 교수만이 아니다. 지금 서울에는 이름을 드러내지 않는 미국의 전략문제 전문가들이 여러 명 와 있다. 미국이 북한을 공격했을 때 한국 사람들이 어떻게 나올 것인지를 알기 위해서이다. 이들에게 "전쟁을 정말 피할 수 없단 말인가" 하고 물으면 "모든 것이 사람 하기 나름 아닐까" 하며 알듯 모를 듯한 대답을 한다.

물론 그렇다. 이 모든 것이 우리가 어떻게 하느냐에 달려 있다. 우리가 잘 하면 위기가 기회로 바뀔 수도 있을 것이며, 잘못하면 기회가 위기로 바뀔 수도 있을 것이다. 그러나 아무것도 하지 않고 위기가 기회로 바뀌기를 앉아서 기다리고 있을 수만은 없다. 전쟁의 '위기'를 베를린 장벽 붕괴의 '기회'로 전환시킨 독일인들처럼 우리 또한 보다 적극적인 방법을 모색해야 한다.

통일 독일의 386 '베를린 세대'

"그들은 통일 직후의 무질서와 혼돈 속에서 창조의 에너지를 찾았다"

1990년 12월 31일 통일 독일의 베를린. 브란덴부르크 문 위로 폭죽이 터지고, 낙하하는 폭죽의 잔재가 내 오버코트를 태웠다. 남의 집 잔치에 왔다가 옷을 태운 것이다. 통일 독일의 폭죽이 분단국 한국 기자의 옷을 태우건 말건 통일 독일의 기쁨과 미래에의 자신감은 한밤의 불꽃놀이와 음악과 춤으로 터져나왔다. 이러한 통일의 환희 속에서 '베를린 세대'가 태어났고, 그 '베를린 세대'가 이제는 전세계적으로 유명해진 '베를린 러브 퍼레이드'를 탄생시켰다.

2차대전 전 바이마르 공화국에서 젊은 시절을 보내고 나치를 겪고 그 나치 때문에 폐허로 변한 독일을 다시 일으켜세운 아데나워 수상이 '바이마르 세대'라면 분단 상태의 서독을 이끈 빌리 브란트와 헬무트 콜은 '전후 세대'이다. 그리고 통일 독일을 이끌고 있는 슈뢰더 수상은 이른바 '68세대'이다. 1968년 파리 낭테르 대학과 미국 버클리 대학에서 첫 신호탄을 쏘아올린 68학생운동은 권위에 대한 도전을 그 특징으로 한다. 68세대는 비판정신을 표출시키면서 개인의 존재의식 대신 사회의식을, 자연 대신 역사를, 결단 대신 담론을 들고 나왔다.

새로운 시대정신, 베를린 세대

독일 통일과 함께 68세대의 뒤를 이을 '베를린 세대'가 태동하고 있었다. '베를린 세대'는 68세대의 자유정신에 공감하면서도 68년 때와는 또 다른 새로운 시대정신을 모색하는 젊은 지식인과 예술인들에 의해 베를린 장벽 붕괴 다음 날부터 베를린에 자리잡기 시작했다.

이들은 통일 직후의 무질서와 혼돈 속에서 창조의 에너지를 찾고 있었으며, 68세대와는 다르게 그 어떤 정치 이데올로기에도 매몰되지 않고 있었다. 이들은 젊고 실용적이었으며 열린 마음을 갖고 있었다. 그런만큼 모든 것을 받아들이고 모든 것을 실험하고자 하고, 지상천국의 도래를 약속하는 '위대한 그날에 대한 신화'를 더 이상 믿지 않았다. 이전까지의 서유럽 지식인들은 한 사회가 지금까지와는 완전히 다른 새 질서로 진입하는 혁명의 날을 가리켜 '위대한 그날'이라고 불러왔는데, 이들은 그것이 단지 말과 생각으로만 존재할 뿐 현실 속에서는 실재하지 않는다고 생각한 것이다.

베를린 세대는 68세대의 자유정신과 비판의식을 인정한다. 그러나 동시에 아버지 세대인 68세대를 향해 "왜 신자유주의의 도그마와 상업주의에 끊임없이 양보해왔는가?" 하고 묻는다. 시장이 국

가를 포위해서 무장해제시키는 신자유주의에 대해 '베를린 세대'
는 강한 의문을 품고 있는 것이다. 베를린 세대는 '위대한 그날'을
부정한다. 그러면서도 '민주공화국'의 민주와 공화 중 '민주'보다
는 모든 사람이 조화롭게 더불어 살아가는 '공화'에 더 큰 무게를
싣고 있다. 베를린 세대는 공동체 의식과 사회 연대를 시장법칙 위
에 두는 한편 언론의 상업주의에 대해 '시민전쟁'을 선포하고 있는
것이다.

　물론 이들 또한 68세대와 마찬가지로 내셔널리즘에 분명히 반대
한다. 그러나 이들은 민족주의로 번역되는 내셔널리즘(nationalism)
과 애국주의(patriotism)를 구분하면서 내셔널리즘이 대외팽창과 대
내폐쇄로 상징되는 '닫힌 사회'의 대결 이데올로기라면 애국주의는
내 이웃과 내 나라, 그리고 인류 전체에 대한 사랑을 전제로 하는
고상한 정신의 표현이라고 말한다. 그러면서 이들은 애국주의의 고
상한 정신을 국가의 틀을 뛰어넘어 전유럽적 규모로 실현할 것을
요구한다.

　시장으로서의 유럽통합이 아니라 사회 구성원간 연대의 확대 공
간으로서 유럽통합을 바라는 것이다. 실패한 자에 대한 외면과 무
관심, 냉담으로는 사회 연대가 생겨날 수 없고, 연대감 없이는 애국
주의도 생겨날 수 없으며, 애국의 마음이 없으면 결국 인간과 사회,
국가가 황폐해질 수밖에 없다고 '베를린 세대'는 말하고 있다.

　도그마로서의 이데올로기를 거부하고, 그 대신 인간에 대한 따뜻
한 시선과 열린 마음, 그리고 미완의 시대정신을 모색하는 것이 '베
를린 세대'의 특징이다. 그리고 이 시대정신이 테크노 뮤직의 '베를
린 러브 퍼레이드'로 형상화했다. 독일 통일 이후 해마다 여름이 되

면 유럽 전역에서 수백만 명의 젊은이들이 베를린으로 몰려든다. 유럽의 젊은이들을 한자리에 모아 '다른 것은 더 작게 하고 큰 것은 더 크게 하자'며 '태양을 그대 가슴에'라는 구호 아래 '러브 퍼레이드'를 조직하고 있는 주체가 바로 '베를린 세대'이다.

이들은 "전쟁보다 사랑을 하자"는, 1969년 미국 우드스톡 록 페스티벌 때의 반전 평화주의자들과 달리 어떠한 정치 주장도 하지 않으며, 어느 누구도 비난하거나 적으로 몰지 않는다. 이들은 증오가 아닌 사랑이야말로 '그대 가슴을 빛나게 하는 태양'으로 본다. 그리고 이들은 20세기 민족주의적인 국가간 증오와 대결의 감정을 '러브 퍼레이드' 속에서 녹여나려 하고 있는 것이다.

한국인들은 진정으로 통일을 원하는가?

'러브 퍼레이드'가 벌어지는 베를린 브란덴부르크 문을 나오면 거대한 석조건물이 있다. 나치 국방부 건물이다. 이 거대한 건물에 통일 독일의 선발부대라고 할 내무성 통합문제 분석팀이 통일 다음 날부터 들어와 있다. 해군 정보장교 출신의 한스 쥐르겐 칵 박사가 팀장이다. 1991년 여름 베를린으로 한스 쥐르겐 칵을 찾아갔다. 칵은 독일 내무성 독일 통합문제 분석실장이다. 통일 독일 정부의 선발대로 먼저 베를린에 와 있는 것이다. 그러나 그가 하고 있는 일은 통합문제 분석 그 이상인 것 같았고, 독일 통일과 관련해서 그가 모르고 있는 일은 별로 없었다.

지난 시절 미국과 소련의 감시를 피해 동서독의 고위급 당국자가 동서독 국경을 지나는 화물차 기관사로 위장을 하고 기차 안에서 비밀리에 만나곤 했다는 이야기도 어디에서인가 들었다. 민족 위기가 고조될 때마다 동서독 당국자들은 온갖 수단을 다 동원해 비밀 접촉을 하고 있었음이 통일 이후 밝혀지고 있는 것이다. 해군 정보 장교였던 칵 실장 또한 통일 전에는 베를린 장벽 저쪽으로 넘어가 동독인과 수시로 접촉을 했으며, 통일 후에는 베를린의 옛 나치 국 방성 청사 건물을 독차지한 채 새로운 일에 매달리고 있다. 칵 실장은 외양이 전혀 정보장교 같지가 않다. 작가나 학자 같은 모습이다. 칵 실장을 찾아가던 그날은 무더운 여름 한낮이었다. 그런데도 내가 베를린 청사 안 그의 사무실에 들어섰을 때 그가 내놓은 것은 차나 커피가 아니라 위스키였다. 일단 한잔 마시고 그 다음 이야기를 꺼낸다.

그런데 한국 통일에 관한 한 칵 실장은 한국 국민들의 뜻이 무엇인지 도대체 모르겠다고 한다. 남북한에 대해 다른 것은 거의 다 알겠는데 아무리 분석을 해보아도 알 수 없는 하나가 한국 국민들이 정말 통일을 원하고 있느냐 하는 것이었다. 입으로는 통일을 원한다고 하면서도 마음으로는 통일을 두려워하며, 통일의 날이 오는 것을 본능적으로 지연시키고 있는 것은 아닌지, 또 그도 아니면 일제로부터의 해방이 그러했던 것처럼 통일도 다른 나라가 해주기를 기다리고 있는 건 아닌가 하는 생각을 떨쳐버릴 수 없다는 것이다. 그러면서 자기가 보기에 한국인은 분발을 해야 할 때 분발하지 않고, 스포츠 행사 등 크게 중요하지 않는 일에서만 분발을 한다는 느낌이 든다는 것이다.

한국에도 통일의 순간이 다가오고 있다고 보느냐는 질문에 대해, 칵 실장은 19세기 말 프러시아에 의한 독일 통일을 앞두고 철혈 재상 비스마르크가 했던 말을 들려주었다. "역사의 기회가 안방에 들어오면 치맛자락으로라도 기회를 낚아채야 한다. 기회는 새와 같아서 낚아채지 않으면 다시 창밖으로 날아가버린다."

또한 그는 베를린 장벽 붕괴와 그 이후 전개된 상황을 예로 들면서 진정으로 통일을 바라고 통일의 순간이 다가오고 있다고 생각하는 사람들이라면 그 태도가 극도로 부드러워져야 하고, 그리하여 다른 나라들이 경계심을 갖지 않도록 주의해야 하며, 밖으로는 우방국가들과의 유대관계를 극대화하는 한편 안으로는 차별성보다는 동질성, 증오와 적대감, 지배와 정복의 감정보다는 관용과 아량, 형제애의 감정을 확산시키는 일이 통일 기회를 포착하는 전제라고 했다. 그러면서 하지만 지금 한국은 이와 반대 방향으로 가고 있지 않나 하는 생각이 든다는 것이다. 그는 역사의 기회를 잡지 못할 경우 기회가 한국으로 오지 않고 미국이나 일본으로 갈 수도 있음을 알아야 한다고 말하는 것이다.

진짜로 통일을 원한다면 안으로는 강하게 단결하고, 밖으로는 한없이 부드러워져야 한다는 칵 실장의 이야기를 들으면서 '벼는 익을수록 고개를 숙인다'는 우리 나라 속담이 떠올랐다. 익지 않으면 고개가 숙여지지 않고, 고개를 숙이지 않는 것은 익지 않은 것이다. 익는다는 것은 무엇일까? '남북한이 통일만 되어보라, 일본과 미국이 문제이겠는가, 본때를 보여주자'라든가, 남북한 통일을 말하면서도 남북통일은 고사하고 동서통일도 이루지 못하고, 밤낮으로 생각하는 것은 그저 우리 동네, 우리 그룹, 우리 패거리들의 먹이사슬뿐이라면 익은 벼이삭이라고 할 수 없을 것이다. 그리고 '좋은 것'은 결코 공짜로 얻어지지 않는다. 다른 말로 하면 공짜로 얻어지는 것치고 좋은 것은 없다는 얘기다. 좋은 것은 반드시 그 비용을 요구한다.

민주주의도 그렇고 통일도 그렇다. 그 통일이 남남 통일이든 남북 통일이든. 대가를 지불할 마음자세 없이 '통일'을 이야기한다면, '통일'을 이야기하면서 진짜로 바라는 것은 '통일'이 아닌 다른 그 무엇이라고 볼 수밖에 없다. 대국민 사기극일 수 있는 것이다. 그렇지 않으면 칵 실장의 이야기처럼 미국이 통일을 가져다주기만을 기다리며, 아무런 대가도 지불하지 않고 통일을 공짜로 누리려는 파렴치함인지도 모르겠다. 그러나 유감스럽게도 역사에 무임승차는 없다. 무임승차자에게는 결국 통상 요금의 몇 배에 달하는 벌금이 부가될 뿐이다. 그래서 자주 자존이 소중한 것이고, 자주 자존에는 비용이 요청되는 것이며, 비용을 지불하고 획득한 자주 자존은 지불한 비용 이상의 큰 부가가치를 재생산해내는 것이다. 우리가 걸어야 할 길이 바로 이 길이 아니겠는가?

통일로 가는 길

동독의 마지막 평양 주재 대사 한스 마르츠키 박사도 같은 말을 하고 있었다. 칵 실장을 만난 다음 날 마르츠키 박사를 독일 포츠담 시 근교에 있는 그의 자택으로 찾아가 만났다. 마르츠키 박사는 평양에서 철수한 후 얼마 전까지 포츠담 대학에서 국제정치학을 가르치다가 지금은 교수직도 그만두고 부인과 둘이 포츠담 시 근교 숲속의 집에서 조용히 은퇴생활을 보내고 있었다. 그의 집 뜰에는 북한에서 가져온 진달래와 무궁화, 은행나무가 심겨 있다. 은퇴생활을 하고 있으나 세계문제 특히 한반도문제에 대한 그의 관심은 여전했고, 그날도 독일 통일과 동서독 관계, 북한에서의 체험을 비롯한 많은 이야기를 들려주었다.

오후 3시 살구나무와 사과나무로 둘러싸인 그의 전원주택에서 시작된 이야기는 포츠담 시내 그리스 식당으로 자리를 옮겨 밤 11시까지 이어졌다. 이야기 중간중간 마르츠키 부인까지 끼여들어 김일성, 김정일과의 묘향산 초대소 파티 등 그들이 1987년에서 1990년 3월까지 평양에 있으면서 겪은 여러 가지 일들을 들려주었다. 긴 이야기를 끝마치고 그가 한 말은 각 실장의 말과 동일했다. 기회가 오고 있는데도 한국 국민들이 우물쭈물하고 있다는 것이다. '화해와 경제협력을 통해 통일로 가는 길'과 남북한 통일 전망에 대한 자신의 의견을 이렇게 피력했다.

화해와 경제협력을 통해 통일로 간다고 하지만 이것은 서독 방식이다. 한번 써먹은 방식은 두 번 통하지 않는다. 모방이 아니라 창조가 필요한 것이다. 통일이 먼저이고 화해는 나중이다. 그리고 주체경제와 시장경제, 쇼비니즘의 군사문화와 서구 지향의 현대문화가 어떻게 통합될 수 있나? 듣기에는 그럴 듯하지만 실현성이 희박한 상아탑적인 발상이다. 내가 통일 준비를 잘 하라고 하는 것도 이 점을 지적한 말이다. 거듭 강조해서 하는 말이지만 한국의 경우 통일이 먼저이고 화해는 나중이다.

남한은 지금 통일문제에서 너무 겉돌고 있고 우물쭈물하고 있다. 통일은 어느 시대, 어느 나라든 한쪽이 항복해야 되는 것이지, 대등한 입장에서 이뤄지는 통일은 없다. 승자와 패자가 분명할 때 통일이 되는 것이다. 남북한 중 누가 승자이고 누가 패자인지는 이미 분명해지지 않았나? 대화와 화해를 통해 통일의 길로 가겠다는 것은 북한의 실체를 잘 모르고 하는 소리이다. 통일을 어떻게 하느냐는 이제 더 이상 논의의 대상이 되지 못한다. 이리저리 흔들리지 말고 흡수통일의 외길로 달리는 것이 나을 것이다.

통일은 먼 훗날의 일이 아니다. 지금은 한국 사람들이 정말 심각해져야 할 때이다. 문제는 통일 준비이다. 또 하나 덧붙이고 싶은 것은 남한이 '말'과 '제안'을 함부로 하지 말라는 것이다. 지키지 못할 말과 제안을 함부로 하다가는 북한 사람들로부터 신뢰를 얻을 수 없다. 말과 약속을 뒤집지 말라는 뜻이다. 말과 약속을 뒤집으면 북한 사람들이 통일 이후를 불안해하고 통일에 저항한다. 지난날 서독은 동독에 대해 말을 굉장히 아낀 반면 한번 한 말과 약속은 어떤 일이 있더라도 지키려고 했다. 그래서 동독인들 사이에 서독에 대한 신뢰가 생겨나고 이것이 통일로 이어졌다.

통일은 어디까지나 정치에 의한 것이지 경제에 의한 것은 아니라는 말을 베를린 자유대학 정치학 교수 엘마 알트파터 박사도 하고 있다. 통일은 어디까지나 정치적인 작업이라는 것이다. 그의 말을 들어보자.

전서독 총리 헬무트 콜은 정치적 본능이 뛰어난 사람이다. 그는 통일과정에서 가장 윗자리에 오는 것이 정치임을 이해하고 있었다. 동서독과 같이 기본적으로 서로 다른 두 나라가 한 나라로 통일된다는 것은 분명히 경제논리에 배치되는 것이다. 경제논리대로 하자면 독일은 하나가 될 수 없다. 그래서 콜은 서독 중앙은행과 야당 사회민주당의 반대에도 불구하고 통일을 밀어붙였으며, 이를 동독 사람들이 지지했다.

독일 통일은 정치적인 것이며, 힘으로 추진된 것이다. 말하자면 대등한 지위에서 동서독이 협상을 통해 이룩한 것이 아니고 강한 쪽이 약한 쪽을 흡수한 것이다. 서독 엘리트들에 의한 일종의 쿠데타 성격을 띠었다고 볼 수 있다. 여기에는 물론 서독 엘리트 그룹의 힘의 우위와 동독 엘리트 그룹의 취약함이 작용했을 것이다. 독일의 통일 쿠데타는 아주 독특하고 유리했던 당시의 정치 환경에 힘입은 바 크다. 이것이 다방면에서 작용했는데 무엇보다도 동독 정권이 이미 허약해진 상태에서 정통성을 잃고 있었다. 소련과 동구 국가들이 허약해진 것도 동독의 흡수통일에 도움이 됐다. 또 처음에는 다소 주저하고 귀찮아하던 미국 등 서방 국가들이 결국에는 동독을 흡수하는 것이 나토와 유럽연합의 영역 확대에 유리할 것이라는 결론을 내렸다.

통일이 한국의 '세계 중심 국가론'으로 국제사회에 받아들여져서는 안 된다. 통일 작업에 이웃 국가들을 반드시 동참시켜야 하고 이웃 국가들을 통일과정 속으로 끌어들여야 한다. 국제조약과 협약들이 모두 통일에 따라 영향을 받기 때문이다. 통일이 관련 당사국 모두에게 이익을 주는 게임이 되어야지, 제로섬 게임이 되어서는 안 된다.

내가 만난 북한, 북한의 얼굴들

"2000년 10월 나는 고려민항을 타고 평양 순안공항에 내렸다"

2000년 10월 북경에서 고려민항을 타고 평양 순안공항에 내렸다. 신문사를 대표해서 '우리민족서로돕기운동'에 참여하는 한 사람으로서 한국에서 보낸 비료와 씨감자, 비닐, 수레를 제대로 보급하고 있는지 현지 방문을 통해 확인하기 위해서였다.

평안도와 황해도 여러 곳을 둘러보았다. 사리원과 봉산에서 농촌 할머니들과 함께 앉아 이런저런 이야기들을 주고받으면 이곳이 이북인지 옛 이남 농촌인지 잠시 깜빡한다. 남북한간의 이질화라는 것도 그저 한번 해보는 소리에 불과하지 않은가 하는 생각이 들 정도이다. 우리는 작은 것이든 큰 것이든 뭔가를 주러 왔고, 그들은 우리가 주는 물건을 받는 사람들이다. 주는 자의 오만함, 받는 자의 비굴함이 언뜻언뜻 얼굴 표정에 떠오른다. 이런 표정들을 보면 마음이 아프다. 그러나 그들은 친절하고 끊임없이 북남간 대화와 화해, 협력을 말한다. 하나도 틀린 말이 아니다. 협동농장에 걸린 '무엇이 불가능하다면 그것은 조선 말이 아니다'라는 액자를 보고 '나의 사전에 불가능은 없다'라는 말을 들어보았느냐고 물으니 들어본 적이 없다고 한다.

내가 본 북한 풍경, 그들의 진실

북한 방문 마지막 날, 묘향산 관광길. 말로만 듣던 북한의 기쁨조가 묘향산 계곡에서 점심식사 준비를 하고 한국 노래를 부른다. 청바지를 입고 캡을 쓰고 있다. 여기서도 남한인지 북한인지 헷갈린다. 화기애애하다. 옆자리에 앉아 있는 북한 안내원이 재미있는 이야기를 해준다. 기쁨조의 경우 국가에 대한 복무가 끝나면 정부에서 정해주는 남편을 맞게 되는데 한결같이 훌륭한 신랑감들이라는 것이다. 이때 정부에서는 남편 외에 아파트와 냉장고, TV를 함께 준다고 한다. 문제는 기쁨조의 남편으로 점찍히는 청년들의 경우인데 어떤 이유에서든 한번 점찍히면 거부할 수 없다는 것이다.

이들과 함께 노래 부르고 묘향산 계곡에서 즐거운 한때를 보냈다. 진짜 같은 핏줄을 가진 동족이고 한 형제 같다. 적지가 아니라 옆집에 놀러 온 기분이다. 화기애애한 분위기는 저녁까지 이어졌다. 그러나 실은 그게 아니기도 했다. 그들의 얼굴은 하나가 아니라 둘이었으며, 받는 자 특유의 웃는 얼굴 아래로 분노로 가득 찬 무섭고 화난 얼굴이 감추어져 있었다.

열흘 이상 북한의 이곳 저곳을 둘러보는 우리들의 일정에는 아주 세련된 민화협(민족화해협력 범국민협의회)과 아태 관계자들이 내내 동행을 했다. 그런데 하루 종일 우리와 말 한마디 나누지 않는 북한 사람이 있었으니, 바로 우리 차를 모는 짧은 머리의 운전수였다. 그는 웃는 얼굴도 화난 얼굴도 아닌, 돌처럼 무표정한 얼굴로 운전만 했다. 묘향산 관광호텔에서 이별 파티를 열 때도 그는 멀찍이 떨어져 앉아 홀로 식사를 하고 있다. 남북한의 '화해와 평화 일꾼들'이 건배를 외치며 시끌시끌한 와중에도 그는 내내 말이 없었고 멀리 혼자 앉아 있다. 직급이 낮아서 그런가? 보기에 안됐다. 그래서 "나하고 둘이 한잔 하자"며 불러서는 이것저것 다정하게 말을 붙여본다. 그런데 이 운전수 동무가 갑자기 폭발을 하는 것이 아닌가? 바위와 같은 주먹으로 탁자를 탁 치며 낮지만 거친 음성으로 남조선놈이든 미국놈이든 까불면 한주먹으로 날려버리겠다고 한다. 그는 진짜로 단호하고 사나웠다. 북한의 두 얼굴 중 하나가 진면목을 드러낸 것이다. 옆자리의 다른 사람들은 웃고 떠드느라 이 얼굴을 보지 못했다.

이 얼굴 위로 평양으로 들어오는 모든 길목마다 설치돼 있는 경비초소를 지키는 북한 병사들의 얼굴이 겹쳐 떠오른다. 그들의 눈동자는 노란 빛이었고, 얼굴에는 살기가 가득 서려 있었다. 병사 계급인 그들의 지시에 중앙당과 정부에서 나온 높은 계급의 '평화 일꾼들'이 '네네'를 연발하고 있었던 것이다. 말하자면 김일성 사망 이후 지금까지 계속되고 있는 '선군정치(先軍政治)의 시대'인 것이다. 군이 먼저라는 것이 선군정치이다. 다른 말로 하면 북한은 십년째 계엄 상태인 것이다. 이 계엄 상태에서의 계엄사령관이 이른바 북한 군사위원장 김정일이다. '선군정치'의 구호 사이사이로 '비겁자여, 갈 테면 가라'와 '가는 길은 멀어도 웃으며 가자'라는 구호가 나란히 붙어 있다. 친구와 적이라는 두 개의 얼굴을 한 그들은 우리와 화해와 협력을 이야기하면서, 다른 한편으로는 서울을 불바다로 만들어버리겠다 말하고 있는 것이다.

두 얼굴을 한 북한 사나이는 북한이 아닌 세계의 다른 곳에도 있다. 1997년 2월 황장엽이 한국으로 망명했다는 급전이 날아든다. 북한 체제 그 자체라고 할 황장엽의 망명이라니, 믿기지 않는 일이 발생한 것이다. 김일성이 죽고 황장엽이 망명했다면 이제 북한은 끝난 게 아닌가? 그러나 오후부터는 황장엽이 망명한 것이 아니고 납치당했다는 주장이 북한측으로부터 나오고 있다는 또 다른 외신이 전해진다. 도대체 무슨 일이 벌어지고 있는 건가? 어떤 결정적인 순간들이 오고 있는 것 같은데 알 수가 없다.

그래서 큰마음 먹고 오래 전부터 알고 있던 어떤 사나이한테 전화를 걸었다. 유럽에 나와 있는 북한 정보통이다. 오늘중으로 한번 만나자고 하니까, "최 특파원 이야기를 이전부터 듣고 있었다"면서 승낙한다. 시간과 장소는 자기가 정하겠다고 한다. 그날 저녁 7시 파리 중심가의 한 대형 중국집에서 그와 내가 만났다. 칸막이가 없는 대형 홀 한가운데 좌석이 예약되어 있었다. 자기 소개가 끝나자마자 황장엽의 망명이 어떻게 된 것이냐고 물으니까 "납치가 아니라 망명이 맞다"고 한다. 그러면서 황장엽을 굉장히 심하게 비난한다. 북한에 잘못된 점이 있으면 그 안에서 이를 고치려고 해야 책임 있는 자의 태도이지 자기 혼자 북한을 빠져나가는 것이 과연 옳은가, 하고 반문한다. 그런데 그날 그는 언론에 전혀 보도되지 않은 이야기를 하나 들려준다.

이 사람은 북한의 혁명 유자녀들이 다니는 만경대학교 출신이다.

할아버지가 김일성과 같은 갑산파였다는 것이다. 혁명 유자녀들은 김일성의 양자들이다. 이들이 세계 곳곳에 퍼져 있다. 1994년 어느 날 평양에서 급히 연락이 왔는데 급거 귀국을 하라는 것이다. 귀국을 해서 세계 다른 곳에서 활동중이던 다른 유자녀들과 함께 한밤중에 대기를 하고 있는데 김일성이 들어선다. 그러면서 다음과 같은 내용의 말을 하더라는 것이다.

내가 너희들을 급히 부른 것은 중요한 일이 있기 때문이다. 곧 서울로 간다. 서울에 가면 북한의 사회주의 실험이 실패했다는 것을 인정하고 남북통일을 정식으로 요청할 작정이다. 내가 일제 때 만주에서 공산주의 활동을 한 것은 당시로서는 공산주의가 반제 항일운동에 가장 유효한 이데올로기 수단이었기 때문이다. 이데올로기는 옷과 같은 것이다. 계절이 바뀌면 옷을 바꾸어 입을 줄 알아야 한다. 북한 사회주의 실험의 실패를 내가 인정한다고 하더라도 놀라지 말라. 이 말을 하기 위해 너희들을 급히 부른 것이다.

그가 직접 경험한 것이라며 들려준 이야기니 믿지 않을 수 없었지만, 나는 '만약'이라는 가정태를 생각해보았다. 만약 김일성이 죽지 않고 서울에 와서 김영삼 대통령과 남북정상회담을 했다면? 환호하는 남한 군중들에게 북한 사회주의 실험의 실패를 인정하고 남북한 통일을 요구했다면 어떤 일이 벌어졌을까? 입만 벌리면 북한 체제를 공격하던 한국의 보수 언론들이 김일성이 자기 체제의 실패를 인정하고 통일을 요구한 것을 환영했을까, 아니면 이로부터 야

기될 새로운 변화에 대한 공포감에 질려 극도의 거부반응을 보였을
까? 혹 남한 사회 전체가 이 문제를 두고 내부 분열을 일으키지는
않았을까? 그리고 김일성은 이러한 분열을 계산에 두고 있었던 것
은 아닐까? 이만큼 우리가 허약하다는 것일까?

오만 가지 생각이 한꺼번에 몰려오던 그때가 엊그제 같다. 적이
웃는 얼굴을 하고 우리에게 다가오고, 친구가 화난 얼굴을 하고 있
는 것이 이 시대의 특징일지 모른다. 웃는 얼굴의 적이 더 무서울까
화난 얼굴의 친구가 더 무서울까?

두 얼굴의 나라, 미국을 어떻게 볼 것인가?

퍼그와시는 1995년 노벨 평화상을 받은 반핵평화 단체이다. 히로
시마 원폭 투하로 2차대전이 마감된 직후 아인슈타인과 영국 철학
자 버틀런드 러셀이 중심이 되어 더 이상 핵폭탄을 사용해서는 안
된다는 것을 선언하기 위해 만든 단체이다.

퍼그와시는 캐나다의 한 작은 어항의 이름이다. 미국 정부가 이
인슈타인의 반핵 움직임에 제동을 걸어 미국 내에서의 활동을 제약
하고 있었기 때문에 아인슈타인과 러셀은 퍼그와시에서 회동할 수
밖에 없었다. 그런데 1994년 북한 핵 위기 당시 그들만의 비밀회의
에서, 북한 인구가 얼마냐는 질문이 나오고 2천만 정도라는 답변이
있자 북한인 2백만 명 정도를 희생시켜 동북아 전역을 핵무기로부
터 막을 수 있다면 북한에 대한 사전예방 성격의 핵 공격을 한번 시
도해볼 만하지 않겠느냐 하는 이야기가 나왔다고 한다. 쉽게 말해
큰 것을 위해 작은 것을 희생시킬 수도 있다는 이야기인데 이때 희

생당하는 '작은 것'이 다른 어느 누군가가 아닌 우리 자신일 때는 이야기가 달라진다. 퍼그와시 또한 두 얼굴을 하고 있었던 것이다.

미국도 분명히 헐크처럼 두 얼굴을 하고 있다. 그들은 민주와 인권의 전도사이자 동시에 모든 것을 그들의 기준에 일치시키기를 요구하는 폭군이다. 북한과 마찬가지로 두 얼굴을 한 미국이라는 존재가 우리 곁을 한시도 떠나지 않고 있다. 말 그대로 미국에서 시작해서 미국으로 끝나는 것이 한국이다. 물론 우리만 그런 건 아닐 게다. 전세계가 미국과 더불어 하루를 시작하고 하루를 끝내고 있다고 해도 과장은 아닐 것이다.

사람에 따라 미국을 좋아하는 사람도 있을 것이고, 싫어하는 사람도 있을 것이다. 그러나 어쨌든 미국은 구체적인 우리의 현실이다. 미국은 일상적으로 우리와 함께 있다. 달러와 헐리우드 영화, 맥도널드 햄버거, 리바이스 청바지, 인터넷과 닷컴, 그리고 영어가 그렇듯이 미국은 우리에게 너무나 친숙하다. 익숙하고 친밀하기 때문에 미국을 다 알고 있다고 생각한다. 하지만 과연 그럴까? 그렇지 않을 것이다.

우리는 그들의 웃는 얼굴과 화난 얼굴조차 제대로 분별하지 못하고 있다. 뿐만 아니라 그 동안 우리가 배우고 알고 있던 아브라함 링컨 대통령의 미국은 부시 대통령의 미국과 같지 않다. 21세기의 미국은 조지 워싱턴 대통령의 독립선언 때의 미국과도 다르고, 한국전쟁 때의 미국은 물론 20세기 후반 50년간의 미국과도 다르다. 미국의 얼굴이 크게 달라지고 있는 것이다. 지난 백 년 동안 한집안처럼 드나들고, 무슨 일이 생기기만 하면 들고 가서 의논하고 도움을 청했던 미국을 우리는 왜 다 알지 못하고 있는 것일까? 미국을 좋아하는 사람은 그의 웃는 얼굴만 보고, 싫어하는 사람은 화난 얼굴만 보려 하기 때문에 그렇지 않나 하는 생각이 든다.

미국을 가리키는 말들은 많다. '세계경찰'이라고도 하고, '세계의 검투사' 또는 '세계의 해결사'라고도 하며, '아메리칸 드림'을 말하기도 한다. 그러나 이 모든 말들이 이제는 20세기의 유물일 따름이다. 냉전이 끝나고 '국민국가(nation-state)'의 국경을 허무는 세계화와 정보화가 급속히 진행되면서 이제 미국은 유엔 회원국의 하나인 다른 나라와 득같은 '국민국가'가 아니라 '제국(empire)'이 되고 있는 것이다. 로마제국, 신성로마제국 이후 시민혁명을 통해 역사의 저편으로 사라졌던 '제국'이 잿더미 속에서 부활한 것이다. 그래서 '아메리칸 엠파이어(American Empire)'라는 말과 미국이 세계를 정복하면 세계에 평화가 온다는 '팍스 아메리카나(Pax-Americana)'라는 말이 새롭게 등장하고 있다. 우리가 미국의 두 얼굴을 바로 보지 못하고 있는 것은 어쩌면 이러한 변화를 눈치채지 못하고 '제국'이 된 미국을 세계의 다른 보통 나라들과 동일한 '국민국가'의 하나로 인식하고 있기 때문이 아닐까.

2부

오랫동안 응시한 하나의 길

헤르베르트 베너를 생각한다 1

"베너 없는 독일은 존재할 수 없다"

프랑스 TV는 저녁 8시에 종합 뉴스를 내보낸다. 이 시간이면 기자들은 습관적으로 어김없이 TV 앞에 앉는다. 그런데 1989년 11월 10일, 이 날은 좀 이상하다. 뉴스가 시작되는 게 아니고 자막이 나온다. 세계사를 바꿀 역사적인 일이 벌어졌으니까 모든 시청자는 TV 앞에서 떠나지 말고 조금만 기다려 달라는 내용의 자막이다. 그리고 음악이 흘러나온다. 그리고 곧 '베를린 장벽 붕괴'를 알리는 기사가 나온다. 베를린 장벽이 무너진 것이다. 정말 아무도 예측하지 못했다. 헬무트 콜 서독 총리도 이 시간 폴란드에 가 있다. 폴란드에서, 엊그제 콜 총리는 동서독을 느슨한 형태의 '공화국 연합'으로 묶자는 '10대 통일방안'을 발표하고 있지 않았는가? 그런데 베를린 장벽이 무너졌다고 한다.

베를린 장벽 붕괴의 취재를 마치고 프랑스로 돌아오는 기찻간,

기차는 이제 독일과 프랑스 국경의 잘브뤼켄 역을 달리고 있다. 장벽 붕괴 소식을 듣는 순간부터 이 시간까지 머릿속에서는 '그러면 우리는' 하는 생각이 한시도 떠나지를 않는다. 2차대전의 전범 국가인 독일은 이렇게 통일을 하는데, 우리는 이제 어쩌나? 무엇이 백년이 지나도 불가능할 것이라던 독일 통일을 가능하게 했나?

통일 독일의 숨은 공로자

나이 든 기차 역무원이 다가온다. 한번 물어보아야지. "베를린 장벽이 무너져 정말 기쁘겠습니다"라는 내 말에 "물론. 지금 세계에서 가장 행복한 사람들은 아마 독일인들일 것이다. 우리도 몰랐다. 한국이 먼저 통일될 줄 알았는데⋯⋯"라는 대답이 돌아온다. 그래서 "무엇이 베를린 장벽 붕괴를 가져왔을까요?"라고 다시 물으니 한순간의 망설임도 없이, 이미 준비된 답인 것처럼 "아, 그야 우리 지도자들의 훌륭함 때문이지" 한다. "누구⋯⋯?"라는 물음에 "베너"라고 대답한다. 브란트는 아는데 베너는 누구란 말인가? 그러면서 이 역무원은 베너를 "독일 통일의 아버지"라고까지 한다. 베너가 도대체 누구야? 뒷날 안 것이지만 서독 역무원이 통일의 아버지라고까지 말한 그는 당시 서독 사민당 부당수 헤르베르트 베너였다. 그런데 그는 놀랍게도 이 역사적인 순간에 혼수상태를 헤매다가, 베를린 장벽 붕괴 소식조차 듣지 못한 채 1990년 1월 19일 83세를 일기로 그 파란만장한 생을 마감한다.

흔히 독일 통일이라고 하면 동방정책(Ost Politik)을 연상하고, 동방정책이라고 하면 빌리 브란트를 연상한다. 그러나 잘브뤼켄 역을 지나며 만난 서독 역무원이 내세운 '독일 통일의 아버지'는 베너였다. 베너는 살아생전에 이미 전설이 된 독일의 몇 안 되는 지도자 중 한 사람이다. 베너는 냉전 시기에도 냉전의 전사였던 적이 없다. 전후 서독 사회민주당 재건, 마르크스주의와 결별을 하면서도 민주주의와 사회주의는 둘이 아니라 하나이며, 민주주의는 사회주의를 통해서만 비로소 그 내용을 채울 수 있다는 고데스부르크 강령 채택, 우파 기민당과의 대연정, 동방정책 등 서독 역사에서 중요한 구비마다 베너의 손길이 미치지 않은 적이 없었다. 세계 최초로 냉전 논리를 깨고 동쪽으로 창을 연 것도 베너였다. 독일 통일의 출발점이 되는 대연정과 동방정책을 이야기하면서도 베너를 아는 사람은 그리 많지 않았던 것 같다. 2차대전 시기 독일 공산당원이었던 베너는 1960년대 후반 대연정 구상 당시 이 일을 성사시키기 위해 나치 정보장교 출신인 기민당의 키징거와 거의 매일같이 술을 마셨다. 그랬기에, 베너의 사망 소식을 전하는 독일 신문들 역시 "베너 없는 브란트, 베너 없는 동방정책은 있을 수 없다"고 말했다.

베너는 스스로를 '무거운 마차를 끄는 한 마리의 노새'에 비유했다. 그는 늘 자신을 낮추었고, 한번도 자기선전을 한 적이 없다. 이것은 단순히 처세술이거나 정치 술책이 아니었다. 그는 사민당을 완전히 장악하고 있었으나 평생을 제2인자의 자리에 머무는 것에 만족했다. 당 총재와 총리 자리도 브란트에게 양보했고, 동방정책의 영광도 역시 브란트에게 돌렸다. 2차대전중 망명지 모스크바를 탈출, 공산당에서 쫓겨났으나 울브리히트와 함께 독일 공산당을 이끌었던 과거가 베너로 하여금 끊임없이 자기 자신을 뒤돌아보게끔 했던 것이다.

기민-사민 대연정에서 사민당의 브란트가 외무장관을 맡은 반면 베너는 우리 나라로 치면 통일부총리에 해당하는 내독장관을 맡아 동베를린의 옛 동료들과의 접촉을 시작했다. 1970년대 들어 본격화하는 브란트 사민당의 동방정책도 베너가 열어놓은 '동쪽으로의 창'이 있었기 때문에 가능했다. 동쪽으로 창을 내면서 베너는 "통일로 가는 길에는 급행열차가 없다. 기차를 타고 가는 것이 아니라 엄청난 인내를 갖고 걸어서, 그것도 작은 발걸음으로 걸어서 가야 한다"는 독일 통일 전략 '작은 발걸음(Klein Schritten)' 정책을 확립했다. 대연정을 성공시킨 베너는 내독장관으로 있으면서 동방정책을 제 궤도에 올려놓았다. 그리고 1969년 대연정이 끝나고 브란트 수상의 사민당 정부가 탄생하자 동방정책의 조타를 브란트에게 넘겨주었다.

베너는 인생을 고되게 살아가는 전형적인 독일인이었다. 그는 서독 사민당의 엄격한 선생이었다. 그는 타인에게 엄격했던 것만큼 자기 자신에게도 엄격했다. 40년에 걸친 사민당 원내총무, 내독장관, 부총재의 생활을 하면서도 그는 자기에게 허용된 작은 특권마저 거부했다. 정부에서 제공하는 자동차와 운전기사 대신 양녀 그레타가 모는 볼보만을 죽을 때까지 타고 다녔다. 베너가 남기고 간 전재산은 본 근교 하이델호프의 아파트 한 채와 제2의 고향인 스웨덴의 올란트 호숫가 별장 한 채뿐이다. 별장이라고 하지만 시가 5천 달러의 통나무집이다. 베너는 마음과 육체가 지칠 때마다 올란트로 가서는 홀로 하모니카를 불었다.

베너에게는 친구도 많았지만 적도 많았다. 그 적들은 당 바깥보다 당 안에 더 많았다. 1950년대 어느 여름날 주말 저녁, 사민당 총재 쿠르트 슈마허의 집에서 만찬이 열렸다. '서독 재무장'과 관련, 미국여행에서 돌아온 당 대변인 프리히 하이네의 보고를 듣기 위한 자리였다. 하이네가 서독 재무장을 요구하는 미국측 주장을 옹호하자 베너는 "이 미국 첩자놈아" 하고 고함을 질렀다. 하이네 역시 베너를 손가락질하며 "소련 첩자놈"이라고 맞고함을 질러댔다. 슈마허와 그뒤 사민당 총재를 맡게 되는 에리히 올렌하우어가 두 사람을 뜯어말려 이날 싸움은 일단락되었으나, 그후부터 베너는 하이네와 한마디도 나누지 않았다. 그리고 1958년 베너가 사민당 부총재로 선출되자 하이네는 당 대변인 자리를 물러났다.

베너는 친구와 적들로부터 찬탄과 공격을 동시에 받았다. 그의 친구들은 프랑스 신문 〈르몽드〉의 표현처럼 베너를 '게르만의 영웅'으로 치켜세운 반면 적들은 베너를 니힐리스트, 드레스턴의 촌놈, 음모가란 말로 매도했다. 그러나 친구든 적이든 모두 그를 두려워했다. 좌파라면 자다가도 일어나 대항한 바이에른의 우파 기독교 사회당 당수 요한 슈트라우스마저도 "그 영감의 도덕성에는 당할 길이 없다"는 말을 하곤 했다. 베너의 통일정책은 인도주의에 입각하고 있다. 즉 분단의 고통을 덜어주고, 경제협력을 통해 동서독간 관계를 국가 안의 관계, 다른 말로 하면 '내독관계'로 발전시킨다는 기본 명제 위에 서 있었다.

1960년대 초 빌리 브란트와 에곤 바르 등 이른바 베를린 그룹이 '접근을 통한 변화'라는 새로운 통일방식을 제시했을 때 베너는 이 테제를 수용하면서도 이것에 동독을 내부로부터 무너뜨리는 '국가주의의 염원'이 숨겨져 있을지 모른다는 경계심을 나타냈다. 그래서 그는 '접근'은 정치적인 접근이어서만은 안 되고, 인간적인 접근

이어야 한다고 주장했다. 베너는 또 '접근을 통한 변화'에는 동독만의 변화뿐만 아니라 서독의 변화도 함께 포함되어야 함을 다시 한번 확인하자고 역설했다. 보다 정의롭고 평등한 사회 건설을 위해모든 노력을 기울여야 하며, 이것이야말로 독일 통일의 초석이라는것이다.

1967년 독일 루터교 전국회의 연설에서 베너는 이런 말을 하고있다. "분열된 상태로 살고 있다고는 하나 서독은 세계평화에 기여해야 하고, 한민족으로서 단결을 유지해야 한다. 이 첫 시험에 합격해야 국민국가로서의 졸업시험을 치를 수 있다." 그러면서 그는 동독과의 관계에 있어서 "그 동안 우리는 서로 배제하고, 서로 궁지에몰아넣는 일에 힘을 집중시켜왔다. 지난 20년 동안 계속되었던 이같은 일은 무익한 것임이 이제 드러났다. 우리 크리스천에게는 이웃을 도와야 할 의무가 있다. 이웃을 돕는다는 것은 곧 나 자신을돕는 것과 같은 것이다"라고 말하고 있다. 동독을 돕는 것이 서독을돕는 것이라는 베너의 기본 정신은 서독의 여야를 떠나 사민당의브란트에서 헬무트 슈미트로, 슈미트에서 기민당의 헬무트 콜로 이어졌다. 1966년부터 이뤄진 기민-사민 대연정도 여기에 바탕을 두고 있다.

1960년 베를린 장벽이 들어섰을 때 독일 사람들은 서방 진영, 특히 미국의 대응을 주시했다. 미국이 행동을 통해 독일 통일의 단초를 열어주기를 기대했던 것이다. 그러나 미국은 말로만 경고하고는미·소 데탕트의 새 시대를 여는 데 오히려 베를린 장벽을 역이용했다. 소련의 베를린 장벽 구축에 대해 미국은 '그들이 서방 전진을동베를린에서 중단하겠다고 암묵적으로 선언한 것'이나 다름없는 걸로 받아들였을 뿐만 아니라, 독일문제의 군사적인 해결은 제3차 세계대전을 불러일으킬 수 있는 위험성이 있기 때문에 그렇게 되지 않으리라고 스스로 결론을 내린 것이다.

그들은 베너를 믿었다

베를린 장벽 구축 이후, 베너 연설의 핵심은 민족 생존문제 해결을 위한 제정당, 제정파의 연합이었다. 베너는 1962년부터 초당 외교와 연립정부 구성을 줄기차게 주장해왔다. 1965년 12월 국회 연설에서 베너는 독일문제와 관련해서 아데나워와 기민당 원내총무 라이너 바젤의 통찰력에 대해 극찬했다. 베너의 이날 연설은 '독일 의회 최고의 영광의 순간'으로 불렸다. 이날 연설을 계기로 기민-사민 대연정의 길이 뚫리기 시작한 것이다. 베너는 이때부터 '국가에 대한 봉사' '독일의 운명'이라는 표현을 더욱 자주 사용한다. 1933년 양심적인 보수세력과 좌파 간의 투쟁이 나치의 등장을 허용했다는 그 자신의 뼈아픈 과거 반성이 민족문제를 앞에 두었을 때 독일의 모든 역량을 결집시키자는 요구로 이어진 것이다. 그는 기민-사민 양대 정당이 적대적인 소모전만 벌여서는 분단 상태의 독일을 더 이상 지탱할 수 없을 것이라는 생각을 갖고 있었다.

나치 정보장교 출신의 키징거와 나치에 반대한 기사당의 구텐베르크가 연정 수립을 위한 베너의 협상 파트너였다. 이들은 거의 매일 포도주 병을 앞에 놓고 함께 밤을 보냈다. 남부 독일에서 농부의 아들로 살아온 키징거는 매우 겸손한 사람이었다. 베너는 키징거에 대해 이런 말을 하고 있다.

"그는 내가 가슴을 열고 이야기를 나눌 수 있는 몇 안 되는 사람 중의 하나였다. 서로 당은 달랐지만, 그와 나는 며칠 밤을 함께 보내며 독일의 과거와 현재, 미래에 관해 많은 이야기를 나누었다. 나는 그에 대해 좋은 기억만을 갖고 있다. 그 역시 같을 것이라고 생각한다."

베너가 브란트에 대해 섭섭한 생각을 갖고 있었던 것도 브란트가 한번도 자기에게 가슴을 열어놓은 적이 없었다는 데에서 비롯된다. 연정이 끝난 지 10년 뒤 키징거는 베너와의 연정 협상 때의 일을 이렇게 회상하고 있다.

"나는 베너에 대해 한번도 의문을 가져본 적이 없다. 그가 무엇을 바라고, 무엇을 생각하는지 나는 모두 알고 있었다. 나는 그가 사회민주주의의 가면을 쓴 공산주의자라는 생각을 해본 적이 없다. 그가 어느 정도로 철저한 사회민주주의자였는지에 대해서도 나로서는 알 수가 없다. 그 자신도 단정적으로 이를 말하기는 어려울 것이다. 왜냐 하면 그는 상황에 따라 움직이는 인물이기 때문이다. 단지 내가 한 가지 분명하게 말할 수 있는 것은 베너는 어떤 형태든 독재에 대해서는 단호하게 반대한다는 것이다."

바이에른의 기독교사회당 우파 지도자 구텐베르크 또한 협상 때의 추억을 이렇게 전하고 있다.

"어느 날 저녁 베너의 집을 찾았다. 그의 집은 검소했고, 식사도 검소했다. 서재에는 슈마허의 데드 마스크가 걸려 있었다. 베너는 허튼 소리를 하고 변죽을 울리는 그런 정치인이 아니었다. 그날도 편안하고 진지한 분위기였다. 두 시간 동안 대화를 하고 자리에서 일어나면서 나는 이 사람하고는 결정적인 순간에 무슨 일이든 의논

할 수 있다는 확신을 가졌다. 그가 친구처럼 느껴졌다. 그 앞에서는 비밀이 없다. 경험으로 볼 때 나를 그에게 맡겨도 좋겠다는 느낌을 받았다."

1958년 사민당 부총재로 추대된 베너는 사민당을 실질적으로 이끌었다. 그러나 그의 인간적인 친구들은 이상하게도 사민당보다는 기민당과 자민당 쪽 사람들이 더 많다. 기민당의 키징거와 기사당의 구텐베르크, 자민당의 원내총무 볼프강 미시니크와 주말마다 만나 맥주를 마셨다. 이런 만남을 통해 베너와 이들 사이에 우정이 생겨났다. 술이 거나하게 취한 베너가 피아노로 모짜르트를 연주하는 것도 이런 자리에서였다. 키징거와 구텐베르크도 모스크바 망명파인 베너가 서구 망명파가 주류를 이루는 사민당 안에서 인간적으로 얼마나 외롭게 지내는가를 잘 알고 있었고, 그런만큼 베너에게 특별한 연민의 정을 품고 있었다. 그들은 베너를 믿었다. 베너가 브란트를 기민당과의 대연정에 끌어들이는 것은 결코 쉬운 일이 아니었다.

베너는 1906년 작센 주 드레스덴에서 태어났다. 아버지는 구두수선공이었고, 어머니는 재봉사였다. 그리고 이들은 독실한 복음교회 신자이자 사회민주당 당원이었다. 베너의 어머니는 아들에게 생의 즐거움과 활기를 가르쳤다. 베너는 대학 진학의 꿈도 꾸어보지 못한 채 드레스덴 기술학교를 다녔으며 기술학교 졸업 후에는 건설공사장에서 인부로 일했다. 그러면서 일하는 틈틈이 독학으로 라틴 문학을 공부했다.

마틴 루터, 리처드 바그너, 발터 울브리히트도 작센 주 출신이다. 루터가 종교개혁을 주도했다면 베너는 독일 사회주의를 개혁했다.

루터와 베너 모두 강인한 성격의 소유자였으며, 자기 시대의 영웅이었다. 같은 작센 주 출신이라고 하지만 뒷날 동독 공산당의 서기장이 되는 울브리히트는 베너와 전혀 다른 인간형을 보여준다. 드레스덴의 베너가 통분을 품고 생을 산 사나이였던 데 비해 라이프치히의 울브리히트는 잔인한 책략가였다.

울브리히트에 이어 호네커가 동독 공산당 서기장에 들어선 후 동서독간 대화의 장이 열리게 되는 것도 울브리히트와 베너 간의 평생을 건 경쟁의식과 불신, 증오의 감정 탓이다. 그러나 이 두 사람은 바그너의 오페라 주역 같은 행로라든가 일에 미친 듯이 열중하는 점에서 공통점 또한 많다.

작센 주에 대한 베너의 애착은 남다르다. 작센과 베를린 중심의 프로이센은 독일 역사상 수없이 많은 투쟁을 벌여왔다. 그리고 싸울 때마다 작센이 패했다. 1967년 베너는 가톨릭신문 기자 빌헬름 벵거와의 대담에서 "오늘 내가 프로이센 놈들과 당을 같이하고 있는 줄 안다면 돌아가신 할아버지가 노하여 땅 속에서 일어나실 것"이라는 말을 하고 있다. 베너는 작센을 사랑한 것만큼 프로이센을 싫어했다. 1939년 모스크바 망명생활중 코민테른 서기장 게오르그 디미트로프가 프로이센 출신임을 알고부터는 그에 대한 협조 태도가 전만 못 했다. 겐셔 외무장관에 대해서도 그의 고향이 프로이센 할레라는 단 한 가지 이유로 거리를 두었다.

1985년 베너는 50여 년 만에 고향 드레스덴을 찾았다. 이때 베너를 안내한 것이 동베를린의 유명한 인권 변호사 볼프강 포겔이다. 포겔도 드레스덴 사람이다. 베너의 드레스덴 방문은 당시 독일 신문에 한 줄도 보도되지 않았다. 베너는 드레스덴의 옛 성터, 잼퍼

오페라 하우스, 어릴 때 합창단원으로 일요일마다 성가를 불렀던 교회당과 공원을 들러보고 돌아오는 길에 동베를린에서 호네커를 만난다. 베너와 호네커의 만남은 약간은 감동적인 것이었다. 1935년 베너와 호네커는 같은 공산당원으로 독-불 국경지역 잘란트에서 반나치 투쟁을 벌였던 적이 있다. 이때 호네커가 베너에게 가졌던 일말의 존경심이 여전히 남아 있었던 것이다.

1923년은 바이마르 공화국에게 '운명의 해'였듯이 17세의 베너에게도 '운명의 해'였다. 그해 프랑스 군대가 루르 공업지대를 점령하자 독일인들은 여기에 분개해서 봉기했다. 민족주의 감정이 전독일을 휩쓸고, 잇달아 천문학적인 숫자의 인플레와 경제파탄이 찾아왔다. 그해 1월 베너는 아버지의 영향 아래 사민당 소년동맹에 가입했다. 그러나 사민당과 연립정부를 구성하고 있던 구스타프 슈트레제만 수상의 중앙 정부가 노동자 봉기를 진압하기 위해 작센 주에 군대를 투입하자 베너는 사민당을 탈당했다. 사민당을 떠난 베너는 1926년 베를린으로 가 4년 전 처형된 로자 룩셈부르크의 측근 에리히 뮈잠, 작센 주 노동자 봉기를 지도했던 막스 헬츠 등과 만나 관계를 맺기 시작한다. 이들이 바로, 젊은 날의 베너에게 가장 크게 영향을 끼친 두 사람이다. 무정부주의자인 시인 뮈잠은 1934년 나치 집단수용소에서 죽고, 헬츠는 알콜 중독자가 되어 1933년 소련 땅 고르키에서 비극적인 삶을 마감했다.

헤르베르트 배너를 생각한다 2

"무거운 마차를 끄는 한 마리 노새"

베너는 20세 성년의 나이가 되던 1927년 독일 공산당(KPD)에 입당했다. 이 무렵 울브리히트는 이미 공산당 소속 연방의회 의원으로 활동하고 있었다. 1926년 베너는 '바쿠닌으로 돌아가자'라는 테제 발표와 함께 뮈잠의 주목을 받아 그의 지도를 받게 되고, 그를 통해 베를린의 젊은 예술가들과 접촉한다. 좌파 보헤미안적인 베를린의 분위기가 베너를 새로운 세계로 이끌었던 것이다. 여기서 그는 훗날 동독 문화상이 되는 요하네스 베허르, 시인 베르톨트 브레히트, 화가 오토 딕스, 배우 하인리히 게오르게, 로테 뢰빙겐 등과 사귀게 된다.

베너에게는 평생 로테라는 같은 이름을 가진 세 사람의 여인이 뒤따른다. 그 첫번째 로테가 베를린의 여배우 로테 뢰빙겐이다. 로테 뢰빙겐은 자기보다 한 살 아래인 드레스텐의 젊은 노동자인 금

발의 키다리 베너를 사랑하게 되어 1927년 7월 그와 결혼한다. 그러나 1941년 베너가 코민테른 밀사로 스웨덴에 파견되는 순간 베너 부부의 길은 둘로 갈라진다. 당에서 베너만을 보내기로 한 것이다.

이들의 결혼관계는 서류상으로는 1952년까지 지속됐으나 1941년 모스크바 룩스 호텔에서 헤어진 후에는 두 번 다시 만나지 못했다. 1985년 10월 11일 동독 공산당 기관지 〈노이에스 도이칠란트〉는 국가 공훈 배우 로테 뢰빙겐의 80세 생일을 맞아 그의 일대기를 다루면서도 첫 남편 베너에 대해서는 한마디의 언급도 하지 않았다. 베너는 스웨덴에서 만난 반-나치 레지스탕스 동료의 부인 로테 부르메스테르와 1952년 재혼을 하고, 로테 뢰빙겐은 베너의 옛 친구인 동독 공산당 문화교육부장 에리히 벤트의 부인이 됐다. 또 벤트의 전 부인은 울브리히트의 부인이 됐다.

"완전히 의로운 인간, 쿠르트 풍크"

베를린에서 베너는 '쿠르트 풍크'라는 가명을 썼다. 모스크바에서의 베너의 이름도 쿠르트 풍크였다. 쿠르트는 잘란트 공산당 동료의 이름이고, 풍크는 루르 공업지대에서 활동하다가 게슈타포에 잡혀 고문사한 노동운동가의 이름이다. 1930년 베를린에서 고향 작센으로 돌아온 베너는 주 의회 의원으로 선출되는 한편 작센 주 공산당 제2서기직을 맡았다. 1933년 나치가 공산당을 불법화하자 베너는 지하로 들어갔다. 1933년 5월 독일 공산당 당수 에르네스트 텔만이 게슈타포에 붙잡혔다. 텔만의 후계를 둘러싸고 울브리히트와 코민테른 제1의 테러리스트 타이츠 노이만 사이에 치열한 싸움이 벌어졌다. 음모가, 소영웅주의자, 밀정, 배반자들이 독일 공산당 조직을 엉망진창으로 만들고 있었다.

사민당과 공산당이 서로를 적대시하고, 공산당 안에서는 적들과의 싸움보다 더 치열한 권력투쟁이 전개되고 있었다. 좌파의 분열과 내부항쟁은 히틀러(Adolf Hitler)의 권력 장악에 결정적인 공헌을 했다. 1934년 베너는 파리로 떠났다. 파리와 독일 점령하의 잘란트를 오가며 베너는 공산당과 사민당을 통합한 반나치 통일전선을 만들어냈고, 이 무렵 잘란트가 고향인 에리히 호네커란 이름의 청년 공산주의자의 도움을 받았다.

1935년 베너는 로테와 함께 망명길에 올라 종전까지 독일 공산당 본부로 사용했던 모스크바 룩스 호텔에 짐을 풀었다. 망명지 모스크바에서 베너에게 떨어진 첫 임무는 게슈타포에게 붙잡힌 5백 명 이상의 독일 공산당 간부들의 명단을 작성하는 것이었다. 스탈린의 숙청이 시작되고 있었던 것이다. 룩스 호텔에서 소리 없이 사라지는 독일 공산당원들의 숫자 또한 갈수록 늘어나고 있었다. 호텔 방마다 벽에 귀가 붙어 있었다. 스탈린 숙청에서 베너를 지켜준 것은 레닌의 반려자 크루프스카야와 동독의 초대 대통령이 되는 늙은 노동운동가 빌헬름 피에크였다.

망명지에서까지 권력투쟁을 벌이는 울브리히트, 노이만, '함부르크의 돼지' 헤르만 슈벨트의 당 지도부의 분열상 못지않게, 호텔 벽마다 붙어 있는 귀들이 베너를 절망 속으로 몰아넣었다. 독일 공산당의 정치국원으로 선출됐으나 베너의 마음은 항상 침울했다. 그는 독일과 독일 민중의 불행을 슬퍼했다. 짐승의 발자국을 뒤쫓는 사냥개처럼 지금까지 독일이 걸어온 길 위를 끊임없이 서성거렸다.

독일 노동운동이 어떻게 해서 분열되기 시작했는가에서부터 그 결과 초래된 참담한 패배와 나치의 승리, 소련 공산당의 실체, 독일 사회주의가 품었던 미래에 대한 꿈에 이르기까지, 그는 왔던 길을 되돌아가곤 했다. 오스트리아 공산당원 에른스트 피셔의 브인인 '붉은 남작 부인' 루트 폰 마이엔 브르크는 이 무렵의 베너에 대해 다음과 같은 말을 하고 있다.

"모스크바의 독일인들 속에서 베너는 한 마리의 까마귀와 같다. 독일 공산당 지도부에서도 그를 검은 양으로 보고 있다. 그는 내가 만난 완전히 의로운 인간형이다. 풍크는 노동자의 아들인데도 이지적이다. 그는 시간이 날 때마다 모스크바의 책방을 찾는다. 모스크바 책방 속에 있을 때의 풍크의 모습은 교회 안에 있을 때처럼 평화롭다."

드디어, 베너의 고통스런 정신적 방황에 종지부를 찍는 계기가 찾아왔다. 스탈린이 히틀러와 비밀리에 독소 불가침조약을 체결한 것이다. 스탈린이 러시아를 지키기 위해 독일 노동자들을 히틀러에게 팔아넘긴 것이다. 독-소 불가침조약을 체결한 후에도 소련은 사실이 아니라며 독일 공산당원들을 계속 속였다. 그러다가 더는 거짓말이 통하지 않게 되자, 반나치 비밀공작을 지휘하고 있던 쿠르트 메베스는 히틀러를 중국의 장개석과 같은 존재로 묘사하면서 독일 공산주의자들은 중국에서와 마찬가지로 합법성 확보를 위해 노력해야 한다는 말을 늘어 놓았다. 메베스의 이 임무를 지원하기 위해 코민테른은 베너를 스웨덴으로 파견하기로 결정했다. 1941년 1월 베너는 울고 있는 로테를 모스크바에 남겨두고 혼자 스웨덴으로 떠났다. 스웨덴에 도착한 베너는 독일에서 활동중이던 영국 첩보원 조셉 바그너의 부인의 집으로 숨어들었다. 스웨덴 경찰이 바그너 부인의 집을 감시중인 것을 알면서도 베너가 여기에 숨어든 것은 자수 행위나 다름없었다. 히틀러의 눈치를 보고 있던 중립국 스웨덴 법정은 '소련 간첩' 베너에게 2년 5개월의 징역형을 선고했다.

그러나 정작 베너는 자신이 배신자로 몰려 독일 공산당에서 쫓겨난 것도 모르고 있었다. 1957년 스웨덴 우파 신문 〈다겐스 니헤타〉는 베너가 제 발로 스웨덴 경찰로 찾아든 것은 모스크바의 지령에 따른 것이라는 폭로기사를 실었다. 이 신문에 따르면 크렘린은 애초부터, 전후 세계전략 수행을 위해 베너를 위장전향시킨 뒤 서독의 저명한 정치인으로 등장시킨다는 원대한 목표를 갖고 있었다는 것이다. 한마디로 베너는 서독 정계에 침투한 소련의 고정간첩이라는 것이다. 〈다겐스 니헤타〉의 이 같은 주장을 서독 좌우파 지도자들은 황색 신문의 야비한 흥미 본위의 기사로 보고 아예 거들떠보지도 않았다. 실제로, 〈다겐스 니헤타〉가 겨냥한 것은 베너가 아니라 베너와 친하게 지내던 스웨덴 수상 타게에르 단테의 이미지를 깎아내리는 데 있었다.

인간의 얼굴을 한 사회주의

스웨덴 감옥에서 풀려난 베너는 1945년 서독으로 돌아왔다. 1946년 5월 23일 일기에 베너는 다음과 같이 적고 있다.

"나는 어느 것에도 얽매이지 않는 자유로운 삶을 살고자 한다. 진실을 추구하고 사회주의 형제애를 실현하는 것이 나의 바람이다.

투쟁 그룹과 비투쟁 그룹, 공산주의 사이의 연대의식 결여가 독일 노동운동을 파괴한 장본인이다. 진실을 추구하고 사회주의 운동을 재건하며 이를 건전하게 하는 일에 전력을 기울이자. 인간의 총체적인 삶의 관계를 메시아의 산상보훈식으로 바꾸기 위해 공산주의자가 된다고 한다면 그것은 틀린 것이다. 인간은 없고 정치만 있는 공산주의자들의 방식으로는 결코 삶의 바탕을 바꿀 수 없음을 내 두 눈으로 보지 않았는가?"

'인간의 얼굴을 한 사회주의'가 이때 아마 베너의 가슴 속에 깊게 자리잡고 있었던 것 같다. 베너는 또 "이데올로기에 예속되면 인간성을 상실한다. 내 자신의 경험으로부터 나는 이데올로기가 인간이 더불어 사는 것을 얼마나 잔인하게 방해하고 있는가를 배웠다"라는 말도 하고 있다. 베너는 이데올로기의 무오류성에 대해 강한 혐오감을 나타내 보이고 있다. 절망과 증오, 실패, 자기혐오, 재생의 과정을 거치면서 베너는 수도자와도 같은, 따뜻하고 열린 마음을 가질 수 있게 된 것이다. 베너는 사회당 안에서 어느 누구보다 과격한 경향을 지닌 청년 사회주의자들에게 관대했고, 국제 공산주의자들과도 잘 어울렸다. 유고의 티토, 이탈리아 공산당의 톨리아티, 베를링거 등은 문제가 있을 때마다 베너의 조언을 구했다.

동방정책 이전 시기, 이탈리아 공산주의자들은 모스크바에 갈 때마다 소련과 서독 간의 중재자 역할을 했다. 이탈리아 공산당과 베너를 중심으로 한 서독 사민당 간부 사이의 내부 접촉에 대해서는 아직까지도 많은 부분이 밝혀지지 않고 있다. 1960년대 초 본에서 진행된 동구권 공산당 간부들과의 비밀대화에 대해서도 깊은 침묵만이 존재한다. 모스크바 밀사가 본을 다녀간 것도 이 무렵이다.

1968년 학생운동 지도자 오스카 라퐁텐, 볼프강 로더, 취르겐 슈미트, 디에테르 하크, 칼스텐 보이코트를 사민당의 품안으로 받아들인 것도 브란트가 아니라 베너였다. 베너는 자기가 그런 길을 걸어왔기 때문에 이데올로기의 독단과 과격성에 빠진 젊은이들을 동정했다. 헬무트 슈미트 이후 독일 사민당을 이끌고 있는 현 수상 슈뢰더, 전 수상 후보 라퐁텐, 전 법무장관 슈무트, 전 주택장관 하크 등 이른바 서독의 68세대들은 '옹켈 허버트(허버트 삼촌 ; 헤르베르트 베너를 가리킴)'가 없었다면 체제 밖에서 극단으로 치닫다가 스스로 좌절하고 말았을 것이다.

독일노동조합동맹(DGB)은 1985년 12월 11일 도르트문트 전국대회에서 베너에게 독일 노동조합 최고의 영예인 한스 뵈클러 상을 수여했다. 독일 노동조합을 국가와 사회 전체의 이익과 일치하는 단체로 이끌어준 베너의 공로에 대한 보답의 표시이다. 노조의 경영참여가 가능하도록 문을 열어준 사람도 베너였다. 계급투쟁을 대신한 경영참여와 직장규약은 경제 재건 시기 서독의 사회평화를 지탱해준 두 개의 기둥이었다. 베너는 이 속에서 자본주의와 사회주의 사이에 제3의 길이 있을 수 있다는 새로운 사실을 찾아냈다. 베너의 생각에 따르면 자본주의와 사회주의는 서로 변전(變轉)할 수 있는 것이다. 사회주의 측면에서는 다원주의가, 자본주의 측면에서는 사회 각 구성분자가 더욱 창의적이고 활발한 역할을 하게 된다는 것이다.

이러한 베너의 생각은 빌리 브란트, 오스트리아의 브루노 크라이스키를 비롯, 2차대전중 스칸디나비아에서 망명생활을 했던 사민주의자들 속에서 일종의 공감대를 형성하고 있었다. 이들은 대외정책에 있어서도 제3의 길이 가능할 수 있느냐는 문제를 두고 모색을 거듭했다. 중립국 오스트리아, 스웨덴 등은 이 모색에 성공한 경우이다.

베너가 공산주의와 결별하게 된 데에는 두 가지 동기가 있다. 하나는 그의 공산주의 국가관이 모스크바에서 파탄났기 때문이다. 그가 모스크바에서 본 공산국가는 공산관료제를 고집하는 테러 국가였다. 1848년 국제노동자협회 창립 선언문에 따르면 윤리와 법규정은 개인관계뿐 아니라 국가관계에도 동일하게 적용되어야 하는 것으로 규정되고 있다. 그러나 소련은 국가의 이름으로 윤리와 법을 마음대로 유린하고 있었던 것이다.

베너는 계급투쟁에 대해서도 깊은 의문을 품게 된다. "계급투쟁의 테제는 프로크루스테스의 침대와 같은가? 침대의 크기에 사람의 몸을 맞추어야 하는 것인가? 그러나 사람이 항상 중심이 되어야 하는 게 아닌가?"라고 베너는 말하고 있다. 1963년 11월 9일 사민당 창당 백주년 기념 연설에서 베너는 1863년 독일노동자동맹을 조직했던 페르디난드 라살을 회상하면서 이렇게 말하고 있다.

"라살은 민주적인 인민운동을 벌이려고 했지, 조잡한 계급투쟁을 벌이려고 하지는 않았다. 민주주의는 국가 형태로서 뿐만 아니라 시민생활의 의무로서, 그때나 지금이나 계속 요구된다. 민주주의는 사회주의 실현의 조건이다."

베너의 정치 역정, '작은 발걸음' 정책

1944년 베너는 스웨덴에서 고향 사람인 독일 사회민주주의자 빌리 슈트르젤레비치를 만나게 된다. 이때 그는 슈트르젤레비치가 쓴 책 《인민을 위한 투쟁》을 읽고 강력한 자극을 받았다. 베너가 모스크바당의 비도덕성에 분개하면서 자신의 체험을 이야기하면 슈트르젤레비치는 그 이야기를 주의 깊게 들어주었다. 이때부터 베너는, 1934년 게슈타포에게 고문당해 죽은 함부르크 공산주의자의 미망인 로테 부르메스테르와 편지 교환을 통해 만나게 된다. 베너는 모스크바의 로테와의 서류상의 결혼관계가 끝나는 1952년 로테 부르메스테르와 재혼한다.

슈트르젤레비치의 주선으로 베너는 미국 망명길에서 돌아와 사민당 재건에 분주하던 쿠르트 슈마허와 만났다. 1945년 스웨덴에서 함부르크로 건너오면서 베너는 스웨덴 옥중에서 쓴 일기들을 비누상자 하나 가득 담아 갖고 왔다. 이 옥중일기들을 끝까지 다 읽은 슈마허가 어느 날 베너에게 만나보고 싶다는 말을 전해왔다. 슈마허는 장시간의 면담 끝에 베너에게 일자리를 마련해주었다. 낮에는 함부르크 부두노동자로 나가 허물어진 사민당 조직을 다시 일으켜 세우고, 밤에는 사민당 기관지 〈함부르크의 메아리〉 기자로 일하라는 것이었다.

밤늦게 집에 돌아오는 베너의 셔츠는 항상 땀에 젖어 있었다. 부인 로테의 딸 그레타가 마른 빵과 따뜻한 물 한 컵을 준비해두고 그를 기다리고 있었다. 베너는 저녁 신문을 읽고 식사가 끝나는 대로 낡은 언더우드 타자기에 달라붙어 새벽 5시까지 기사를 썼다. 주로 국제관계에 대한 해설기사였다. 베너의 기사는 뛰어났다. 얼마 동안 기자로 일하던 베너는 이 신문의 하인리히 브라운의 추천으로 슈마허의 측근 보좌관에 발탁됐다. 슈마허는 베너의 공산주의 전력을 문제삼는 주변 인물들에게 "모든 훌륭한 사회민주주의자들은 거의 대부분 한때는 공산주의자였다"며 베너를 두둔했다. 함부르크 사민당 거물 페테르 블라시 슈타인이 베너를 감싸고 도는 슈가허를 보고 "공산주의자로 하여금 공산주의에 대항해서 싸우도록 하겠다는 것인가?"라고 묻자, 슈마허는 "천만에! 나는 그에게 앞으로 서독 사민당을 떠맡길 셈이야"라고 대답했다.

그러나 서방에서 망명생활을 한 에리히 울렌하우어, 프리츠 하이네(영국), 하인츠 퀸(프랑스), 빌리 브란트(노르웨이)를 비롯한 대부분의 사민당 지도자들과 모스크바에서 온 베너 사이에는 메울 수 없는 거리감이 남아 있었다. 이 거리감은 헬무트 슈미트 등 사민당 다음 세대로 오면서 많이 좁혀진다. 슈미트는 수상 취임 후 어느 날 베너에 대해 "그의 가장 강력한 모티브는 독일인들의 내부 화해이다. 그는 이미 사람을 적과 친구로 가르는 생각의 벽을 넘어섰다"고 말한 적이 있다. 1949년 베너는 함부르크에서 사민당 후보로 출마, 연방의회 의원에 당선됐다. 이때부터 베너는 1983년 정계은퇴시까지 같은 선거구에서 계속 당선됐다. 그렇다고 해도 베너가 함부르크 선거구를 찾는 일은 일 년 중 일주일이 채 안 되었다. 그러나 함부르크 사람들은 베너를 그들의 대표자로 여겼다. 베너 또한 함부르크에서 나오는 신문들에만은 정치 컬럼을 정기적으로 게재했다. 이 컬럼을 통해 함부르크 사람들과 베너 사이에 이야기가 전개되고 있었던 셈이다.

1949년 10월 연방의회가 열리자 베너는 슈마허와 아데나워 간의 밀고당기기 끝에 연방의회 독일문제 상임위원장에 선출됐다. 베너의 독일 통일 노력은 이때부터 시작된다. 독일문제에 관한 베너의 모든 발언과 동방정책을 다루는 사민당의 모든 행동은, 지난날 동 베를린 동지들과 모스크바가 여기에 어떻게 반응할 것인지까지 치밀하게 예측한 이후에 나온 것이다.

한국전쟁과 더불어 동서냉전이 본격화하자 서독 정당들은 1952 년 스탈린의 독일 중립화 통일 제의를 거부했다. 스탈린의 통일 제의를 거부한 베너는 독일 통일을 보장할 유럽 안보체제 창설과 이를 위한 미·소·영·불 4대국간의 협상을 요구하는 '도이칠란트 플랜'을 만들었다. 베너의 주도 아래 헬무트 슈미트, 구스타프 하이네만이 참가하여 만들어낸 이 '도이칠란트 플랜'은 1975년 헬싱키 선언과 동서 긴장 완화, 사민당 동방정책으로 구체화된다. 이에 앞서 베너는 1950년 함부르크 사민당 전당대회에서 서독의 유럽의회 가입을 촉구하고, 독일 통일은 결국 유럽통합의 큰 틀 안에서 이루어질 것이라고 말하고 있다. 유럽통합과 독일 통일을 결부시킨 베너의 혜안은 40년 후 현실로 나타난다. 베너의 통일정책은 인도주의에 입각, 분단의 고통을 덜어주고 경제협력을 통해 동서독간 관계를 내독관계로 발전시킨다는 기본 명제 위에 서 있다. 이것을 베너는 '작은 발걸음'의 정책이라고 불렀다.

1965년 베너는 기민당과의 대연정을 추진하는 한편 사민당의 수권 준비에 들어갔다. 베너는 고데스부르크 강령 채택에 이어 사민당의 국방정책을 고답적인 원칙주의에서 현실주의로 전환시켰다. 재무장 반대, 나토 가입 반대 등 '반대'로만 일관해온 사민당의 무정견(無定見)과 대안 없는 반대를 꼬집으며 베너는 "민주적인 기본 가치 수호와 국토 방어는 불가분의 관계에 있다. 그런데 사민당은 어떤가? 교육, 주택문제가 나오면 수없이 많은 대안을 제시하다가도 국방문제에 대해서만은 침묵을 지킨다. 이것은 책임 있는 수권 정당의 모습이 아니다. 더군다나 기민, 사민의 양대 정당이 적대적인 소모전만을 끊임없이 벌이고 있어서는 분단 상태의 독일을 지탱할 수 없다"고 말하고 있다.

이 무렵 서독의 정치 상황은 독일문제 외에도 안팎으로 위기 그 자체였다. 라인 강의 기적이 추진력을 잃기 시작하면서 노사분쟁이 꼬리를 물었고, 미국의 베트남전 본격 개입과 미국 내 흑인 인권운동 탄압으로 미국식 민주주의에 대한 환상이 깨진 청년 학생들이 급격히 좌경화하고 있었다. 극좌파와 손을 잡은 청년 학생들은 전국을 데모의 열병으로 휘몰아넣었다. 극좌파에 이어 극우파 독일국가민주당(NPD)이 등장했다. 이 위기 상황을 베너는 기민-사민 양당의 대연정으로 극복하려 했고 이러한 베너의 위기 극복 노력은 성공했다.

1983년 베너가 정계 은퇴를 발표하자 당시 슈미트 수상은 다리를 절며 연단 앞으로 걸어나오는 베너 쪽으로 달려가 베너의 가슴에 얼굴을 파묻고 눈물을 흘렸다. 17세에 사민당 소년 당원으로 출발, 공산당 정치국원, 망명, 공산당에서의 출당, 사민당 부당수를 지내면서도 평생 그를 따라다녔던 간첩 의혹과 모략 등 베너의 고달팠던 인생을 어느 누구보다 잘 알고 있었기 때문이다. 만년의 베너는 또 다른 로테의 양녀 그레타의 보살핌을 받았다. 코민테른 서기장 게오르그 디미트로프는 뒷날 이런 말을 하고 있다.

"베너는 훌륭한 공산주의자였다. 그러나 나는 그가 우리 곁에 오래 머물지 않을 줄 알고 있었다. 그는 생각이 너무 깊었다."

통일이건 반통일이건 모든 것이 사람에게 달려 있다. 사람들 하기 나름에 따라 통일을 앞당길 수도 있고, 모처럼 찾아오는 통일의 기회를 놓쳐버릴 수도 있다. 독일 통일이 찾아온 다음 순간 "어떻게 해서 통일이 되었느냐?"는 나의 질문에 "우리 지도자들이 일을 잘했기 때문이지"라고 대답하던 잘브뤼켄 역무원의 말이 지금도 귓가에 들려온다.

필리핀 혁명의 현장에서 삼켜야 했던 눈물

"취재수첩에 떨어진 눈물 방울, 그러나 내가 송고한 기사는 실리지 않았다"

1980년대 독재 3인방으로 국제사회에 이름을 날리던 '전두환의 코리아'와 '마르코스의 필리핀' '프레데릭 드 클레르크의 남아공' 가운데에서 '마르코스의 필리핀'이 맨 먼저 정권균열의 파열음을 내기 시작했다. 베니그노 아키노 암살, 국민저항, 미국으로부터의 압력으로 인해 대통령 선거를 극민 직선제로 실시하게 된 것이다.

1985년 12월 21일, 마닐라 국제공항에 도착했다. 우선 코라손 아키노 후보를 만나보아야 한다. 그런데 필리핀 중부 도시들을 순회하며 유세중이라고 한다. 그곳에 가면 된다. 그런데 그곳에 가는 항공표를 구할 수가 없다. 마르코스의 충신들이 장악하고 있는 국영 항공사답게 필리핀 에어가 표를 팔지 않겠다는 것이다. 그러면서 "코라손과 같은 여자를 뭣 때문에 만나려고 하나, 며칠 있으면 마르코스 대통령의 유세가 있는데 그것을 취재해야지"라고 한다. 무슨 말을 해도 표를 줄 수 없다는 것이었다. 이러다 아시아 민주화의 새로운 희망 코라손의 유세를 취재하지 못하게 되는 건 아닌가? 그럴 수는 없었다. 비행기가 안 되면 버스를 타고 가면 되지 않나? 이렇게 해서 마닐라에서 필리핀의 중부 산악지대 정글을 뚫고 가는 열다섯 시간의 버스 여행이 시작됐다.

전혀 다른 삶의 풍경

버스에는 크리스마스 휴가를 맞아 고향으로 가는 마닐라 대학생들이 가득 타고 있었다. 이들과 함께하는 열다섯 시간, 예기치 않은 행운. 필리핀 대학생들의 분노, 좌절감, 민주주의에 대한 열망, 필리핀 사회의 너무나 오래 된 권력과 금력의 독과점 체제, 반식민 상태, 미국에 대한 원망과 기대가 한꺼번에 묻어나오는 수많은 말들, 그리고 어쩔 수 없이 떠오르는 두려운 표정들.

밤늦은 시각 목적지에 도착했으나 코라손 아키노는 없었다. 태풍 때문에 세부 섬 유세지에서 이곳으로 오지 못했다는 것이다. 그 대신 코라손의 지방 지지자들이 모여들어 "베니그노의 친구냐? 한국 기자가 어떻게 이렇게 먼 길을 왔냐?"고 묻는다. 민주화의 소망을 같이하니까, 라는 내 대답에 모두들 참 좋아한다.

며칠 뒤 도착한 메트로 마닐라 퀘손 시티. 코라손 아키노의 집 앞이다. 이날 마닐라 북쪽 150km 지점의 중소도시 앙헬레스에서 코라손의 선거유세가 있다. 당연히 비서들과 운동원들, 경호원들에게 둘러싸여 퀘손 시를 떠날 줄 알았다. 그러나 이날 아침 코라손 아키노는 딸과 시어머니와 함께 가까운 곳에 가족소풍이라도 가는 것처럼 물수건 몇 장 담은 바구니만 든 채 집을 떠나는 것이 아닌가? 요란한 선거구호를 외치는 유세 차량도 없고 지지자들의 운동 차량도 없다. 가족만이 동승한 코라손의 차만 퀘손 시를 떠나고 있었다. 외로운 민주화의 행렬인가? 그러나 그렇지 않았다. 코라손의 차가 도심을 벗어나 유세장으로 향하는 도중 이 길 저 길에서 지방 지지자들의 차량이 외롭게 떠난 코라손의 차를 따르는 것이 아닌가? 그리고 차와 사람들의 행렬이 이어지는 길가 가로수에는 노란 리본이 나부끼고 있었다. 노란색 리본은 유세장이 가까워질수록 점점 많아졌고, 드디어는 황색 물결과 사람의 물결이 파도처럼 일렁이기 시작했다. 독재를 타도하고 민주를 되찾겠다는 필리핀 민중들의 물결이 노란 리본의 물결로 밀려들고 있는 것이었다.

12월 26일 클라크 미 공군기지가 있는 올랑가포. 군중들의 눈길에서 모습을 감춰 온갖 억측을 자아냈던 마르코스가 다시 유세장에 나타난다. 이에 앞서 지난날의 미스 필리핀이었던 퍼스트 레이디 이멜다가 연단에 올라 노래를 불렀다. 정말 동양의 진주답게 눈부시게 아름답다. 노래가 끝날 때마다 구름처럼 모여든 군중들이 박수를 친다. 막사이사이를 비롯 한결같이 대지주 출신이었던 필리핀의 역대 대통령들과는 달리 중농 출신의 머리 좋은 청년, 그리고 필리핀을 어떻게 하든 근대화시키겠다는 뜨거운 가슴으로 신사회운동을 전개했던 애국 정치인 마르코스를 부패한 독재자의 길로 이끈, 탐욕스럽고 사치하며 타락한 여자 이멜다가 노래를 부르고 있는 것이다. 이날 인구 6만의 말로로스 시에서 열린 마르코스의 유세장에는 7만 명의 청중이 몰렸다. "대학생 마르코스, 항일 유격대원 마르코스, 대토지 소유자들에게 대항한 정치인 마르코스, 클라크 미 공군기지의 주권을 회복한 애국자 마르코스를 이제 여러분은 잊었는가"라는 절규의 음성이 마이크에서 흘러나온다.

드디어 마르코스가 앰뷸런스에서 내린다. 앰뷸런스 안에서 무슨 응급조치라도 받은 건지 마르코스가 건강한 청년처럼 사자후를 토한다. 2차대전시 자신이 어떻게 일본군에 저항했는지, 미국과 손을 잡고 어떤 식으로 월남의 공산화에 대항했는지, 필리핀을 사랑하는 마음이 어느 정도인지, 왜 독재자라는 말을 들으면서까지 장기 집권을 할 수밖에 없는지, 민주 인사로 위장한 공산분자들이 지금 이 순간에도 필리핀을 공산화하기 위해 어떤 식으로 암약하고 있는지에 대해 한 시간이 넘도록 열변을 토하자, 그 옆에 선 이멜다가 "박수"라고 소리를 친다. 우레 같은 박수소리. 그리고 바로 그때, 동원된 청중들을 태우고 온 수백 대의 차량 뒤편에서 일렬로 선 각 도시별 동원책인 듯한 사나이들에게 돈봉투가 전달되고 있었다.

피플즈 파워의 승리, 그리고 떨어지는 눈물

선거는 끝났다. 마르코스가 이겼다. 부정선거로. 필리핀 기자들이 안겨준 망고 바구니를 선물로 안고 김포공항에 내린 나는 가슴이 쓰렸다. 그러나 1982년 2월 25일 밤 결국 마르코스는 대통령궁에서 탈출했다. 필리핀의 피플즈 파워에 패배한 것이다. 나는 다시 마닐라로 떠나는 가장 빠른 비행기를 알아보아야 했다. 마닐라 국제공항이 곧 폐쇄될 것이라는 외신이 날아들고, 마닐라행 세계 각국 여객기들이 비행 스케줄을 취소하고 있다는 이야기도 들린다. 물론 대한항공도 비행을 취소했다. 신문사에선 마닐라에 가라고 하는데 어떻게 가나? 일단은, 무조건 홍콩으로 가보자. 그러나 홍콩 공항에 내려도 상황은 마찬가지. 공항 전광판을 보니 마닐라행 비행 스케줄이 모두 '취소'로 바뀌고 있었다. 마닐라로 가는 모든 길이 끊긴 것이다. 갈 수가 없다. 갈 수 있는 길은 서울로 돌아가는 길뿐이다. 그러나 이런 역사적 시점에, 그리고 한 달이 넘는 필리핀 대선 취재기간 중 내내 기다려왔던 필리핀 독재정권 붕괴의 시점에, 길이 끊겼다고 어찌 그대로 발길을 돌릴 수 있단 말인가?

홍콩으로 올 때 그러했던 것처럼 또다시 무조건 방콕행 차이나 에어를 탔다. 방콕까지 가는 기내에서 대만 스튜어디스가 계속 말을 걸어왔지만, 그녀와 이야기를 나눌 여유가 없다. 방콕에 도착하면 무슨 수가 있을까? 비행기가 없다면 배를 타고라도 가기는 가야겠는데, 배편으로 가면 적어도 보름은 가야 하겠지, 어떻게 하나? 이런 궁리만 머릿속에 꽉 차 있었다.

다행히, 방콕 공항에 도착하니 마닐라로 가는 마지막 비행기인 필리핀 에어가 저녁 8시에 떠난다고 한다. 필리핀 에어를 마지막으로 마닐라 국제공항이 완전 폐쇄된다는 것이다. 살았구나. 필리핀 항공 사무실로 숨이 턱에 차게 달려가 표를 달라니까 별 이상한 사람 다 보겠네 하는 표정이다. 표가 남아 있을 리 없는 것이다. 이미 방콕 공항에는 마닐라로 가려다가 발이 묶인 서방 기자들이 장사진을 치고 있었다. 당시 마르코스 정권 아래에서는 관과 민 모두 극도로 부패해서 돈으로 해결되지 않는 일이 없다는 말을 귀에 못이 박이도록 들어온 터라 "표를 주면 돈을 주겠다. 기내 좌석이 없으면 조종사 옆자리에라도 태워줄 수 없나?"라고 하니까 똑같은 소리를 서방 기자들 여럿이 이미 하고 돌아갔다는 것이다.

이런 것을 바로 절망이라고 해야 하나? 이제 남은 길은 방콕 주재 한국 대사에게 구원 요청을 해보는 것뿐이다. 대사관에 전화를 하니 "대사님 퇴근하셨는데요" 한다. 대사관저 주소를 받아적은 다음 택시를 잡아타고 "이 주소로 날 데려다줘" 하는 것이 이제 내가 할 수 있는 최후의 방법이다.

군 출신인 대사는 역시 군 출신인 방콕 주재 필리핀 대사에게 전화를 걸어 필리핀 에어의 마지막 한 자리를 부탁한다. 오케이였다. 정말 고맙다. 다시 공항을 향해 택시를 타고 달리는데 이번에는 방콕의 소문난 교통체증에 걸렸다. 하늘로 날아갈 수도 없고 가슴이 터지는 것 같다. '달려라 달려'의 연속이다. 결국 비행기를 탔다. 그리고 몇 시간 뒤 눈에 익은 마닐라 공항에 도착했다. 벌써 마닐라에 들어와 있다는 한국의 다른 신문 특파원들은 지금 무엇을 하고 있을까?

다시 택시를 타고 마르코스가 도망가고 없는 텅 빈 말라카나 궁으로. 그런데 바로 그 시각 이곳이 군중들에게 공개되고 있었다. 거기서 나는 그 유명한 이멜다의 구두와 그녀의 침실에 딸린 거대한 디스코텍, 병원 시설이 갖추어진 2층 대통령 서재와 서재 책상 위에 놓여 있는 망원경 부착 소총 두 자루와 방마다 걸려 있는 명화와 보석 샹들리에와 골동품들을 보았다. 그러나 진짜로 놀랄 만한 것은 따로 있었다. 마르코스 대통령 서재 서가에 장착되어 있는 시한폭탄……. 마르코스가 최후의 통첩을 거부할 경우, 누군가 이 시한폭탄을 터뜨리려고 한 것일까? 시한폭탄 설치를 알려주고 마르코스에게 협박을 한 것일까? 이것이 국제정치의 냉엄한 현실인 것인가? 지난 번 대통령 선거 취재시에 만난 마닐라 주재 서방 외교관

중 한 사람의 말이 떠오른다. 크리스마스 파티에서 그는 약간은 술에 취해 또 약간은 다분히 의도적으로 마르코스가 끝까지 우방국의 권고를 받아들이지 않는다면 총 맞아 죽을 것이라고 말했다. 그때 이 외교관의 부인이 "누가 총을 쏘는가?(Who shoot?)"라고 물었던 것도 생각난다. 이것이 필리핀의 '2월혁명'이다. 그 혁명의 현장에 내가 서 있었다.

피플즈 파워의 '2월혁명' 승리를 최종 선언하고 이 승리를 축하하기 위한 1백 만 군중집회가 마닐라에서 열리고 있다. 이 혁명에서 큰 역할을 한 신 추기경이 집전하고 있다. 마닐라 시와 필리핀 전체가 열광의 도가니에 빠져 있다. 집회장 근처 호텔 옥상에 올라 군중집회를 취재하고 있는데 자연히 '그러면 우리는?'이라는 생각이 떠오르고 취재 수첩위로 나도 모르게 눈물이 떨어진다. 그 길로 200자 원고지 30장 안팎 분량의 기사를 써서 본사로 보냈다. 그러나 다음 날 조선일보에는 내가 보낸 기사가 단 한 줄도 나가지 않았다. 원고 전체가 삭제된 것이다. 너무 격앙된 심정에서 쓴 기사여서 뺀 것일까 아니면 필리핀의 민주화와 피플즈 파워가 두려워 아예 기사를 넘기지도 않았던 것일까? 그러나 필리핀의 피플즈 파워는 그 1년 뒤 6월항쟁의 형태로 한국에 찾아왔고, 잇달아 1990년에는 만델라가 석방되었다. '전두환의 코리아'와 '마르코스의 필리핀' '클레르크의 남아공', 철옹성 같던 독재정권이 도미노 바둑판처럼 무너진 것이다. 1982년 겨울 밤 서독 뷔페탈 교회 '제3세계 포럼'에서 이 3개국 정권이 이처럼 빠른 시일 안에 무너질 것으로 예견한 사람은 아무도 없었다.

윤이상 선생의 평화 콘서트

"최 기자, 남북한 합동 평화 콘서트를 부탁하네"

아직도 도저히 이해가 되지 않는 일이 하나 있다. 1988년 초여름 인데 베를린의 윤이상 선생으로부터 인편을 통해 만나자는 전갈이 왔다. 조선일보 파리 특파원으로 부임한 지 6개월쯤 되던 어느 날 이었다. "언제, 어디서, 왜?" 하고 물으니까 윤 선생께서 본의 대통 령궁에서 바이제커(Weiszacker) 대통령으로부터 독일 최고의 훈장 인 철십자 훈장을 받는다고 했다. 그리고 이 훈장 수여식이 끝난 다 음에 자리를 같이 했으면 한다는 것이다. 같은 동족으로서 참말로 영광스러운 일이었다. 국내에선 윤 선생에 대해 이런저런 말이 많 았지만 영광스러운 일은 영광스러운 일이다. 그래서 다음 날 기차 편으로 본으로 갔다. 윤이상 선생께서는 훈장 수여식을 마치고 대 통령궁을 나오고 계셨다. 쾰른 시내 호숫가 레스토랑에 가서 점심 식사를 함께 하기로 했다.

말로만 듣던 윤이상 선생을 직접 만나기는 이때가 처음이다. 당당하고 인자하지만, 날카로운 눈빛을 갖고 있었다. 처음 만나는데도 고향 아저씨 같아 별로 쑥스러움이 느껴지지 않는다. 그만큼 내공이 심후하다고 할까 아니면 긴 고통의 시간 속에서 단맛 쓴맛 모두 맛본 터라 사람을 차별하지 않는 데서 나오는 인격의 깊이라고 할까. 그도 아니면 천성적인 소박함 때문이라고 할까, 아무튼 처음 만났는데도 이것저것 자유로운 이야기가 오갔다.

당당하고 날카로운 사람

레스토랑에 들어서기가 바쁘게 말로만 듣던 독일의 철십자 훈장을 한번 보여 달라고 했다. 윤이상 선생이 훈장을 꺼내 보여주자, 레스토랑을 가득 메우고 있던 독일인들이 눈이 화등잔만해지더니, 이내 우리를 바라보는 눈길이 존경과 경탄의 눈길로 바뀌는 것이 아닌가? 어떤 동양인이길래 철십자 훈장을 갖고 있나? 저들은 누구인가? 굉장한 사람들인 모양이다…… 하는 표정이 역력하다.

정말 자랑스럽다. 지난 시절 꽤 오래 독일에 머물러보았지만 그들에게서 저런 눈길을 본 적이 없다. 윤이상 선생이 존경스럽다. 훈장을 거두면서 윤 선생이 노태우 대통령에 대해 이것저것 묻는다. 질문의 핵심은 노태우 대통령이 광주학살에 직접적으로 참여했느냐는 것으로 모아진다. "내가 알기로는 그렇지 않다"고 하자 그렇다면 최 특파원이 해주어야 할 일이 하나 있는데 부탁을 들어주겠느냐고 한다.

비무장지대에서 남북한 합동 음악축전을 자신의 지휘 아래 열었으면 하는데 한국 정부의 협조와 참여가 불가결하다는 것이다. 한국 정부의 협조와 참여가 불가결하다는 것은 두말할 필요조차 없다. 그런데 왜 나에게 이런 일을 부탁하는가? 서독 주재 한국 대사관도 있고 베를린에도 총영사관이 있다. 그쪽 사람들과 협의할 사항이 아닌가 하고 말씀드리니까 그쪽 사람들을 영 신뢰할 수 없어서 그렇다는 것이다. 지난날에도 몇 가지 한국 정부에 전할 일이 있어서 그쪽 사람들과 접촉을 했는데 자신의 말을 왜곡해서 한국 정부에 보고하더라는 것이다. 그러면서 특파원도 기자이기 이전에 한국 국민이고 한민족의 일원이 아니냐, 민족의 번영과 평화를 위한 일이니까 몸을 사리지 말아 달라고 한다. 옳은 말씀이다. 주저와 망설임이 없지는 않았지만 결국 "그러면 제가 한번 나서보지요"라고 대답했다. 그런데 이것이 잘못된 것이었다. 나의 순진함이 그 이후 진짜로 왜곡되어버린 것이다.

"그럼 제가 한번 나서보지요"

신문사를 통해 청와대에 윤 선생의 뜻을 전달했다. 그런데 바로 다음 날부터 어떻게 됐느냐, 청와대에서는 무엇이라고 하더냐 등등 독촉성 물음이 거의 매일같이 거듭된다. 어떻게 이런 일이 하루 이틀 사이에 결정될 수 있느냐, 좀 기다려야 하지 않겠느냐고 하면 그거야 그렇지, 하지만 빨리 진행되어야 할 텐데 하며 다음 날 또다시 전화가 걸려온다. 정말 사람이 할 짓이 아니었다. 더군다나 윤이상 선생에 대한 한국 사회의 인식이 어떻다는 것은 윤 선생 자신이 가장 잘 알고 있을 게 아닌가? 그런데도 빨리 답을 달라고 성화다. 하지만 내가 정부를 대신해서 외국에 나와 있는 사람도 아닌데 어떻게 청와대 쪽과 직접 대화를 밥 먹듯 할 수 있단 말인가? 그러던 어느 날 최병렬 정무수석으로부터 전화가 왔다. "윤이상 선생은 부산고 시절 나의 선생이기도 했다. 안 그래도 한번 만나고 싶었다. 제3국에서 윤이상 선생을 만나 직접 이야기를 들어보고 싶으니까 그렇게 전해 달라"는 것이다. 반갑고 가슴 뿌듯하다. 남북 평화어 무언가 일조한다는 생각에 우쭐해지기까지 한다.

그러나 이 모든 일은 그날 저녁 물거품처럼 사라지고, 부끄러움만 남게 된다. 반가워하고 기뻐하는 응답을 기다리며 그날 저녁 "제3국으로 나와 달라고 한다, 이제야 일이 될 모양이다"라고 전하자 돌아오는 저쪽 음성이 차갑기가 얼음장 같다. 때가 늦었다는 것이다. 한국 정부가 자신의 제의를 거부했다는 것이다. 뿐만 아니라 베를린에서 발행되는 반정부 신문에 한국 정부를 격렬하게 비난하는 기사를 이미 기고했다고 한다. 왜 사전에 한번 물어보지도 않고 그런 기사를 썼느냐는 질문에 선생은 "그 동안 수도 없이 물어보지 않았느냐"고 한다. 그러면서 베를린의 반정부 신문만이 아니라 곧 일본에 가는데 일본 신문에도 이런 사실을 알리겠다고 한다. 실제로 윤이상 선생은 그날 나와 통화를 끝내고는 곧바로 일본으로 갔고, 일본 언론인들과의 기자회견에서 한국 정부의 '반민족성'을 심하게 비난했다. 이때의 회견 내용은 일본 신문들에 대문짝만한 크기로 기사화되었다.

어떻게 이럴 수가 있나? 언제 한국 정부가 윤이상 선생의 제의를 거부했나? 중간에서 조바심내며 정말 이 일이 성사되면 얼마나 좋을까 기대했던 우리들의 선의는 뭐가 되나? 처음 쾰른 레스토랑에서 제발 도와 달라고 한 지 채 한 달도 되지 않았는데 이렇게 표변하는 까닭은 무엇일까? 뿐만 아니라 사실과 다른 내용을 가지고 한국 정부를 공격하고 나서는 까닭은 또 무엇일까? 윤이상 선생 자신도 어쩔 수 없는 특별한 이유가 있는 것일까? 그러나 선생은 내게 아무런 설명도 없이 그저 "때가 지났다"는 말만 하다가 전화를 끊었다. 나의 어리석음과 순진함이여, 철십자 훈장의 빛에 눈이 부셔서 그랬던 것일까? 정말 실망스럽고 부끄럽다.

윤이상 선생의 딜레마와 민족사랑

그해 가을 파리의 몇몇 한국 언론인들과 함께 윤이상 선생으로부터 저녁식사 초대를 받았다. 선생은 베를린 반제 호숫가에 있는 자기 집을 먼저 방문해 달라고 했다. 베를린 공항에서 전철과 버스를 몇 번 갈아타고 반제까지 갔으나 윤이상 선생 집까지 가는 대중교통 수단은 없다. 그만큼 고요하고 경치 좋은 곳이었던 것이다.

저녁 무렵 윤이상 선생 댁에 들어서니 창 너머로 호수가 내다보이는 넓은 응접실에는 저녁식사가 마련되어 있었다. 그리고 정말 아찔할 정도로 아름다운 젊은 부인이 일이층을 오르내리며 윤 선생의 부인 이수자 여사를 돕고 있었다. 그리고 인상이 썩 좋지 못한 젊은 청년이 카메라로 계속 우리들 사진을 찍고 있었다. 그러나 윤이상 선생은 그들이 누구인지 우리에게 소개해주지 않았다. 그들이 바로 윤 선생의 그 문제 많은 아들과, 김일성이 보내준 북한 배우 출신의 며느리인데도 말이다.

식사 전 윤 선생은 우리를 일층과 이층 사이 공간에 있는 음악감

상실로 데리고 갔다. 아직 발표하지 않은 교향시 '광주여 영원히'를 들려주셨다. "불협화음의 협화음"이라고 하면서. 그러나 음악을 잘 모르는 나로서는 불협화음의 화음을 소화할 수 없었고, 시멘트 바닥을 삽으로 긋는 것과 같은 거친 소리와 총성에 귀가 따가울 뿐이었다. 누군가가 "감동적이네요"라고 하니까 윤 선생은 아주 만족스러운 표정을 지었다.

그리고 긴긴 저녁식사 시간 내내 그의 민족사랑 이야기가 계속되었다. 자기는 결코 친북파나 공산주의자가 아니다, 그런데 한국 정부는 자기를 그렇게 보고 있다, 굳이 무슨 주의자라고 해야 한다면 자기는 민족주의자이다, 라고 했다. 이데올로기는 활엽수처럼 계절에 따라 무성하고, 착색되고, 낙엽이 되어 떨어지지만, 민족은 푸른 하늘처럼 영원하다는 것이다. 독일 소설가 루이제 린저가 윤이상을 다룬 책《상처받은 용》에서 나오는 말을 반복하고 있었던 것이다.

앞서 말했듯 1994년 서울 방문(남북 정상회담)을 앞둔 김일성이 만경대 출신인, 북한의 젊은 해외 일꾼들 앞에서 한 이야기와 별로 다를 것이 없다. 김일성이 이데올로기를 옷에 비유한 데에 비해 윤이상 선생은 나뭇잎에 비유하고 있는 것이다. 그러면서 고향인 통영 앞바다를 정말 한 번만이라도 다시 볼 수 있다면 여한이 없겠으며, 때로 일본을 들를 때에는 돌아가지 못하는 한국 쪽을 향해 눈물을 흘린다는 말도 했다. 그러나 지난 여름 '남북 음악축전' 개최를 부탁해놓고는, 왜 사실과 다르게 외국 언론에 전했는지에 대해서는 한마디도 설명해주지 않았다. 나에 대해 이전부터 알고 있었다는 내색도, 특별한 관심도 표명하지 않았다. 그냥 저녁 내내 애타는 망향의 정과 민족주의자인 자신을 왜 한국 정부가 거부하는지 알 수 없다는 말만 되풀이할 뿐이었다.

　아직도 윤이상 선생께서 그때 왜 그러셨는지 알 수가 없다. 돌아가신 마당이니 직접 만나뵙고 그때 왜 그렇게 하셨는지요, 라고 물어볼 기회조차 이제는 없다. 그날 저녁 우리는 약간의 감동과 분단의 안타까움을 느끼며 윤이상 선생의 긴 이야기를 경청했다. 그리고 윤 선생이 긴 이야기를 하는 사이사이 끊임없이 번쩍이던 카메라 불빛이 아직도 눈에 선하고, 윤 선생 댁을 나온 우리를 버스 정류장까지 태워다준 윤 선생 아들의 거친 운전과 침묵, 다소 적대적이던 태도가 기억에 남는다. 간절하게 귀향을 호소하던 윤이상 선생과 정말 무례하다고 할 수밖에 없던 아들 사이의 어떤 딜레마에서 나의 의문에 대한 해답의 실마리가 풀려나올지 모르겠다. 루이제 린저의 말처럼 '상처받은 용'이었던 윤이상 선생의 반제 호숫가 근처의 윤 선생님 댁 정원에는 한반도 모양의 연못이 있고, 그의 고향 땅 통영이 자리잡고 있는 자리에는 작은 대나무숲이 조성되어 있다.

　그러나 윤이상 선생은 결국 살아서 고향 땅을 밟아보지 못한 채 1999년 78세로 베를린에서 돌아가셨다. 그의 몸은 여전히 외국 땅에 머물고 있지만 그의 음악은 이제 한국 땅에 들어와 윤이상 음악제도 열리고 있다. 세월과 이데올로기의 무상함이여…….

　그도 역사의 수레바퀴에 치인 한 사람의 희생자였던 것일까? 어떤 말못할 갈등과 딜레마 속에 있었는지 나로서는 알 수 없다. 그러나 어쨌든 그의 강렬했던 민족사랑만큼은 그 누구도 부정하기 어려울 것이다. 그의 대표적 작품들이 한결같이 우리 민족을 노래한 것들이기 때문이다. '예약'이 그렇고, 1972년 뮌헨 올림픽 개막 오페라 '심청'이 그러하며, 관현악 '신라'와 '무궁동', 북한 국립교향악

단이 초연한 '나의 땅, 나의 민족이여'와 '광주여 영원히'가 그러하다. 우리 민족이 낳은 세계적인 작곡가 윤이상 선생의 삶과 죽음, 심적 갈등과 고독이 한스럽다.

홍세화의 택시

"우리는 모두 어떻게 살아야 할까?"

홍세화가 찾아와 땅이 꺼져라고 한숨을 쉰다. 살 길이 막막하다고 한다. 막막하다고만 할 것이 아니라 이제 정치 망명자 생활을 끝내고 한국으로 돌아가면 어떻겠는가, 아무리 말해도 듣지를 않는다. 자신은 반드시 기차를 타고 귀국하겠다는 것이다. 파리에서 기차로 서울에 도착하려면 통일이 되거나 남북한간 왕래가 허용되어야 한다. 언제 그런 날이 올 것인가? 그러나 한 사람의 생각, 그가 걸어온 인생행로, 현실 속에서의 구체적인 형편들이 있을 것이므로, 이를 두고 옳다 그르다 따지는 것은 부질없는 일이다. 목마른 자에게 왜 목이 마르냐고 다그쳐보아야 무슨 소용이 있겠는가? 살 길이 막막하다면 그저 같이 살 길을 의논해보는 수밖에 없다.

무엇을 하면 파리에서 살 길을 찾을 수 있나? 취직? 이건 어렵다. 파리의 한국 관광객들을 위한 아주 작은 규모의 곰탕집이라도 하나

열면 좋겠는데……. 아내의 음식 솜씨도 좋고 하니까 말이지. 그런데 밑천이 있어야지. 돈을 일단 빌려야겠는데 누가 빌려주나? 밤새도록 의논을 해봐도 뾰족한 수가 없다. 나라도 돈이 있으면 빌려주면 좋으련만 숙명적으로 '가난을 나의 것'으로 삼고 사는 나에게 무슨 돈이 있나? 그도 답답하고 나도 답답하다. 독일에 한번 가보자. 그래도 독일에서 민주화 운동을 하는 한국인 사회에는 그런대로 유대감이 깊다고 하고, 또 돈이 있는 사람도 있다고 하지 않는가?

"굳세어라 세화야"

독일 가서 누구에게 먼저 의논을 해보나? 김길순 선배는 어때? 좋다. 이렇게 해서 자동차를 타고 파리에서 여덟 시간을 달려 그날 저녁 프랑크푸르트의 김길순 집에 도착을 했다. 우리가 온다고 60세의 연세를 바라보는 김 선배가 손수 곰탕을 끓여놓았다. "손수"라고 할 것도 없다. 아직도 총각이니 손수일 수밖에 없는 것이다.

곰탕장사를 하러 돈 빌리러 왔는데 곰탕을 내놓는다. 예감이 좋다. 그러나 예감은 예감일 뿐 돈 이야기를 꺼내니까 펄쩍 뛴다. 민주화 운동권의 유대감이라는 것도 이제는 옛날 이야기이고, 무엇보다도 돈 가진 사람이 없다는 것이다. 뿐만 아니라, 그날 처음 안 것인데 그 자신도 이미 말기 간암을 앓고 있어서, 과거에 자기가 어떤 주장을 했건 간에 죽을 때만큼은 한국에 돌아가서 죽었으면 한다는 슬픈 말도 했다.

김 선배는 그 몇 년 후 한국으로 돌아와 타계하셨다. 그는 윤이상 선생에게 섭섭하다고 말한다. 김길순이라고 하면 오랫동안 서독에서 반정부 민주화 운동을 하며 윤이상 선생의 오른팔 역할을 했던 존재이다. 윤 선생과 함께 민주화 운동을 한답시고 결혼도 못 하고 굶기를 밥 먹듯이 하며 지내다가 결국 간암에 걸린 것이다. 그런데 윤이상 선생은 약값 한푼 보태주는 일이 없더라는 것이다. 자신은 베를린 호반의 그림과 같은 집에서 호화로운 생활을 하면서 어떻게 그럴 수 있느냐며, 모든 것이 허망하고 쓸쓸하다고 한다.

한밤중, 프랑크푸르트에서 파리로 돌아오는 자동차 안에서 홍세화는 내내 노래를 불렀다. 왜 그가 밤새도록 노래를 불렀는지 모르겠다. 어쩌면 김길순의 허망함과 쓸쓸함이 자신의 것이 되어 노래로 표출되었는지 모른다. 유럽의 밤길에서 스산한 바람을 느끼는 건 나 역시 마찬가지이다. 언제까지 마음 착한 사람들이 이렇게 고통 속에서 외면당하며 살아가야 하나?

곰탕장사의 꿈을 접은 홍세화가 이번에는 택시 운전사가 되겠다며 공부를 하고 있다. 시험에 합격하고 온 날 합격했다고 좋아라 한다. 그러나 또 문제가 생겼다. 택시 회사에 거액(?)의 보증금을 선불로 내야만 택시를 주겠다는데 그 돈이 없다. "최 선배 어쩌면 좋을까요?" 아, 이번에는 정말이지 그냥 있을 수가 없다.

"내가 한번 마련해보지."

며칠 후 내가 사방에서 끌어모은 돈을 홍세화에게 전하고, 그와 나는 기분 좋은 새 출발에 가슴 부풀어하며 포도주를 한잔씩 마셨다. 마치 거창한 출정식이라도 하는 양 포도주 잔을 '의식의 잔'처럼 기울이며 어려운 세월을 어렵지 않게 생각하며 굳세게 살아가자 했다. '굳세어라 금순아'가 아니라 '굳세어라 세화야'이다.

그런데 또 문제가 생겼다. 홍세화의 아내가 찾아와 눈물을 글썽

인다. 야간운행을 하면 할증료를 받을 수 있기 때문에 밤에만 운전을 하는데, 졸면서 운전하다가 중앙선을 넘는 일도 종종 있어서 너무나 위험하다는 것이다. 그리고 때로는 교외로까지 나간 승객들이 차가 서는 순간 택시비를 내지 않고 줄행랑을 치고, 그러면 줄행랑을 치는 자들을 잡느라 한밤중 추격전을 벌이는 일도 자주 있다는 것이다. 그러다가 다치기라도 하면 어쩌느냐며 그녀는 또다시 눈물을 흘린다. 너무나 가엾다는 것이다. 결국 그는 파리의 택시 운전사를 그만두었고, 나도 그를 따라 긴 한숨을 내쉬었다.

내 편, 네 편을 넘어서서

그 시절 홍세화는 과묵했다. 먼 길을 함께 가고 있는데도 하루 종일 아무 말 없는 때도 있었다. 운전을 하면서도 말은 없고 계속 콧노래만 부른다. 외롭고 막막한 마음이 콧노래가 되어 나왔던 것일까? 말을 하든 하지 않든, 또 콧노래를 부르든 말든 저 좋은 대로 하도록 내버려둘 수밖에 없지만 그를 보며 마음 한구석이 답답했다.

그러나 어쩌다가 말문이 터지면 청산유수가 따로 없다. 무언가 새로운 것, 자기성찰이 요청되는 것, 도그마화된 이데올로기가 인간을 어떻게 속박하고 있는가 하는 문제들, 인간은 무엇이며 인간적이라는 것은 무엇인가 하는 것들을 두고 그가 홀로 오랫동안 침잠해서 생각한 것들을 풀어놓을 때는 몇 시간이고 길게 말을 이어갔다. 이럴 때는 그의 이야기에 끼여들 필요가 없다. "정말 그렇지. 아, 난 몰랐어. 동감이야" 하는 짧은 코멘트만 넣어주면 이것이 연료가 되어 그의 이야기를 더욱 강하게 불태우곤 했다.

그는 개인적인 이야기를 별로 하지 않았다. 그리고 늘상 쓸쓸한 표정을 짓고 있었다. 그러나 언젠가 한번은 진짜로 즐거워하며, 활기에 찬 모습을 보여준 적이 있다. 대서양 해변 에트리타 바닷가 바위 아래에서 그와 내가 바둑을 둘 때이다. 교묘한 패를 이용해서 나의 대마를 잡을 때 그는 정말 즐거워했고 평소에는 좀처럼 듣기 힘든 폭소를 터트리기도 했다. 슬픈 음색의 콧노래만 부르던 그의 내면에 이런 통쾌함이 있었던가 하는 생각이 들 정도로 그의 웃음은 주위 공기마저 즐겁게 했다.

그러나 파리에 있는 동안 그는 내내 우울해했다. 그는 한국으로부터 멀리 떨어져 있었으나 한국에서 벌어지는 일에 대해서는 자세히 알고 있었다. 프랑스를 찾는 한국 손님들이 그의 집에 들르기 때문이다. 민중운동을 하는 신부와 목사님, 지난날의 민주화운동 동지들, 그리고 황석영과 같은 작가들도 있었다. 그들은 세화의 아내가 내놓는 안주에 포도주를 마시며 수많은 이야기를 나누고 신이 나면 함께 노래하고 춤을 추기도 했다. 홍세화는 그들에게 많은 기대를 걸고 있었다. 그리고 그들이 자신을 잊지 않고 있는 것을 고마워했다. 그러나 시간이 지나면서 홍세화는 국내 친구들에 대해 점점 허탈해하는 표정을 감추지 않게 되었다. 수많은 이야기들이 허공 속으로 연기처럼 계속 흩어져가고 있었기 때문이다.

어느 날 초저녁 세화가 아주 흥분된 음성으로 전화를 걸어왔다. 이제 한국으로 돌아갈 수 있게 됐다는 것이다. 그의 쓸쓸한 오늘이 있게 한 사건에 대한 한국 법정의 최종 판결이 내려진 날이다. "아, 이제 한국으로 돌아간다. 내일이라도 짐을 싸야지"라며 안절부절못할 정도로 기뻐하고 있었다. 그가 기뻐하니까 나도 기쁘다. 그러나 이것도 그날 저녁 한순간의 일일 뿐 그 뒤로 한동안 연락이 없다. 그후 도대체 어떻게 돌아가고 있느냐고 전화를 하니까 "막상 귀국을 하려고 하니까 서울 가서 뜨고 살 길이 없다"고 한다. 지난날 그처럼 많은 친구와 선후배들이 그의 귀국을 독촉하면서 "오기만 하면 그 후의 일은 우리가 다 안배해놓겠다"고 했으나 이 모든 약속이 한갓 공수표와 술좌석에서의 립서비스였던 것인가. 그가 한국 친구들이 파리를 다녀갈 때마다 허탈해한 까닭도 여기 있었음을 나는 그 이후에 알았다.

결국 그는 베스트셀러가 된 《나는 파리의 택시 운전사》를 다리로 삼아 서울에 돌아왔다. 타인에 대한 기대와 의지하는 마음을 접고, 극도로 고단한 상태였으나 자기 발로 일어서서 한국으로 돌아온 것이다. 이것이 홍세화이다. 나는 이런 세화가 참 좋고 자랑스럽다. 지금은 그도 나도 서울에 살지만, 자주 만나지 못한다. 생각하는 것도 같은 점보다는 다른 점이 더 많은지 모르겠다. 그런데 세상은 참 이상하다. 너무나 쉽게 사람과 사물을 재단하고 판단하며 오해하는 것이다.

1999년 어느 날 홍세화가 한겨레신문에 조선일보 '김대중 칼럼'을 심하게 비판하는 글을 실었다. 아침에 조간 신문을 펼쳐놓고 읽다가 홍세화의 글에 눈길이 갔다. 하지만 바쁜 아침시간이라, 글의 제목만 슬쩍 보고 글의 내용이 대충 어떤 것인지 짐작만 한 채 다른 일을 하고 있었는데 나를 찾는 전화가 걸려왔다. 조선일보 김대중 주필이었다. 오랜만에 들어보는 음성이라 무조건 반갑다. 그런데 그는 화난 음성으로 대뜸 "야, 네가 홍세화 시켜서 나를 공격하는 그런 글을 쓰게 했나?" 하는 것이 아닌가? 어떻게 이럴 수가 있단 말인가? 그들은 항상 누구를 시켜 타인을 공격하는 글을 쓰게 하고 있단 말인가? 나는 차분히 "결코 그렇지 않다"고 대답했고 김 주필도 그제야 내 말을 알아들은 듯 전화를 끊었다. 하지만 뒤끝이 씁쓸하다. 세상과 사람들은 왜 이런가? 홍세화에 대해서도 내가 좋아하는 점과 좋아하지 않은 점이 있는 것처럼 선배인 김대중 주필에 대해서도 좋아하는 점과 좋아하지 않는 점이 있다. 그런데 매사를 내 편과 네 편으로 갈라 도매금으로 넘긴다. 섣부른 판단으로 아무나 똑같이 취급하는 것이 정말 싫다. 그것도 정확하게 알지도 못한 채 어디서 들은 소리만으로 "네가 쓰게 했지?" 하는 식으로 묻는 이런 가벼움이 싫다.

사람을 하나의 블록으로 나누어 '미국놈' '전라도놈' '경상도놈'이라고 하는 것도 이와 다르지 않을 것이다. 어떻게 미국 사람이라고 해서 다 같으며, 전라도 경상도 사람이라고 해서 다 같겠는가? 어디 사람이든 좋은 사람도 있고 나쁜 사람도 있다. 이것은 실제로 증명되고 있는 사실이다. 미국 사람 중에도 제3세계 사람들과 연대하는 사람들이 있고, 그렇지 않은 사람도 있다. 경상도와 전라도 사람 중에도 겸손하고 당당한 품성을 지닌 사람이 있는가 하면 언제나 편을 갈라 분열과 대립, 증오의 감정을 부추기고 거기에서 자기 존재의 근거를 찾는 비겁하고 오만한 자들이 있는 것이다. 대화의 단절, 그리고 거기서 오는 오해들이 참으로 무섭다는 생각을, 그때와 마찬가지로 지금도 하고 있다.

30일간의 시베리아 종단 취재

"시베리아 원동 지방의 한국인 마을을 가다"

조간 신문 파리 특파원 하기가 참 어렵다. 여덟 시간이라는 시차 때문이다. 조간 신문 출근시간이 아침 10시인데 이 시간이 파리에서는 새벽 2시이다. 어떻든 본사 데스크가 출근을 하면 그날 하루 지면 사정을 상의하고 잠을 자든 일을 하든 해야 한다. 그냥 넘어가는 날도 있지만 대개는 한 건 써서 보내야 할 때가 더 많다. 다른 사람들은 모두 잠든 시간, 연신 담배를 피워대고 커피를 마셔가며 좀 더 좋은 기사를 쓰려고 끙끙대다 보면 어느새 창 밖이 훤하게 밝아온다. 아침이 된 것이다. 기사를 끝냈으니 이제부터 잠을 잘 수 있건만 잠이 오지 않는다. 왜? 아침이기 때문에. 쓰기 힘든 기사를 고통스럽게 쓴 날은 더더욱 잠이 오지 않고 잠을 청할수록 점점 더 정신이 말똥말똥해진다. 그때 마시는 것이 위스키 한잔. 그런데 밤새 피운 담배, 한잔 마신 위스키와 여러 잔 마신 커피가 몸 속에서 문제를 일으키곤 한다.

새벽 5시. 방금 기사를 보냈는데 편집국장으로부터 전화가 걸려왔다. 프랑스혁명 200주년 기념행사와 관련한 취재지시 때문이다. 어렵든 쉽든 막둥이처럼 "네, 네" 대답을 해놓고 한숨 돌리려는데 배가 아파온다. 참을 수 없을 정도의 통증이다. 이런 통증은 겪어본 적이 없다. 자는 식구들을 겨우 깨워놓고 그만 정신을 잃었다. 의식이 가물가물 하는 사이로 눈앞에 불길이 타오르고 코에서는 유황냄새가 난다. 내가 이미 저승 문턱에 와 있나? 이승에서 죄를 많이 지어 불길이 이렇게 타오르고 있나? 참을 수 없는 아픔이 밀물처럼 밀려왔다가 한순간 썰물처럼 밀려간다. 그러다가 또다시 아픔이 밀려온다. 그러곤 의식을 잃었다.

30일간의 병원생활

이른 아침 SOS 구급신호를 받고 급히 달려온 동네 일반의가 맥박을 재는데 그 사이에 피가 다 빠져나간 탓에 혈압측정이 안 된다고 한다. 물론 나중에 전해 들은 이야기이다. 당황한 일반의가 다시 긴급구호반에 SOS를 치고 잇달아 구급차가 달려온다. 두말할 필요도 없다는 듯 구급차에 싣고 새벽 파리 거리를 질주한다. 그렇게 도착한 곳이 대학병원 응급실. 이름이 무엇이며, 어느 나라 사람이고 병원 입원수속이 어떻고 하는 과정은 모두 생략되고, 응급수혈이 실시된다. 수혈을 받음으로써 참을 수 없는 아픔이 서서히 사라진다. 위가 터졌다는 것이다. 그렇다면 이제 끝이다. 타국 병원에서 죽을 필요 뭐 있나? 할머니 간호사에게 여기서 나를 치료하려 하지 말고 대한항공(KAL)에 태워주면 좋겠다고 하니까 "죽지 않아, 수술하면 살아나"라고 대답을 한다.

이렇게 해서 열 시간이 넘는 힘든 수술과 30여 일에 걸친 병원생활이 시작됐는데 병원에 있은 지 한 20일쯤 되는 날 소련대사관에서 연락이 왔다. 소련 입국 비자가 나왔으니까 찾아가라는 것이다. 그런데 이런 몸으로 어떻게 시베리아에 가나? 어쨌든, 시베리아 취재 허가와 비자가 나왔으니 퇴원을 하는 대로 연락을 바란다고 하니, 아픈 건 아픈 거고 기쁘기가 이루 말로 할 수 없다. "아직 좀더 있어야 하는데……" 하는 담당 의사의 만류를 뿌리치고 서둘러 퇴원을 했다.

그 길로 소련 대사관을 찾아가 비자를 손에 넣었다. 이제 시베리아 원동(遠東) 취재길에 오를 수 있게 된 것이다. 그런데 대사관측 이야기가 혼자는 안 되고 소련 관영통신 노보시티의 블라디미르 기자와 함께 가라는 것이다. 블라디미르 기자가 통역 겸 안내를 맡을 것이라는 얘기다. 나중에 취재길에서 몇 차례 목격한 사실인데 블라디미르 기자는 '붉은 수첩'을 가지고 있었다. 사할린에서의 일인데 기동훈련을 하며 도로를 가로지르는 소련군 탱크부대 행렬도 이 '붉은 수첩' 앞에서는 이동을 중지하고 우리가 탄 승용차를 먼저 보내주었다. 취재길에서 다시 위가 터지든 말든 기쁘기가 이루 말할 수가 없다. 한국 최초의 시베리아 취재길에 오를 수 있게 된 것이다. 이 비자를 얻기 위해 지난 10개월 동안 얼마나 백방으로 뛰어다녔던가.

파리에 도착하자마자 가장 많이 들락날락한 데가 파리 주재 소련 대사관이다. 취재 비자를 얻기 위해서이다. 이렇게도 말해보고 저렇게도 말해보았으나 처음에는 도무지 손톱도 들어가지 않았다. 그렇다고 포기할 생각은 추호도 없었다. 비자를 손에 쥐기까지 계속 문을 두드려볼 작정이었다. 그들이 상대를 해주든 안 해주든 정성을 다했다. 추석날에는 오늘이 한국의 최대 명절이라며 서울에서 사 온 자개 보석함을 소련 총영사에게 선물하고, 크리스마스에는 카드를 보냈다. 취재계획서를 내라고 해서 '원동 시베리아 개발 가능성과 한-소 경협의 미래를 알아보기 위해서'라고 적어 보냈다. 그런데 소련의 경우 비자는 '소련 입국 비자' 하나가 아니다. 어느 도시를 찾든 그 도시의 비자를 따로 받아야 한다. 따라서 방문하고 싶은 도시와 만나고 싶은 인물들을 다 열거해서 제출해야 한다고 했다. 어떻든 간에 시키는 대로 할 수밖에. 그 바람에 파리에 있는 소련 관련 전문서점에 들러 책도 많이 사고 공부도 많이 했다. 당시 국내에서는 노태우 정권이 막 북방정책의 신호등을 켜고 있었다. 1989년 5월 초, 드디어 30일간에 걸친 시베리아 종횡단 취재 여행 길에 올랐다.

30일간의 시베리아 여행

시베리아는 유형의 땅이었다. 데카브리스트(12월) 당원과 작가 도스토예프스키, 니콜라이 체르니셰프스키, 반항아 세르고르 조니키제, 에밀리안 야로슬라프스키와 레닌과 스탈린이 이곳으로 유배 당했다. 유배 길에 오른 레닌은 1897년 중부 시베리아 노보시비르스크를 끼고 흐르는 오브 강을 건너면서 이렇게 말하고 있다.

"텅 빈 스텝과 구름과 하늘-. 며칠을 걸어야 만날 수 있는 몇 채의 농가. 단조롭고 단조롭다. 어머니의 나라 러시아의 나무, 자작나무만이 길동무가 되고 있다."

　시베리아는 유형의 땅이기도 했지만 탈출 농노에게는 자유의 땅이기도 했다. 탈출 농노와 모피 사냥꾼, 코사크 병사들이 시베리아를 찾아든 최초의 러시아인들이다. 시베리아는 면적이 1천만 평방킬로미터, 인구가 2천 5백만 명이다. 50개 민족이 살고 있다. 1천만 평방킬로미터 준영구 동토(凍土)가 6백만 킬로미터이다. 이 광활한 대지 위로 4천 킬로미터가 넘는 긴 강 오브, 에니세이, 레나 강을 비롯 크고 작은 5만 개의 강들이 남에서 북으로 흐르고 있다. 그리고 이 강들은 1년 중 6~9개월 동안 얼어 있다. 이 세 개의 강은 시베리아를 구분 짓는 경계선이기도 하다. 우랄에서 에니세이까지가 서부 시베리아이고, 에니세이 너머로 시베리아의 방패로 불리는 중부 시베리아 고원이 펼쳐진다. 그리고 레나 강과 바이칼 호수 동쪽이 원동 지방이다. 여기서부터 끝없는 자작나무 행렬 대신 떡갈나무와 전나무, 소나무가 시야에 들어온다. 5월 초 푸른 초원 위로 노란 민들레가 지천으로 피어 있다.

　모스크바에서 출발해서 30일에 걸쳐 노보시비리스크와 벨호얀스크 아래 야쿠츠크, 만몽 국경의 치타, 하바로프스크, 나호도카, 사할린을 돌며 소련 공산당 시당 서기장과 부서기장, 과학자와 노동자들 그리고 그곳의 고려인들을 만났다. 나호도카에서 고려인들이 몰려 사는 언덕 위 나무집 동네에서 있었던 일이다. 동행하고 있던 노보시티 통신기자가 아주 난처한 표정으로 이곳에 사는 고려인 할머니가 자기는 고려 말만 할 줄 알지 한국 말은 모르기 때문에 한국 기자를 만나도 말을 할 수 없다며 어쩌면 좋냐고 한다는 것이다. 그러나 그 할머니가 하고 있는 고려 말은 함경도 사투리였다.

한국인이 사는 곳이 곧 한국 땅이라면 시베리아와 원동 땅 곳곳에 한국 땅이 있다. 시베리아 원동이 넓다고 하나 이르는 곳마다 한국인들이 없는 곳이 없다. 극지 벨호얀스크 산맥 아래의 영구 동토 야쿠츠크와 치타에서도 한국인들을 만날 수 있었다. 이들 중 어떤 사람은 자신을 '고려 사람'이라고 하고, 어떤 사람은 '조선 사람' 또는 '한국 사람'이라고 한다. '고려 사람'이든 '조선 사람'이든 결국은 다 똑같은 우리 동포이다. 치타 TV 방송기자 김 나자와 치타 의과대학 해부학 교수 김 넬리는 어머니가 러시아인인 여성들이다. 김 나자는 얼굴 모습이 완전히 러시아인 그대로이다. 그런데도 "한국 자동차가 세계를 누비고, 외국에 사는 한국 사람들이 체구는 작아도 큰 자동차를 타고 다니며 서양 사람들에게 기죽지 않고 잘 살고 있다"고 전해주자 손뼉을 치며 좋아한다. 그녀는 한국의 발전상 이야기에 왜 그렇게 좋아하는가? 핏줄의 신비일 수밖에 없다.

야쿠츠크 주택 건설 현장 책임자 송명준은 강원도 고성이 고향인 이북 출신이다. 1953년 벌목꾼 모집에 응해 원산에서 '집채만 한' 배를 타고 캄차카에 도착, 산판에서 일했는데 북한으로 돌아가기가 싫어 몰래 숨어 있다가 야쿠츠크로 넘어와 이곳에 정착해 살고 있다고 한다. 부인은 야쿠트인으로 경찰관이고, 열여섯 살 먹은 얄료샤란 딸이 있다. 야쿠트인은 눈이 좀더 위로 치켜올라갔을 뿐 언뜻 보기에는 한국인과 구별이 잘 되지 않는다. 송명준 씨는 "조선 말이 하고 싶어서 찾아왔다"며 자기 집에 같이 가자고 한다. 저녁식사를 들며 술이 한잔 들어가자 "지난 35년간 조선 말을 하지 못했소. 누구 보고 조선 말 하고 싶다고 말하겠습네까"라며 눈시울을 붉힌다. 야쿠트인 부인을 보고 무심결에 한국 말로 '술 한 병 더 가져오지'라고 말했다가 부인이 눈을 동그랗게 뜨자 머리를 벅벅 긁는다.

송씨는 야쿠츠크에 한국 사람이 1천 명 정도 살지만 한국 말을 할 줄 아는 사람은 자신과, 북한을 들락거리는 오재도라는 사람 둘뿐인데 오씨와는 사이가 좋지 않아 만나더라도 러시아어로 대화를 한다는 것이다. 송씨는 또 한국인이 러시아인으로 귀화했을 때 오씨는 오가이, 유씨는 유가이, 허씨는 허가이로 고쳤지만 자신은 어디까지나 송명준으로 남았다고 기염을 토한다. 송씨는 한국 말을 잘한다고 하지만 목사라는 말을 잘 몰라 '귀신한테 절하는 사람'이라고 한다. 치타에서 만난 한국 노인들도 이제는 '술'과 '물' 정도만 말하고 있다. 러시아의 40대 이하 한국인들은 한국 말을 거의 모른다. 시베리아의 과학기술 도시 노보시비리스크에 '소백산'의 이름을 딴 '소백'이라는 한국 식당이 있다. 할아버지 고향이 대구인 백태근 씨 형제가 경영을 하고 사할린에서 이곳으로 유학을 온 동포 학생들이 주방과 심부름 일을 하고 있다. 큰형님이라도 온 듯 한밤중에 시루떡을 쪄서 내놓고 보드카를 따라주며 스무 살 남짓한 동포 학생들이 "한잔 더 마셔라, 응" 하며 한국 말을 한마디라도 더 해보겠다고 애를 쓴다.

시베리아에서 원동으로 나오면 자연도 그렇지만 이곳에 사는 동포들도 더욱 한국과 가깝다. 사할린의 경우 4만 5천 명의 동포 중 85% 이상이 경상도와 전라도, 충청도 사람들이다. 일제 때 들판에서 일하다가 광부로 강제 징용되어 온 사람들이 이곳에 한인 사회를 이룬 것이다. 남한 땅의 일부분이 새로 생겨난 것 같다. 시장에서 채소를 팔고 있는 한 할머니가 "서울에서 왔다며 와(왜) 빈손으로 왔노?"라며 장난스럽게 눈을 흘긴다. "무엇이 필요하십니까?" 물으니 "다른 것은 다 소용없고 장화 홍련이 나오는 이바구(이야기) 책이나 한권 보내주소"라고 한다.

사할린 최남단 코르사코프에서는 한국인들이 한 마을을 이루어 함께 살고 있다. 언덕 위의 나무집들과 골목길이 아주 깨끗하다. 동행한 러시아 기자가 한국인들은 깨끗한데 러시아인들은 더럽다고 한다. 한인 마을에서 가장 큰 집에 들어서니 사전연락이 있었는지 이 마을 노인 10여 명이 이미 방 안에서 기다리고 있고, 부엌에는 노인들의 딸과 며느리들로 보이는 부인들이 분주하게 음식 준비를 하고 있다. 영락없이 한국 시골 농촌의 잔칫집 풍경 그대로이다. 영천 노인도 있고, 공주 노인도 있다. 잠깐 다녀오면 되겠지 하고 논에서 끌려가는 자신을 마을 우물가 살구나무 아래에서 바라보던 갓시집 온 젊은 새댁의 얼굴이 지금도 잠만 들면 꿈 속에 나타난다고 눈물을 슬쩍 훔치는 70대의 충청도 노인 이야기에 콧잔등이 시큰해진다.

나무의 바다, 야쿠트의 타이가 침엽수림

모스크바에서 시베리아 횡단 기차를 타고 우랄산맥을 넘어 3일 밤낮을 달려 중부 노보시비리스크에 도착했다. 우랄 산맥을 넘다 보면 기차가 쉬어가는 곳마다 집시들이 몰려든다. 우랄의 작은 역 페름에서는 시든 꽃 한 송이를 팔겠다고 모여든 집시들이 나를 둘러싼다. 살까 말까?

밤낮으로 달리는 차창 밖으로는 끝없는 백양나무 숲과 그 너머로 멀리 스탭이 펼쳐진다. 시베리아 유형길에 올랐던 레닌의 말처럼 단조롭고 단조롭다. 차 안에는 사모아르 끓는 물 소리만 들린다. 동행한 소련 기자 블라디미르에게 미안하다. 수술 직후여서 도저히 그와 보드카 한잔을 같이 마실 수가 없었기 때문이다. 중년의 여성 차장이 찾아와 이것저것 말을 건네보지만 지루하기는 마찬가지이고, 식사 때마다 나오는 메뉴는 언제나 동일하다. 삶은 닭과 오이와 검은 빵 한 덩어리뿐이다.

노보시비리스크에 도착하는 대로 이곳 과학 아카데미 경제연구소, 시베리아 최대의 과학 도시 아카템고로코 집단 농장을 찾았다. 알타이 산맥 이쪽 소련 땅의 집단농장 책임자는 게르하르트라는 독일인이었다. 자신은 "독일 말을 할 줄 모르는 독일인"이라면서 할아버지 때 어떻게 하다가 이곳까지 흘러왔지만 때가 되면 다시 독일로 돌아가고 싶다고 말했다. 그가 통일 독일로 돌아갔는지 아니면 아직도 그곳에서 타타르인, 몽고인들과 더불어 오리를 키우고 있는지 궁금하다.

5월 20일 밤 11시. 노보시비르스크 공항에서 야쿠트 자치공화국 수도 야쿠츠크로 향하는 아에로풀로트의 TU 151기에 올랐다. 밤 11시인데도 저녁 어스름이 남아 있다. 점점이 반짝이던 시베리아 촌락의 불빛과 오브 강 위의 화물선 모습이 시야에서 사라지고 황량한 침엽수림 지대 타이가가 펼쳐지기 시작한다. 새벽 2시 해가 떠오른다. 비행기가 생기면서, 밤은 생략되고 저녁과 아침이 곧바로 연결되는 것 같다. 오이 한쪽과 빵 한 덩어리가 전부인 기내식을 먹고 한 시간쯤 눈을 붙였는데 야쿠츠크에 도착하고 있다고 한다. 눈 아래로 거대한 얼음 덩어리가 떠내려가고 있는 레나 강이 보인다. 곳곳에 희미하게 빛나는 타이가 숲 속의 호수들도 얼어붙어 있다.

야쿠츠크에 도착한 것은 새벽 3시 30분. 새벽이라고 할 수 없을 정도로 날이 완전히 밝았다. 현지 시각은 아침 5시 30분이다. 노보시비르스크와는 두 시간, 모스크바와는 네 시간의 시차가 있다는 것이다. 벨호얀스크 산맥에서 불어오는 찬바람이 휘파람소리를 내며 공항 활주로를 가로질러간다. 활주로에는 대충 헤아려보아도 150대가 넘는 여객기와 헬기가 앉아 있다. 이곳에서는 비행기가 수백 킬로미터씩 떨어져 있는 마을과 마을을 잇는 옴니 버스와 같은 존재이다.

이곳 집들은 원두막처럼 지어져 있다. 영구 동토지대라고 하나 여름 해동이 되면 언 땅이 녹아 지반이 내려앉기 때문에 지하 100미터 깊이로 쇠기둥을 박고 그 기둥 위에 아파트를 짓는 것이다. 아파트는 현대식 주택이고 옛 가옥은 나무집이다. 나무집마다 대문에 붉은 별들이 붙어 있다. 2차대전중 전쟁에 나가 전사한 병사들의 집이다. 전사자의 수에 따라 별의 숫자도 달라진다. 붉은 별이 붙어 있는 집에는 형식적으로라도 일단 존경을 표하며 그 집을 지나간다고 한다.

다음 날 아침 야쿠트 산림청에서 레나 호텔로 지프를 보내왔다. 산림청 비행기로 시베리아 침엽수림 지대 타이가와 레나 강의 아름다운 경치를 보여주겠다는 것이다. 예정에 없던 환대이다. 고맙다고 하자 모스크바에서부터 동행중인 블라디미르 리첼린 기자가 "뭘 그 정도 갖고 고맙다고 생각하나? 고르바초프 이전에는 모든 것이 공짜였어. 세금도 없다고 했지. 브레즈네프는 무보수로 국가에 봉사하고 국가 재산을 공짜로 갖다 썼어"라며 농담조로 공산사회의 '낙원'을 비꼰다. 산림청 전용의 마강 비행장으로 가는 길에 산림청을 방문했다. 요제프 표도르비치 청장이 직원회의를 하다 말고 나와, 타이가에 대한 간단한 이야기를 들려준다. 1억 1천만 헥타르에 달하는 야쿠트 공화국 내 타이가의 산불 예방과 진화가 산림청의 주요 임무라는 것이다. 야쿠트 타이가에는 해마다 평균 8백 건의 산불이 나서 8만 헥타르의 삼림을 불태우고 있다. 주로 사냥꾼과 벌목꾼들이 남긴 불씨가 원인이 되고 있지만 별똥별이 떨어져 산불을 일으키는 경우도 적지 않다고 한다.

산불로 삼림이 불타고 시베리아 개발 붐과 함께 외국 기업이 이곳으로 진출, 나무를 마구 베어나가면 시베리아 타이가가 브라질 아마존 유역같이 황폐해지지 않겠느냐고 하자 표도르비치 청장은 곧 산림청 비행기를 타게 될 텐데 비행기에서 타이가를 한번 내려다본 후 이야기하라고 한다. 그에 따르면 지금 벌목하고 있는 목재량의 3만 배까지 베어내도 시베리아 타이가에는 아무런 상처가 나지 않는다는 것이다.

산림청의 산불 진화용 안두안 프로펠러 기에서 내려다본 타이가는 문자 그대로 나무의 바다였다. 비행기가 큰 바다 상공에 떠 있는 것 같다. 푸른 타이가가 지평선으로 둥근 원을 그리며 하늘과 맞닿아 있다. 그 원 한가운데를 뱃길처럼 가느다란 레나 강이 흐르고 있다. 얼음이 녹은 레나 강에 작은 고기잡이배 몇 척이 떠 있다. 비행기가 야쿠츠크 지역을 완전히 벗어나자 고기잡이배도, 레나 강 삼각주에 방목되는 소떼들도 더 이상 보이지 않는다. 사람의 발자취가 끊긴 거친 강과 타이가만이 이어진다.

야쿠츠크에서 레나 강 상류 2백 킬로미터 지점쯤에서 갑자기 비행기 왼쪽 밑으로 오렌지색의 거대한 기암괴석의 행렬이 나타난다. 레나 강 절경 1백 킬로미터의 렌스크 스톨브이란 석총이 여기서 시작되는 것이다. 렌스크 스톨브이 행렬은 레나 강을 따라 행진을 계속하다가 일부는 레나 강 지류 신스키 강으로 갈라져나간다. 완만하게 흐르는 사행천 신스키 강가의 스톨브이 행렬도 30킬로미터나 된다. 신스키 산협의 맑은 물과 아직도 잔설이 남아 있는 강변의 오렌지 색깔 만물상의 행렬, 그 뒤의 푸른 침엽수림 타이가와 5월의 햇빛이 한데 어우러져 꿈 속과 같은 풍경을 만들어내고 있다. 이상스럽게 황량하면서도 아름다워 이승의 것 같지가 않던 렌스크 스톨브이가 지금도 잊혀지지 않는다.

6월이 되면 레나 강에 야쿠츠크와 렌스크 스톨브이 사이를 오가는 유람선이 있다. 이 호화 유람선의 선객은 대부분 서유럽 관광객이다. 왕복 15일이 걸리는 레나 강 유람선에서 관광객들은 길이 2미터가 넘는 초어 낚시와 강기슭 숲 속에서 산딸기와 버섯 따기를 즐긴다. 밤이 되면 선상에서 시베리아 민속춤 잔치가 벌어진다. 그러나 레나 강 유람선 이상으로 서유럽 관광객들의 마음을 설레게 하는 것은 타이가에서의 곰과 여우 사냥이다. 회색 시베리아 곰과 은여우, 붉은털여우뿐 아니라 담비, 산토끼, 고라니, 물오리를 수도 없이 잡을 수 있다. 야쿠트 밀림은 아프리카를 능가하는 세계 최고의 사냥터로 손꼽는다. 지금까지 닫혀 있던 이 사냥터가 외국 엽사들에게 개방된 것이다. 야쿠트 정부 관광국장 니콜라이 페트로비치가 호텔로 찾아와 한국의 엽사들을 시베리아로 초대한다면서 한국 사냥꾼들이 올 경우 헬리콥터와 다른 모든 교통수단을 제공하겠다고 말한다.

여성 볼셰비키 김 스탄게비치를 만나다

야쿠트의 찬바람을 뒤로하고 발길을 남쪽으로 돌린다. 원동지방의 다른 말로 하자면 지난날의 발해로 가는 것이다. 여기서 동방 최초의 여성 혁명가 조선 여성 金 스탄게비치를 만났다.

시베리아 원동은 공백으로 남아 있는 한국사의 한 페이지가 간직되어 있는 곳이다. 박경리 소설《토지》에 나오는 권필응 같은 인물들을 이곳에서 수없이 마주치게 된다. 권필응이 소설 속에나 나오는 가공의 인물이라고 한다면, 이곳에서 만나게 되는 역사 인물들은 대체 누구란 말인가? 이들의 활동을 기록한 역사책을 읽은 기억이 없다. 이데올로기 장벽 때문에 소련과의 왕래가 막혔던 우리는 그렇다 치더라도 북한 역사책에서도 이들은 철저하게 무시되고 배제되고 있다고 한다. 김일성 일가 중심의 허구의 역사를 날조하다 보니 이들을 배제할 수밖에 없었다는 이야기이다. 고향을 떠나 북만주와 노령에서 험난한 항일투쟁을 벌였던 이들이 조국에서 잊혀지고 외면당한 채 외국의 역사박물관에 한 장의 빛바랜 사진으로만 남아 있는 것이다.

시베리아 원동의 중심지는 하바로프스크이다. 블라디보스톡에서 기차로 서북쪽을 향해 열여섯 시간쯤 달리면 하바로프스크가 나타난다. 영화 〈마지막 황제〉의 단주국 황제 부의와 일본 관동군 사령관 야마다 대장이 2차대전 후 전범재판을 받았던 곳이 이곳이다. 하바로프스크 극동전범재판소는 당시 소련 극동군구 사령부의 장교 클럽으로 사용되고 있었다. 주말마다 청년 장교와 처녀들이 이 클럽에서 춤을 춘다. 하바로프스크는 또 백두산 천지와 장백산맥에서 발원한 송화강과 우수리 강이, 중국인들이 흑룡강이라고 부르는 아무르 강과 합쳐지는 곳이기도 하다. 아무르 강 건너 멀리 보라색의 낮은 산들이 보인다. 그 산 너머가 중국 땅이다.

우리 역사에 공백으로 남은 한 페이지

하바로프스크에 도착한 것은 5월 24일. 공항에 소련 노보시티 통신사 바로프스크 주재 기자 알렉산드르 시쇼프가 마중을 나와 있다. 시쇼프 기자의 안내로 아무르 강가 극동전범재판소와 군사박물관, 역사박물관을 찾았다. 이 역사박물관에서 우리 역사에 공백으로 남은 한 페이지와 마주쳤다. 역사박물관 2층에 "조선 여성으로 항일 혁명가, 소비에트 원동 공화국 외무장관과 하바로프스크 공산당 시당 제1서기를 지냈음. 1918년 일본군 등 국제 간섭 군대와 백군에 잡혀 사형당했다"고 하는 김 스탄게비치와 한인 항일유격대 중대장 이연의 사진이 붙어 있었던 것이다. 이연의 사진 아래에는 일본군과의 전투를 끝내고 쉬고 있는 한인 유격대원들의 사진이 있고, 또 한편에는 한인 유격대대의 깃발이 있었다. 깃발에는 "고려 의회 정부 만세" "국제 연군 고려 데일 대대에게 고려 공산당 중앙 총회에서 이 깃발을 준다"는 글귀가 한글로 수놓아져 있었다.

이 밖에 한국인 무장부대에 쫓겨 두만강 아래로 퇴각하며 민간인 가옥들에 방화하는 일본군의 모습을 담은 사진도 있다. 역사박물관의 사진 외에 하바로프스크 K 마르크스 대로 24번지 2층 건물벽에는 동판으로 뜬 김 스탄게비치의 얼굴과 "이 건물에서 1917~1918년 사이 시 소비에트 집행위원 김 스탄게비치가 사업을 했다"는 대리석 기념판이 부착되어 있다. 이 건물이 바로 1918년 4월 28일 김 스탄게비치, 박진순 등이 한인 사회당을 발족시킨 곳이다. 김 스탄게비치가 사형당한 후 한인 사회당은 1919년 고려 공산당으로 발전하고, 고려 공산당은 곧이어 문창범, 유동렬, 최고려, 여운형의 이르쿠츠크파와 이동휘의 상해파로 분열한다.

하바로프스크에는 또 1919년에서 1922년 사이 연해주 방면에서 치열하게 항일투쟁을 전개한 프리모예(연해주) 한인 파르티잔 부대 대대장 '김유천의 거리'가 있다. 김 스탄게비치, 이연, 김유천 등 모두가 처음 듣는 이름들이다. 안내를 맡은 시쇼프 기자도, 시쇼프 기자의 부름을 받고 달려온 역사박물관 연구원도 이들의 활동 상황을 충분히 설명해주지 못한다. 잘 모르는 사람의 사진을 뭣 때문에 붙여놓았느냐며 화를 내고 돌아서자 역사박물관 연구원은 몹시 미안하다는 표정으로 나중에 다시 한 번 들러줄 것을 부탁한다. 그렇게 해서 얻어낸 것이 '김 스탄게비치 약력'이다.

'김 스탄게비치 약력'의 내용을 요약하면 다음과 같다.

"김 스탄게비치는 마르크스-레닌 혁명의 길에 들어선 동방 최초의 여성이다. 그녀는 1885년 2월 블라디보스톡의 우수리스크 근처 한인 농가에서 태어났다. 만철 부설 공사장 통역원으로 일한 아버지를 따라 만주로 가 어린 시절을 보냈다. 아버지가 죽자 아버지의 친구 스탄게비치의 도움으로 연해주로 돌아와 블라디보스톡 중학교를 졸업하고 소학교 러시아어 선생을 했다. 러시아 역사가 N. E. 마트웨브드르는 '블라디보스톡의 우리 집에는 청년들이 자주 모였다. 우리는 헤르첸 도브를류보브, 피사레브, 체르니셰프스키의 책을 낭독하곤 했다. 우리 집에는 검정 치마에 흰 저고리를 입은 조선 처녀 슈라(김 스탄게비치의 애칭)도 자주 왔다. 머리를 깨끗이 빗어 땋은 그녀는 아주 붙임성이 좋고 명랑한 처녀였다'고 회상하고 있다."

1905년 제1차 러시아 혁명 때 그녀는 러시아 볼셰비키들과 함께 블라디보스톡에서 활동을 했다. 1914년 제정 러시아 정부가 조선 노동자들을 우랄산맥 벌목장으로 강제 징집해 가자 그녀는 노동자들과 함께 우랄 지방으로 떠나 그곳에서 조선인 노동자들을 규합했다. 1917년 2월혁명이 성공하자 그녀는 원동으로 돌아왔다. 그녀는 조선해방을 위한 조선인 군관학교의 창설을 거듭 주장했다. 소비에트 원동 공화국 외무장관으로서 그녀는 조선, 중국, 헝가리, 체코, 세르비아인들로 구성된 국제연합군을 창설, 이 부대를 우수리 전선에 파견했다.

1918년 8월 말 시베리아 출병에 나선 일본군과 러시아 백군이 하바로프스크를 포위하자 그녀는 기선 코르프남작 호를 타고 아무르 강 상류로 떠났다. 그러나 백군에게 잡혀 그해 9월 25일 아무르 강 절벽 위에서 총살당했다. 총살 직전 그녀는 백군 장교가 "당신은 조선 여성인데 왜 러시아 내전에 참전했는가"라고 묻자 "일본은 조선과 러시아 공동의 원수이기 때문"이라고 대답했다. 그녀는 그러면서 눈을 가린 검은 안대를 벗어던지고 아무르 강 쪽으로 열세 발자국 걸어가며 "내가 걸은 열세 발자국은 조선으로 가는 길이다. 나는 지금 죽지만 내 자손들은 조선을 해방시킬 것이다"라고 외쳤다. 이윽고 총성이 울렸다. 김 스탄게비치의 시체는 아무르 강 절벽 아래로 떨어졌으며, 그 이후 오랫동안 하바로프스크 사람들은 아무르 강에서 고기를 잡지 않았다고 한다.

역사박물관에서 '김 스탄게티치 약력'을 얻은 그날 밤 10시. 하바로프스크 인투어리스트 호텔 외국인 전용 지하 살롱. 시쇼프 기자와 음료수 한잔으로 목을 축이며 내일의 취재 일정을 의논하고 있는데 타스 통신 기자 유리 베트리사코프가 "조선일보 기자가 하바로프스크에 와 있다"는 소식을 듣고 찾아왔다며 살롱 안으로 들어선다. 거구에다 영어가 유창하다. 1975년 평양과 판문점에서 취재를 한 적이 있고, 평양에서 열리는 세계 반제 연대성 청소년 대회에도 취재차 참가할 계획이라고 한다. 베트리사코프의 말이 끝기가 바쁘게 옆자리의 누군가가 "누가 조선일보 기자입니까? 조선일보 잘 알고 있습니다. 합석해도 되겠습니까" 하며 자리를 건너온다. 자기 소개에 의하면 일본-소련-동구 무역회 무라카미 다카시 조사부장이다. 인사가 오간 후 무라카미 부장은 시베리아 취재를 해보니 한소 경협의 전망이 어떻더냐고 묻는다. 시베리아에서 만난 공산당 간부와 정부 책임자, 언론인, 학자 모두가 한국과의 협력에 대단한 열의를 보였다고 대답하자 무라카미 부장은 "그들 개인의 열의가 무슨 소용이 있겠는가. 기본적으로 한소간에는 외교관계가 없다. 외교관계가 가까운 시일 안에 맺어질 가능성도 적다. 나는 한-소 경협에 비관적이다"라고 말한다.

그러자 이제까지 침묵을 지키고 있던 노보시티 통신의 블라디미르 기자가 얼굴을 붉히며 "경제관계는 결국 외교관계로 발전하는 게 아닌가. 일본이 걱정하지 않아도 된다. 한-소 관계 전망을 당신이 그런 식으로 평하는 것은 매우 주관적인 견해이며, 또 무례한 것이다"라고 화를 낸다. 블라디미르와 그 동안 시베리아 여러 곳을 함께 다녔으나 그가 이처럼 화내는 것을 본 적이 없다. 사할린에서 기동작전중이던 전차 부대를 세우고 우리가 탄 승용차를 먼저 보내도록 할 때도 웃는 얼굴로 소련군 장교에게 협조를 구했던 그이다. 그런데 일본인의 말에 대해서는 몹시 화를 낸다.

블라디미르가 화를 내는 데도 아랑곳없이 무라카미는 "주관적인 견해라고 해도 상관없어. 어떻든 나는 그렇게 생각해. 한소 양국 문제에 제삼자가 간섭할 수 없는 것은 분명한 일이지. 그러나 지난 1월 한소 두 나라가 공동 어로협정을 맺을 때 우리 일본인들은 정말 놀랐어. 문제는 한국이 소련에 협력하는 속도가 일본의 페이스를 앞질러서는 안 된다는 것이야"라고 맞선다.

흥미 깊게 우리들의 대화를 듣고 있던 옆자리의 오스트리아 잘즈부르크의 실업가 오트마르 라트가 웃는 얼굴로 무라카미를 향해 한국이 일본 페이스를 앞질러서는 안 된다고 하는데 그것이 무슨 뜻이냐고 묻는다. 이때쯤 무라카미는 이미 상당히 술에 취한 것 같았다. "한국과 일본은 친한 사이이기 때문에 시베리아 진출을 할 경우 서로 의논해서 하자는 것일 뿐 다른 뜻은 없다"고 한다. 그러자 라트는 정색을 하고 그런 뜻이 아니지 않은가, 대답을 정확하게 해라, 흥미로운 발언을 했는데 부연 설명을 좀더 해줘야 하지 않는가 하고 다그친다. 무라카미 부장은 하고 싶은 말은 많으나 참는다는 표정으로 우물쭈물하다가 내일 아침 일찍 모스크바로 떠나야 하기 때문에 이만 실례한다며 자리에서 일어선다. 라트는 그 나름대로 마음에 짚히는 것이 있었는지 오스트리아와 핀란드, 스웨덴의 예를 들어가며 강대국 사이에 낀 나라들은 살기가 참 고달프다고 말한다.

　다음 날 아침 소련 원동경제연구소 미나키르 파벨 부소장을 만났을 때 무라카미의 말에 대해 어떻게 생각하느냐고 물었다. 그러자 그는 격앙된 음성으로 "일본인들은 몇십 년 전부터 소련에 와 있다. 그들은 개처럼 소련 땅을 돌아다닌다. 소련 땅에 무엇이 묻혀 있으며, 소련의 약점이 무엇인지를 다 알고 있다"고 대답해주었다.

1차 걸프전쟁에서 만난 이라크 사람들

"이슬람 전사는 한마디 말도 하지 않았다"

여름휴가를 떠나려고 짐을 싸들고 문 밖을 나선다. 그런데 방 안에서 전화 벨 소리가 들린다. 받지 않을 수가 없다. 그런데 그것이 문제였다. 본사 주돈식 편집국장의 전화이다. 왜 이 시간에? 무슨 일로? 그런데 안부 말은 생략하고 무조건 "당장 이라크로 가라"고 한다. 제1차 걸프전쟁이 터진 것이다. 이라크에 갈 방법이 있나? 없었다. 그렇다면 이라크와 가장 인접한 옆 나라에라도 가서 현장 소식을 타전하라는 것이다. 이란? 불가능. 사우디? 역시 불가능. 남은 것은 바레인 정도이다. 그런데 이미 파리 샤를르 드골 공항의 국제 항공 노선에도 비상이 걸려 중동으로 떠나는 거의 모든 비행기가 취항을 취소하고 있다. 드골 공항에서는 바레인으로 가는 비행기가 더 이상 없다.

휴가 길에 나서려고 챙겼던 짐들을 도로 풀고 영국 런던의 히드로 공항으로 가보니 히드로 발, 바레인 도착의 브리티시 에어 한 편이 아직은 있다. 입국 비자도 없이 무작정 바레인 가는 비행기 표를 사서 비행기에 오르다가 그 순간으로서는 정말 반가운 친구를 기내에서 만났다. 나와 똑같은 형편에 처해 있는 KBS 런던 특파원 정용석이다. 어려운 길에 그래도 우안이 된다. 바레인 공항에 도착은 했으나 입국이 막연하다. 전쟁 취재? 입국을 허용하지 않을 것이다. 그렇다면? 그래서 꾀를 냈다. 나는 파리 몽마르트의 민중 화가라고 하고, 한여름에도 카우스 버튼이 달린 흰 와이셔츠 차림의 정용석은 런던의 패션 디자이너라고 하자고 의견을 모았다.

예루살렘-텔아비브-다마스커스-카이로로 이어진 중동전쟁 취재

화가라고? 화가가 무슨 일로 바레인에? 작열하는 태양 아래의 모래를 그리려고 왔다. 모래 하면 사우디인데? 이런 말도 안 되는 대화를 주고받으며 필사적으로 매달린 끝에 겨우 입국에 성공했다. 그러나 바레인에 왔다고 해서 무엇을 취재할 수 있나? 바레인 상공에 이라크 미사일이 날아올지 모른다는 비상 사이렌 소리만 한밤중에도 들릴 따름이다. 공식적인 취재 자체가 금지되어 있는 상태였다. 특히 방송은 더 절단이다. 그림을 보낼 수가 없는 것이다. 정용석이 툴툴대다가 서둘러 두바이로 떠났고 나도 떠났다. 이렇게 해서 떠난 길이 예루살렘-텔아비브-다마스커스-카이로로 이어진 긴 중동전쟁 취재길이 된 것이다.

시리아 수도 다마스커스. 성경에 사도 바울과 함께 등장하는 다메섹이라는 곳이 바로 여기이다. 다마스커스에는 후세인에 반대하는 이라크 반정부 지하단체들이 여럿 있다. 그러나 정체를 알기 힘들다. 시리아 외교부 장관의 친구의 친구를 통해 겨우 이들 단체 중 하나와 접촉할 수 있었다. 이라크 북부 모술 출신들이 중심이 되고 있는 단체이다. 이라크에 잠입하기 위해서다. "이라크에 몰래 들어갈 수 있나?" "너무 위험하다. 목숨을 책임질 수 없다. 그러나 모술 쪽으로 들어가면 일단 국경은 넘을 수 있을 것이다." "한번 가보자." 이렇게 해서 구레나룻이 울창한 이라크 반정부 전사가 모는 자동차를 타고 시리아 사막과 티그리스 강을 건너 이라크 국경 마을에 들어갔다.

이른 아침 다마스커스를 떠나 이라크 북부 국경에 도착할 때까지 한낮 사막을 지나면서 이 젊은 반후세인 전사는 한 모금의 물도, 한 조각의 빵도 먹지 않는다. 라마단 기간이었던 것이다. 나의 목숨이 그에게 달린 이상 그의 종교와 율법을 존중할 수밖에 없다. 그가 마시지 않는 물을 나 혼자 마실 수가 없다. 의도하지 않은 '동정 금식'이 이루어진 것이다.

시리아와 이라크를 사이에 두고 흐르는 티그리스 강. 인류 문명의 발상지, 옛날 이스라엘 자손들이 바벨론으로 끌려가며 건너던 이 강은 수심이 깊지 않으며, 누런 황톳물이 흐르고 있었다. 모든 것이 황톳빛이다. 사막도 황톳빛, 강물도 황톳빛 그리고 강 건너 절벽들도 황토였다. 황토 절벽 사이로 꼬불꼬불한 오솔길이 나 있고, 인적이 전혀 없는 이 오솔길을 빠져나가면 바로 이라크가 된다. 멀리 눈 아래로 마을이 보인다.

이미 해가 지고 저녁 어스름이 산과 마을 집들의 지붕 위에 내리고 있다. 그런데 갑자기 일단의 사람들이 시야에 들어온다. 장례 행렬이다. 그날 낮 후세인 병사에게 총 맞아 죽은 국경 마을 청년들을 저승으로 보내기 위한 행렬이다. 장례 행렬과 마주친 안내자가 그들과 반갑게 인사를 하고 돌아와 더 이상 앞으로 나아갈 수 없다고 한다. 어디에서 누가 나타나 총을 쏠지 알 수 없다는 것이다. 장례 행렬 속에서 노인 한 사람이 다가와 전진을 고집하면 자기들이 용납하지 않겠다며 국경 밖으로 즉시 떠나라고 준엄하게 지시한다. 어쩔 수 없다. 목숨을 가볍게 생각할 수 없고, 사람들 눈에 띈 이상 소문은 급속도로 퍼져나갈 것이다. 강도를 만날지도 모른다. 무엇보다도 기가 팍 꺾인 안내자가 그만 돌아가자고 한다. 그의 말에 순종할 뿐 무엇을 할 수 있단 말인가?

시리아 사막에서 만난 이라크 난민

밤 12시가 가까워오고 있다. 티그리스 강을 다시 건너 시리아 땅으로 들어오니 국경 사막지대에 끝간데없는 천막이 쳐져 있다. 이라크를 탈출해 온 난민들의 임시 수용소인 것이다. 이날 밤 난민촌 촌장으로부터 많은 이야기를 들었다. 첫번째가 사담 후세인의 잔혹성과 야망 그리고 그의 이미지 조작 기술. 아랍인들이 서방과의 대결에서 절망감을 느낄 때마다 알라 신 다음으로 찾는 존재가 있다. 살라딘 장군이다. 물론 지금은 살아 있지 않은, 역사 속의 인물이다. 그러나 살라딘은 거의 천 년이 지나는 세월 속에서도 여전히 아랍인의 마음 속에 하나의 신앙처럼 살아 있다. 영국의 사자왕 리처드 1세가 이끄는 제3차 십자군 원정대를 1187년 끝내 바다 저편으로 몰아내고 그들의 성지 예루살렘을 88년간의 이교도 통치로부터

해방시킨 사람이 바로 살라딘이다. 오늘날의 이라크에서 태어난 살라딘은 예루살렘을 해방시킨 후 이집트, 시리아, 예멘, 팔레스타인에 걸친 대제국 아유비드 왕조를 열었다.

이 살라딘 재현의 염원을 후세인이 교묘하게 이용하고 있다는 것이다. 그의 이 과대망상증을 이해하지 않고는 이라크의 쿠웨이트 침공과 이에 따른 걸프전쟁, 정적을 대통령궁 지하의 황산 연못에 던져 넣는 거칠고 교활하며 잔인한, 사막의 늑대와 같은 후세인의 진짜 얼굴을 볼 수 없다는 것이 난민촌 촌장의 설명이다. 그러면서도 그는 후세인을 미워하는 것만큼 서방 세계도 미워한다. 후세인에 쫓겨 고향을 떠나 타국의 사막 위에 천막을 치고는 있으나 그 역시 아랍의 일원임에는 변함이 없는 것이다. 정부 입장과 관계없이 이슬람 민중들이 보는 오늘날은 여전히 동서 대결 구도이다. 여기서 말하는 동과 서는 자본주의와 공산주의의 동과 서가 아니라 기독교 문명과 이슬람 문명이다. 그들은 자유 민주주의와 자유시장의 최종 승리를 선언한 후쿠야마식의 '역사의 종언'을 믿지 않는다. "너희들은 역사가 끝났다고 보는지 모르지만 우리는 아니"라는 것이다.

물론 이슬람에도 그들만의 역사 종말론이 있다. 이슬람은 세계를 '평화의 집'과 '전쟁의 집'이라는 두 개의 세계로 나눈다. 이슬람의 땅이 '평화의 집'이고 이교도의 땅이 '전쟁의 집'이다. 이 양가 사이의 역동적인 관계 속에서 '평화의 집'이 '전쟁의 집'을 완전 흡수 통합하는 날이 그들에게는 역사가 완성되는 날이다. 이 과정에서 그들은 무력행사를 배제하지 않는다. 이때 행사되는 무력이 그들이 성스러운 전쟁이라 부르는 '지하드'이다. 제1차 걸프전이 끝나갈 무렵인 1991년 3월 이집트 카이로의 관영 신문 알 아람 지 편집국장 아메드 살라마도 나와 만난 자리에서 이런 말을 하고 있었다.

"내가 이해하는 신세계질서는 정의와 국가주권이 존중되고 민주주의가 실현되는 질서이다. 그런데 신세계질서가 어느 곳에서는 적용되고 다른 곳에서는 적용되지 못한다면 그 같은 질서는 자체 안에서 또 다른 질서를 예비할 수밖에 없는 질서이다. 부시 대통령의 신세계질서가 미국이 세계를 정복하면 세계에 평화가 온다는 팍스 아메리카나의 변형에 불과한 것이라면 지하드는 불가피할지 모른다."

억압과 굴욕, 정복과 피정복의 역사 고리 속에서 당황하고 신음하는 사람들, 그들의 사막 위 임시 천막촌에 없는 취재비를 털어주고, 다마스커스로 돌아오는 한밤중의 긴 여정에 다시 올랐다. 보이는 것은 하늘의 별들과 지평선 너머로 타오르는 유전의 가스 불꽃뿐, 모든 것이 아득하고 시간이 정지된 것 같다. 사막의 차디찬 밤바람이 불고 반후세인 이슬람 전사는 긴긴 여행중에도 한마디 말이 없다. 그는 지금 무슨 생각을 하고 있는 것일까? 또 다른 지하드? 아니면 집에 두고 온 가족들? 그도 아니면 따뜻한 물과 빵? 나로서는 알 수 없다. 멀리 사막 위로 동이 트는 것을 보면서 왜 이 땅에서 예수와 마호메트, 그 밖의 여러 종교 지도자들이 신과 영원을 생각하게 되었는지 어렴풋이 짐작이 간다.

취재경쟁도 부질없고 도시의 안락함도 다 부질없는 것 같은 생각이 든다. 동트는 여명 사이로 시리아 사막에 버려진 옛 문화유적들이 보인다. 유적의 돌기둥과 벽들 뒤로 돌아가면 그때 그 사람들의 웃음과 울음소리가 들릴까?

언론에도 글로벌 스탠더드가 있다

"세계의 언론과 한국의 언론"

    아랍 사막에서 그들이 대칭의 세계로 잡고 있는 서방 문명세계로 돌아왔다. 이탈리아 베니스에서는 국제언론인협회(IPI) 연차총회가 열리고 있다. 베니스 앞바다의 작은 섬 지오르지오로 가는 배 위에서 노벨평화상을 받은 프랑스의 제3세계 의료지원 단체 '국경 없는 의사들'을 만든 베르나르 쿠스너를 만났다. 이렇게 만나게 되어 참 반갑다고 하자 쿠스너는 반가운 사람이 또 있을 것이라며 선글라스를 끼고 있는 옆사람을 소개한다.

    어디서 자주 보던 옆얼굴인데 안경을 끼고 있어서 누구인지 언뜻 짐작이 잘 가지 않는다. 선글라스를 끼고 있던 그가 안경을 벗고 "피터 로망"이라고 자신을 소개한다. 차우세스쿠의 공산독재를 무너뜨리고 얼마 전까지 루마니아 총리를 지낸 그 피터 로망이다. 쿠스너와 로망은 이제 둘 다 야인이다. 쿠스너는 프랑스 사회당 정부 붕괴와 함께 보건장관에서 물러났고, 로망은 개혁정책이 루마니아 기득권층의 저항에 부딪혀 한걸음도 앞으로 나아가지 못하자 총리 직을 벗어던졌다. 쿠스너와 로망은 이처럼 재야에 몸을 두고 있는 데도 이번 세계 언론인 모임에서 어느 누구보다 강한 영향력을 발휘하고 있었다.

베르나르 쿠스너와 세계 언론인 모임

하루 열 시간 넘게 강행군을 한 마라톤 토론장에서 쿠스너와 로망은 연단 위에서 가장 박수를 많이 받은 발표자였으며, 연단 아래에서는 가장 열렬한 토론자였다. 세계 언론계의 황제들이 이 두 사람 주변을 떠나지 않았다. 피터 갈리너 IPI 사무총장과 같은 사람은 총회 폐막사에서 쿠스너와 로망, 나토 사무총장 뵈르너가 이번 모임에 참가해준 것은 "세계 언론인 전체의 영광"이라는 달까지 했다.

그런데 단상 단하의 열렬한 토론에 항상 참여하지 않는 언론인들이 있으니, 바로 한국의 신문 발행인들이다. 언론과 세계문제에 관심이 없어서 그런 것일까? 아니면 동부인하고 관광하기에 시간이 부족해서 그런 것일까? '너희들은 떠들어라, 우리는 논다'는 식이다. 소련 해체와 동서냉전 종식 이후 첫번째 맞는 세계언론인총회인데 어떻게 '너희는 떠들어라, 우리는 논다'는 식이 될 수 있을까? 신세계질서는 그렇다고 하더라도 여전히 냉전에 머물러 있는 세계 유일의 고도 한반도의 슬픔에도 아예 생각이 미치지 못하고 있는 것일까? 어떻든 그들은 평화스러웠고 여유만만했다. 그러나 그들은 글로벌 스탠더드에 미달하는 향토의 신사들에 불과했다.

그날 저녁 방상훈 조선일보 사장과 '글로벌 스탠더드'에 관해 많은 이야기를 나누었다. 조선일보가 국내에서는 첫번째의 신문이라고 하나 글로벌 스탠더드에는 미치지 못한다, 동네 뒷골목 신문 로컬 페이퍼로 계속 머물면서 세계에 나와서는 고개 숙이고 국내에서는 고개를 빳빳이 쳐드는, 존경받지 못하는 모습을 언제까지 가져갈 것인가 하는 문제에 대해 "진정한 개혁을 하자"는 이야기들을 나눈 것이다. 그러나 그후 국내에서 만난 방 사장에게 "베니스에서 한 이야기들은 어떻게 되었나요" 하고 묻자 그는 허허 웃으며 "베니스에서는 베니스에서의 분위기와 이야기들이 있었지만 그때의 각오가 김포공항에 내리는 순간 흔적도 없이 사라졌어요"라고 대답했다. "흔적도 없이 사라진 것"이 아니라 애당초 결단과 반성이 없었는지도 모른다.

어찌 되었든 우리 신문도 글로벌 스탠더드에 다가가는 진정 좋은 신문으로 발전해가야 하지 않겠는가 하는 나의 진심은 그에게 한갓 웃음거리였는지도 모를 일이다. 내가 그 동안 몸담았던 조선일보를 이제는 정말 떠나야 하고 마음을 굳힌 것도 이때이다. 어떻게 그렇게 긴 시간 서로 마음을 열고 나눈 이야기들이 김포공항에 내리는 순간 흔적도 없이 사라질 수 있단 말인가?

어떤 신문이 좋은 신문인가? 우리를 증오와 분열, 맹목의 대결이 아니라 사랑과 통합, 화해의 길로 이끌며 나와 세계를 올바르게 파악해서 우리로 하여금 올바르게 우리의 내일을 준비하게 하고, 늘 건강한 정신으로 우리 자신을 끊임없이 뒤돌아보게 하는 신문이 좋은 신문이다. 언어는 곧 생각이자 행동이다. 언어의 수준이 낮으면 생각과 행동의 수준도 낮을 수밖에 없다. 우리 사회의 논의 수준이 파당 정치의 뒷이야기에 머물러 있는 한 우리에게 밝은 내일은 없다. 잘나가는 나라들이 한결같이 좋은 신문을 갖고 있는 것은 결코 우연이 아니다.

누가 뭐라 하든, 정직하지 못한 신문이 좋은 신문일 수는 없다. 정직하지 않다는 것은 거짓말을 하고 사실을 왜곡하며 심지어는 없는 일을 있는 것으로, 있는 것을 없는 것으로 조작해내는 행위를 모두 포함한다. 고로 정직하지 못한 신문은 나쁜 신문이다. 신문을 한다는 사람들이 어떻게 스스로 자진해서 나쁜 신문을 만들겠느냐고 반문할지 모르지만 나쁜 신문에는 그럴 만한 까닭이 있다. 그들 자신을 위해서 혹은 다른 어느 누구를 위해서 알면서도 의도적으로 거짓말을 하는 것이다. 거짓말을 하는 신문은 공짜로 또는 재미로 그렇게 하는 것이 아니다. 거짓말을 하도록 시키는 자로부터 그에 합당한 대가를 지불받고 있고. 여기서 생긴 큰돈을 다음에 있을, 보다 더 큰 거짓말을 위해 투자한다.

언론은 '시장의 것'이 아니라 '사회의 것'

거짓말장사를 잘 해서 큰돈을 벌기만 하면 세계 모든 나라가 그들의 조국이 되는 것이다. 말하자면 지난날 애국지사들이 풍찬노숙을 하면서 독립의 그날을 위해 애를 쓸 때도, 친일을 한 신문들의 관심사는 따로 있었다. 그들에게 조국 광복은 전혀 관심사가 아니었고, 그들은 오로지 큰돈과 큰 권력에서 던져주는 작은 권력을 얻는 데 몰두했다. 즉 그때 그들의 나라는 한국이 아니라 일본이었다.

이런 신문들이 주류가 되고 있는 사회에서 보통 독자들은 무엇이 진실이고 무엇이 허위인지를 알지 못할 뿐더러 거짓과 진실이 증폭되는 혼돈 속에서 모두 죽일 놈이고 믿을 놈 하나 없다는 식의 냉소주의와 허무주의로 빠져들 수밖에 없다. 그래서 사람과 사회, 국가가 건강함을 잃고 만인이 만인과 투쟁하면서 한 나라를 세계의 주변부나 실질적인 식민지 국가의 위치로 몰아넣는다. 이런 곳에서는 자존과 용기, 정직함은 미덕이 아니라 오히려 생존의 걸림돌이 될 뿐이다. 그래서 '우리에게는 내일이 없다'고 느끼는 사람들의 절망감을 달래주기 위해서인지, 또다시 왜곡된 뉴스 해설과 거짓 기사, 약자 두들겨패기와 포르노성 선정주의 기사, 동서 지역 편가르기 및 싸움 붙이기 같은 국민 분열과 내부 집안싸움을 부추기는 기사들을 끊임없이 내보낸다. 결국 이런 신문들에는 역사와 문학, 철학과 세계는 없고, 있는 것이라고는 시대 흐름과 아무 상관 없는 뒷골목 정치싸움과 순간의 본능적인 쾌락과 선동, 감상주의뿐이다.

언론은 본질적으로 시민사회의 산물이다. 그런데 지금은 시장이 언론을 장악해버렸다. 시장이 시민사회의 영역을 침범하여 시민들의 손에서 언론을 빼앗아 온 것이다. 이윤추구가 시장의 기본 법칙인 이상 언론이 시장의 것이 되는 순간 그것을 지배하는 기본 원칙도 이윤추구일 수밖에 없다. 이윤추구를 기본 법칙으로 삼는 언론이라면 과연 누구 편에 서서 사물과 사건, 인물을 바라보겠는가? 물론 두말할 필요도 없이 "독자의 편에 서서"라는 대답이 되돌아온다. 그러나 이 말은 실제와 다르고, 이 실제와 다른 말에 사람들이 쉽게 속고 있다. 독자 편에 서 있는 것이 아니라 광고주 편에 서 있는 것이다. 한국 언론의 수입구조 즉 시장구조가 그렇게 되어 있기 때문이다. 독자 편이 되었을 떼의 구독료와 광고주 편이라는 광고료가 한국 신문의 수입구조에서 차지하는 비중을 비교해보면, 한국 신문들이 말하는 시장이 독자 시장인지 아니면 광고주 시장인지를 금방 알 수 있다.

한국의 신문만큼 값싼 신문은 거의 없다. 예를 들어 신문 발행면수는 한국 신문과 크게 차이가 나지 않는데도 〈르 몽드〉와 〈프랑크푸르트 알게마이네〉 같은 유럽 신문은 한 부 값이 1.2유로(약 1,500원) 정도인 데 비해 한국의 신믄 값은 500원이다. 신문사 종사자 수나 실질 구매력 기준으로 볼 때 봉급 수준이 비슷한데도 한국의 신문사들이 이처럼 싼 값에 버틸 수 있는 까닭은 한국의 신문들이 독자보다는 광고주로부터의 특혜에 의존해서 신문을 만들고 있다는 반증이다.

한마디로 한국의 신문들은 구독시장으로서의 시민사회에 접근하면서도 실제로는 시민사회의 것이 아니라 시장의 것이 되어가고 있다. 그러니 당연 거대 자본시장을 의식하면서 신문을 만들 수밖에 없고, 독자를 의식하는 일은 뒷전이 되어가는 것이다. 시장과 시장의 끊임없는 공세를 통해 이미 왜곡된 의식을 가진 독자들로부터 요구가 있을 때, 이 요구에 언제든 응할 태세를 갖추고 있는 것이다.

극단적으로 말해 지금의 한국 신문은 '신문 기사가 먼저이고 광고는 나중'이라는 상식과는 아주 다른 구조 아래에서 생산되고 있다. 모양새를 어떻게 갖추고 있든 실제로는 신문에 광고가 실리는 것이 아니라 광고지에 기사가 실리는 꼴인 것이다. 기사가 광고의 요청에 서비스할 수밖에 없는 수입구조를 갖고 있으니, 여기서는

기자들의 자질 향상 또한 일차적인 요구가 아닌 이차적인 요구가
될 따름이다.

광고에 의존하는 신문은 어떻게 하든 발행부수를 더욱더 늘려야
한다. 그러기 위해 신문 기사 또한, 정치든 경제든 사회문화든 상관
없이 당파싸움이나 흥미 위주의 선정적인 사건, 누가 누구를 죽이
고 누구를 살린다더라 하는 식의 폭로기사가 될 수밖에 없다. 이것
이 바로 상업지이다. 한국의 신문은 '민족지'나 '정론지'를 말하기
훨씬 이전 단계인 황색 신문에 불과한 상태에 머물러 있는 것이다.

열린 애국주의의 길을 걷는 사람들

"90년대를 유럽에서 보니면서 나는 애국주의의 음성을 자주 들었다"

5년 만에 다시 돌아온 유럽. 1991년과는 분명히 달라져 있었다. 베를린 장벽 붕괴 직후의 자신감과 미래에 대한 낙관은 사라지고 우울하고 무거운 기운에 뒤덮여 있다. 그리고 중세의 성지순례와도 같은 긴 행렬이 곳곳에서 눈에 띈다. 수백 수천의 군중이 무리를 지어 마을과 도시를 지나고 국경을 넘어 어디론가 가고 있다. 그들은 날이 새면 걷고 밤이 되면 공공 건물과 빈 집을 무단 점거해서 잠을 잔다. 그리고 다시 걷는다. 우리도 사람이라며 사람으로서의 존엄성을 인정받기를 요구하는 실업자들의 항의 행렬이 이어지고 있는 것이다. 유럽 여러 나라에서 출발한 이 실업자들의 행렬이 국경마다 합류하여 유럽 정상회담이 열리고 있는 네덜란드의 암스테르담이나 유럽연합 본부가 있는 벨기에의 브뤼셀에서 모인다. 이전에 없던 새로운 형태의 실업자 레지스탕스들이 대오를 지은 행진 속에서 표출되고 있는 것이다.

우리는 행진한다, 그리고 투쟁한다

행진 속에서 그들은 사회로부터 버림받았다는 외로움을 달래고, 아무리 경쟁력이 최고 미덕이 되는 사회라고 하더라도 인간 사회가 과연 이래도 되는가 하며 항의의 목소리를 높이고 있다. 경쟁력을 최고의 가치로 치는 가혹한 자유시장경제체제의 희생자들인 이 실업자들의 행진은 분명히 이 시대의 새로운 레지스탕스이다. 실업자들은 이제 새 직장이 주어지기를 기다리며 소외감과 불안 속에서 홀로 있기를 거부한다. 대신 그들만의 조직인 실업자 노조를 만들고 있는 것이다. 조직의 지도 아래 절망감을 호소하는 것으로 그치지 않고 사회에 이른바 협박을 가하고 있다. 국제 금융자본의 상징인 은행 건물을 장기 점령한 것이나 도로와 철도를 봉쇄한 것도 자기들의 고통에 무관심한 사회에 대한 노골적인 협박의 하나이다. 그들은 노동자의 자기의사 표현의 한 가지 방법인 '파업'이라는 수단조차 갖고 있지 못하다. 그래서 들고 나온 것이 위협적인 행진과 폭력 행사이다.

노동조합이 그들을 영접하며 연대감을 표시해보지만 그들은 노조를 믿지 않는다. 또한 좌파 우파 상관없이 정치인 전체에 대한 불신과 분노의 감정을 드러낸다. 일종의 허무주의가 그들을 사로잡고 있는 것이다. 그들은 이미 선과 악의 분별력을 잃었으며, 재교육을 통해 일자리를 얻기보다 모든 것이 무너져 내려앉기를 더 바라고 있다. 이들 역시 세계화와 자유 만세를 외치는 신자유주의가 무엇을 뜻하는지, 세계화의 물결을 되돌리기는 어려우며 그 속에서 자신들이 어떤 식으로 희생당하고 있는지를 잘 알고 있다. 그런만큼 절망감도 크고, 돈이든 직장이든 뭔가를 가진 자들에 대한 증오심도 크다. 유럽 지식인들이 두려움의 시선으로 실업이 넘쳐흐르는 21세기 개막의 문턱을 바라보고 있는 것도 이 때문이다.

프랑스의 경우, 1997년 겨울 마르세유에서 실업자들의 행진이 첫 출발을 했다. 이것은 행진을 거듭하면서 대오를 늘려 이듬해 봄 파리에 입성했다. 이들은 파리 입성 후 은행과 공공 건물을 점령하고 프랑스 정부와 사회에 대해, 노동시간을 주 서른다섯 시간에서 서른두 시간으로 단축하고 여기서 생기는 일자리를 나눠 가질 것, 파트타임 등 노동시장 유연성을 도입하지 말 것, 실업자를 위한 특별 보너스를 지불할 것, 실업자에게 대중 교통수단을 공짜로 제공할 것, 문화와 환경 부문에서 새 일자리를 대량 창출할 것, 노동시장에서 여성의 평등을 보장할 것, 아동노동과 불법의 값싼 외국인 노동자에 반대할 것, 실업자의 단체교섭권과 조합결성권을 요구했다. 아울러 나이와 성별, 인종의 차이에 관계없이 유럽 노동자들은 보다 더 민주적이고 개방적인 노동 환경을 필요로 한다고 주장했다.

여기에 대해 프랑스 사회당 정부는 10억 프랑(약 2천억 원)의 긴급 실업자 구제기금을 설치하는 한편 노동장관에게 중단기 실업대책을 세우라고 지시했다. 이렇게 해서 나온 것이 마리 테레사 조앙 람베를 보고서이다. 행진으로 시작된 유럽의 새로운 실업자 운동은 지금까지와는 달리 노동시간 단축, 실업자 수당 증액 등의 요구에서 그치지 않고 경제구조 자체에 의문을 제기하고 있다. 유럽 실업자 운동을 조직했던 프랑스의 유명한 사회학자 피에르 부르디외는 실업자들이 제기하는 경제구조의 문제를 이렇게 진단했다.

"광적인 소비와 빈곤이라는 두 현상은 단순히 공존하고 있을 뿐만 아니라 서로 연결되어 있다. 주식시장이 축배를 들면 실업자는 신음한다. 한쪽은 잠을 자면서도 부를 늘려가는 데 비해 다른 한쪽은 밤을 새워가며 일을 해도 소득과 실질 구매력이 줄어든다. 대량실업이 발생하면 노동시장 안에서 임금은 동결 또는 삭감되며, 노동강도는 높아지고 노동조건은 악화된다. 또한 실업은 노동시장 안에 유연성을 도입하고, 근로기준법을 파괴하는 훌륭한 도구로 활용된다. 구조조정과 정리해고를 발표하는 순간 그 기업의 주가는 폭등한다."

그 결과 실업자들의 운동은 폭력성을 띠게 되고, 이에 따라 정부도 긴급대책을 세울 수밖에 없는 다급한 입장에 놓이게 된다. 이것이 유럽 실업운동이 가진 시대적 특색이다. 또 하나의 특색은 이들이 국경을 넘으면서까지 행진한다는 것, 즉 유럽의 실업자들이 '국제연대'를 하기 시작했다는 것이다. 유럽연합 15개 회원국에 퍼져 있는 3백여 명의 조직원들이 활동하고 있다는 얘기다. 유럽의 국경들을 넘으면서 실업자들은 개별 국가 단위가 아니라 유럽연합 전체의 경제정책 수정을 요구하고 있다.

콜은 왜 카우보이 모자를 거부했을까

자본주의라고 해서 다 같지는 않다. 라인 강 모델로 불리는 독일식 자본주의가 있고, 네덜란드 모델이 있으며, 영-미식인 앵글로색슨 모델이 있는가 하면 싱가포르 모델과 일본식 자본주의가 있다.

역사 문화 전통이 다르고 사회 여러 세력간의 정치적인 힘의 관계가 다르며, 국가를 형성하는 민족 구성이 근본적으로 다르기 때문이다. 모델이 다르면 노사관계도 다르고, 사회평화에 도달하는 방식도 다르다. 모두들 자기 나라, 자기 사회의 발전단계에 가장 적절한 모델을 창조적으로 개발해서 이를 실천에 옮기고 있다. 다른 나라의 모델은 어디까지나 참조와 연구의 대상일 뿐 그대로 옮겨 적용할 수 없다. 따라서 무엇이 좋다 나쁘다 하는 절대적인 기준을 이야기한다는 건 어리석은 일이다. 그러나 모델이 무엇이든 간에 생산하는 것 이상으로 소비를 하고, 타인의 노동을 제 것으로 갈취하는 무임승차와 무질서, 혼란이 계속되는 사회는 실패하지 않은 예가 없다.

한편에서는 실업자들의 행진 대오가 등장하고 다른 한편에서는 유럽 각국의 정치인과 학자들이 네덜란드 모델 연구를 위해 암스테르담으로 모여들던 1997년, 미국 덴버에서 G7 정상회담이 열렸다. 해마다 있는 서방 선진 7개국의 연례 정상회담이다. 그런데 덴버 정상회담에서 매우 이례적인 일이 발생했다. 해프닝 같지만 결코 해프닝이 아닌 일이었다.

공식 일정이 끝나고 농장에서 열린 파티장에서 클린턴 미국 대통령이 참가국 정상들에게 카우보이 모자를 모두 함께 쓰고 기념촬영을 하자고 제의했는데 그것이 해프닝의 시작이었다. 이 제안에 대해 헬무트 콜 독일 수상이 정색을 하며 끝까지 거부한 것이다. 귀국 후 독일 기자들이 어떻게 보면 별것 아닌 일인데 왜 얼굴까지 붉혀가며 거부했느냐고 묻자 콜 수상은 클린턴 대통령의 카우보이 모자는 모자 그 자체가 아니라 영-미식 자본주의인 앵글로색슨 모델의 신자유주의 경제 모델을 상징하는 것이었으며, 클린턴이 카우보이 모자를 쓰라고 한 것은 독일에게 사회시장경제의 라인 강 모델을 버리고 앵글로색슨 모델을 받아들일 것을 요구하는 제스처라 생각했기 때문에 거부했다고 대답했다.

그러자 기자들이 다시 "왜 앵글로색슨 모델을 거부하느냐"고 물었다. 콜은 "앵글로색슨 모델이 강한 시장경쟁력과 효율성을 자랑하고 있지만 이 모델이 가능한 것은 미국이 내부 식민지를 갖고 있기 때문"이라는 말을 하고 있다. 무엇이 내부 식민지인가? 흑인과 히스패닉의 미국 내 소수민족이 바로 콜이 말하는 미국의 내부 식민지이다. 온갖 험하고 거친 일을 도맡아 해주면서 그 대가가 보잘 것없어도 묵묵히 참고 살아갈 수밖에 없는 존재가 이 내부 식민지인 것이다. 그러면서 콜은 "독일의 경우 내부 식민지를 둘 수 없으며 두어서도 안 된다, 굳이 내부 식민지를 찾는다면 옛 동독이 내부 식민지가 될 텐데 그럴 순 없다.

지난날의 정치사회 체제가 어떠했든 간에 서독과 동독은 같은 게르만이며, 그런 이상 어느 한쪽이 다른 한쪽의 식민지가 될 수 없다. 따라서 성장과 발전이 비록 느리더라도 우리는 함께 간다"고 대답했다. 우파 정치인 콜은 게르만 민족으로서 애국의 마음을 갖고 사회평화를 이룩하려 했던 것이다.

덴버 정상회담에 앞서 콜 수상은 그해 신년사에서 다음과 같이 분명히 밝히고 있다.

"수많은 사람들 특히 미국과 영국의 사람들이 모든 것을 시장에 맡기는 신자유주의를 경쟁력 강화와 관련지어 말하고 있으나 나는 국가의 역할이 축소되는 자유시장경제체제 대신 국가의 역할이 여전히 남아 있거나 더욱 강화되는 사회시장경제체제를 앞으로도 계속 추구해나갈 것이다."

콜의 이 신년사를 당시의 프랑스 언론들은 앵글로색슨 모델을 거부하는 독일인들의, 일종의 신앙고백으로 받아들였다. 벤츠 자동차의 쥐르 슈렘프 회장 역시, 독일은 여러 인종으로 구성된 개인주의 국가인 미국 사회와는 다르다면서 단기 이익을 추구하기보다는 앞으로도 계속 기업의 내부 연대에 최고의 가치를 부여할 것이라고 말하고 있다. 내부 식민지를 두지 않겠다는 분명한 의지의 표현이자, 독일 애국주의의 또 다른 표현이다.

시장에 모든 것을 맡긴다는 '레세페르(laisser faire)'는 '자유보다 질서를 더 좋아하는' 독일 문화에는 맞지 않으며 따라서 국가 경쟁력 강화를 앵글로색슨 모델이 아닌 다른 식으로 확보하겠다는 것이 독일의 생각이며, 이런 식의 사회 평화와 경쟁력 강화 방식을 독일인들은 '위로부터의 혁명'을 통해 근대 국민국가를 완성시킨 그들의 애국주의에서 찾으려 하고 있다는 게 프랑스 언론들의 견해였다. 지도자와 국민이 하나가 되는 애국주의가 경쟁력 강화를 위한 또 하나의 방향타가 되고 있다는 것이다.

'열린 애국주의'와 사회평화

20세기의 저녁 무렵이라고 할 1990년대를 유럽에서 보내면서 나는 '애국주의(patriotism)'의 음성을 자주 들었다. '애국주의'라고 하면 이 땅의 진보 세력들이 자다가도 벌떡 일어나 손가락질할 만한 우파의 언어다. 그러나 유럽에서 다시 '애국주의'를 들고 나온 사람들은 우파뿐만이 아니었다.

기 소르망은 한국의 신문들에도 자주 소개되고 한국 정재계 사람들과도 교유(交遊)가 잦은 프랑스의 우파 지식인이다. 그가 사는 집은 파리에서도 가장 집값이 비싼 블로뉴 숲가에 있다. 근사한 집이다. 겉모양만 근사할 뿐 아니라 집 안도 근사하다. 넓은 홀에는 아주 오래 된 응접 테이블이 놓여 있는데 조각가 로댕의 애인 마리 클로드가 살아생전에 쓰던 골동품이라고 한다. 그 근사한 집 전체를 흑인 하인들이 관리하고 있다. 그러나 그는 끊임없이 시장(市場)을 이야기할 뿐 국가와 민족에 관한 말은 한마디도 하지 않는다.

반면 에드가 모랭은 독일의 좌파 철학자 위르겐 하버마스와 함께 세계가 알아주는 유럽의 대표적인 좌파 지성인이다. 지난날 한때 프랑스 공산당원으로 있었으나 소련의 헝가리 침공으로 공산주의에 실망해서 탈당했다. 공산당이기를 거부했으나 그가 평생 걷고 있는 길은 여전히 진보와 민주의 길이다. 그가 사는 집은 중산층들이 주로 몰려 사는 파리 6구의 아파트이다. 11층 아파트에 들어서니 70세가 넘은 모랭 박사의 부인이 빗자루를 들고 한창 집안청소를 하고 있다. 보이는 것은 온통 책들뿐이다. 검소하기가 우리 나라 서민생활과 별다를 게 없다. 적어도 돈에 관한 한, 국가로부터 큰 혜택은 받고 있지 않은 것이다. 그런데도 국가에 대해 많은 이야기를 한다. 계급대립과 시장논리로는 사회평화를 확보할 수 없고, '세계화' 다른 말로 하면 모든 것을 미국식으로 만들고 말겠다는 '미국화'에 대응할 수 없다는 것이다. 그러면서 국가와 '애국주의'를 자주 말한다.

"애국주의는 우파의 언어가 아니냐"고 물으니까 "그렇지 않다.

자기 고향을 사랑하지 않는 자는 자기 나라를 사랑하지 않으며, 자기 나라를 사랑하지 않는 자는 인류를 사랑할 수 없다"고 말한다. 애향 애국의 마음이 없는 자가 말하는 인류애와 세계주의는 진보와 좌파의 너울을 쓰고 있을지 모르지만 실제로는 가짜라는 것이다. 모랭은 애국심과 민족주의를 구별하면서, 민족주의가 팽창과 폐쇄의 닫힌 사회의 이데올로기인 데 반해 애국심은 열린 사회의 헌신과 봉사, 따뜻한 마음을 전제로 하는 고상한 정신의 표현이라고 말하고 있다.

그가 말하는 애국주의는 '닫힌 애국주의'가 아니라 '열린 애국주의'이다. 타국과의 긴장과 대립을 통해 국민을 하나로 묶어세우고자 했던 것이 민족주의를 신격화했던 20세기 국민국가의 '닫힌 애국주의'라면 '열린 애국주의'는 국가와 국가 사이에도 개인과 개인 사이가 그러하듯이 경쟁과 협력을 같이한다는 공존의 애국주의이다. 이것은 물론 국제사회에서의 자유롭고 공정한 게임의 법칙을 전제로 한다. '열린 애국주의'는 나의 불행과 잘못을 무조건 타인의 탓으로 돌리지 않으며, 남 때문에 나의 경쟁력이 약화되고 있다고 생각하지도 않는다. 그러기 전에 자기 자신, 그리고 사회 내부에 숨어 있는 병의 뿌리를 찾아 도려냄으로써 건강을 다시 회복하겠다는 생각을 갖고 있다.

'내부 식민지'와 '내부 장벽' 깨뜨리기

한 국가 안에는, 법적으로는 그렇지 않다고 해도 현실적으로 또는 국민 심리적으로 2등 국민이 존재한다. 한 국가 안에 2등 국민이 존재하는 영역이 이른바 '내부 식민지'이다. 미국이 내부 식민지를 경영하고 있는 대표적인 나라인데 흑인과 히스패닉을 비롯한 유색인과 생존경쟁에서 낙오한 실패자들이 미국 안의 내부 식민지 백성이다. 그렇다면 과연 우리 나라에는 내부 식민지가 없는 것일까? 미국과 마찬가지로 법적으로나 정치적으로는 없다. 그러나 심리적으로는 있다. 있을 뿐만 아니라 우리 마음 속에 자리잡고 있는 내부 식민지는 미국과는 또 다른 기형적인 지역주의의 모습을 띠고 있다. 나라 안의 어느 지역에서 태어나 자란다는 것은 자기 의지와 관계없는 우연일 따름이다. 그런데 이 우연을 갖고 사람을 판단하며, 편가르기를 계속하고 있는 것이 우리의 실정이다. 이렇듯 우리 마음 속에 내부 식민지를 두고 있는 한 애국의 에너지는 터져나오지 않는다.

나라와 나라를 가르는 국경이 외부 장벽이라면 지역간, 계층간, 남녀간, 그리고 시민사회와 관료사회 사이를 가르는 사회 내부의 칸막이가 내부 장벽이다. 아무리 나라를 사랑하고 싶어도 이러한 내부 장벽이 있다면 소용이 없다. 이 장벽이 애국의 에너지를 감금하고 있기 때문이다. 이 장벽을 무너뜨려 애국의 에너지를 분출시키는 것이 '열린 애국주의'이다. 그래야만 '당신들의 나라'가 아닌 '우리들의 나라'가 태어나는 것이다.

국가를 약화시키면 우리가 자유로워지는 것이 아니라 다국적 자본이 자유로워지는 것이며, 우리는 그 굴레 아래로 들어가기 십상이다. 흔히들 시장에 맡겨두면 '보이지 않는 손'에 의해, 다른 말로 하면 시장법칙이라는 것에 의해 모든 것이 조화롭게 돌아간다고 한다. 시장을 미신화하고 있는 것이다. 그러나 시장은 그 자체로는 존재 이유를 갖고 있지 않다. 시장은 다수의 이익을 충족시켜주는 수단일 따름이다.

돈이 아니라 사람이 경제의 중심에 서고, 사람에 대한 투자를 시설에 대한 투자보다 더 중시하며, 인간자본 없이 사회자본 없고, 사회자본 없이 금융자본 없다는 인식을 가진 국가, 개혁의 대상이 아니라 개혁의 주체가 되는 국가, 민족구성원간의 형제애와 민주주의를 최종적으로 보장하는 국가, 세계화의 물결에 떠밀려가지 않고 그 물결을 다스리는 국가, 동맥경화증에 걸린 공룡과 같은 거대 관료제의 국가가 아닌 지금까지와는 다른 방식으로 경영되는 국가, 창조성과 독창성, 리더십이 관통하며 정치를 새롭게 하고, 경제와 사회문화를 새롭게 하며, 사람을 새롭게 함으로써 전근대국가가 아니라 한국을 현대 문명국가로 재탄생케 하는 국가가 '열린 애국주의'에서 말하는 진정한 의미에서의 국가이다. 인간의 심성 중에는 경제이익에만 복종하지 않고 삶에 대해 환상과 희망을 갖게 하는, 현실 부정의 프로그램이 있다. 이 프로그램은 우리가 거래와 손해와 이익의 계산을 뛰어넘어 자주와 자존, 애국의 에너지를 폭발시키도록 만들어준다.

외부 장벽이라고 할 국경이 열렸다면 내부 장벽도 열려야 한다. 내부 장벽 안에 애국의 에너지와 창조의 정신이 감금당하고 있기 때문이다. 애국의 에너지와 창조의 정신, 참여의 적극성을 감금하고 있는 관료사회와 시민사회, 남자와 여자, 경상도와 전라도, 남한과 북한, 노동자와 사용자, 부자와 빈자 사이를 가로막고 있는 이 내부 장벽이야말로 우리 시대의 바스티유 감옥이다. 바스티유 감옥을 폭파해야 한다. 내부 장벽의 붕괴 없이는 개인과 한 사회 안에 내재되어 있는 무한한 성장의 잠재력을 개발할 수 없을 뿐더러 정치와 경제 파워가 지배 수단이 아니라 공동선을 실현하는 수단으로 사용되는 국가공동체 역시 겉껍질로 전락하고 만다.

1884년 갑오경장이 이뤄진 지 10년 만에 우리는 을사보호조약이라는 형태로 국권을 잃은 경험이 있다. 이때 우리의 선조들은 강요에 의한 것이기는 하지만 개항과 경장의 형태로 외부 개방을 했다. 그런데 내부 개방은 전혀 하지 않았다. 내부 개방은 고사하고 계층 간 지역간 내부 장벽을 더욱 높게 쌓아올렸다. 그 결과 국민들의 마음이 한 곳으로 모이지 못해, 나라의 지도층과 국민 대중이 따로 노는 국민 분열을 거듭하다가 마지막에는 나라의 주권을 잃고 말았다. 그 상처가 백 년 이상의 세월이 흐른 지금까지 남아 있다.

그런데 지금도 우리는 모양은 다르지만 본질에 있어서는 크게 다르지 않은 삶을 살고 있는 듯하다. 우리는 또 한 차례의 외부 개방과, 외부의 강요에 의한 개방 개혁의 한가운데 서 있다. 그 끝이 어디인지는 알 수 없다. 그만큼 크나큰 불안과 긴장이 요구되는 시기이다.

백 년 전 그때처럼 우리가 다시 내부 개방을 통해 외부 개방에 대응하지 않고 반대로 내부 장벽을 더 높이 쌓아올린다면, 즉 나라의 지도자들은 국민을 우습게 알고, 국민은 지도자들을 불신하고 냉소하는 내부 분열을 거듭할 경우 어떻게 될까? 또 다른 형태의 을사보호조약이 우리를 덮치지 말란 법이 없는 것이다. 따라서 분열에서 통합으로 가는 지역분단 해소 등 내부 개방은 '구국의 길'이나 다름없다.

지금 세계에는 두 개의 캠프가 있다. 하나는 분열에서 통합으로 가는 승자의 캠프이고, 다른 하나는 통합에서 분열로 가는 패자의 캠프이다. 유럽연합이 전자의 예라면 유고슬라비아의 발칸은 후자의 예이다. 나라를 승자 캠프의 통합이 아니라 패자 캠프의 분열로 이끄는 데에는 내부 장벽 안에 거미줄같이 쳐져 있는 정치부패의 네트워크도 큰 몫을 하고 있다. 결국 내부 장벽을 허무는 일은 부패 네트워크를 해체하는 일과 동시에 진행되어야 한다.

3부
남겨둔 마지막 길

삶을 디자인하는 정치를 위하여

"민주시민을 교육하는 국가적 시스템이 필요하다"

시스템이 문제이고, 법제도가 문제라고 하지만 가장 기본적인 것은 결국 사람의 문제가 아닌가 싶다. 베를린 장벽 붕괴 이후 베를린의 한 중소기업을 찾아가서, 사장에게 동독에서 온 젊은 노동자들이 일을 잘 하느냐고 물은 적이 있다. 그가 대답하기를, 동독 노동자들의 경우 한 가지 일을 시키면 그 일밖에 할 줄 모르고 스스로 알아서 판단하고 행동할 줄도 모른다는 것이었다. 스스로 판단해서 일을 할 줄 모르면 한 가지 일이 끝나면 그 다음 일을 다시 지시하고 일의 성격과 하는 방법을 또다시 일일이 설명해주어야 한다. 경쟁력이 높아질 수가 없다. 민주주의 정신과 민주적인 인간형이 가장 강한 경쟁력을 갖고 있음이 이 사례에서도 입증되는 것이다.

무엇이 민주주의 정신이며, 무엇이 민주적인 인간형이며, 여기에는 어떻게 도달할 수 있나? 다른 모든 좋은 것이 다 그렇지만 좋은 것일수록 공짜는 없다. 대가를 치러야만 하는 것이다. 민주시민이 가장 경쟁력이 강한 시민이라면 이를 위해서도 대가의 지불이 필요하다. 교육이라는 대가가 그것이다. 민주시민을 위한 교육을 해야 하는 것이다.

민주 시민은 교육을 통해 탄생한다

독일 본에 있는 서독의 '연방정치교육센터'에 가본 적이 있다. 민주주의 법제도는 있으나 민주시민이 없었기 때문에 히틀러의 나치 폭압정권의 등장을 허용하고 말았다는 역사 반성 속에서 1952년 아데나워 수상의 제의로 태어난 서독의 민주시민 교육기관이다. 민주주의는 자동적으로 이해되는 것이 아니라 가르치고 배워야 한다는 기본 인식 아래 민주주의 시스템은 어떻게 작동하고, 다양성과 관용, 그리고 이를 하나로 관통하는 애국심은 무엇인가를 설명하고, 민주주의의 가치와 사회규범에 대한 서독인들의 일치된 견해를 형성하기 위해, 전후 서독 여야당의 정치 지도자들의 합의하에 태어난 것이 이 기관이다. 1982년 광주사태의 진실을 대한 것도 여기에서였다. 서독은 무엇 때문에 한국 광주사태의 진실을 자기 국민들에게 가르치고 있었던 것일까? 이런 일이 독일에서는 일어나지 말아야 한다는 것을 끊임없이 경고하고 평화와 민주주의의 소중함을 일깨워주기 위해서이다. 한국인을 위한 것이 아니라 그들 국민을 위해 세계 모든 나라에서 전개되는 중요한 사태들을 아주 자세하고도 친절하게 설명해주고 있다.

연방 정치교육 센터는 우리로 치면 통일부에 해당하는 내독성에 소속되어 있으나 이사진은 연방의회 의원들로 구성된다. 이때 이사진은 여야당의 의석 수에 따라 결정된다. 본에 본부가 있으며, 전국 주요 도시에 지부가 있고, 교회와 학교, 시민단체들과 긴밀한 협조 관계를 맺고 있다. 지부에서는 지역문제를 따로 다룬다. 연방 센터에서는 정치, 경제, 사회, 문화, 환경과 개발, 인권, 역사와 시대정신, 제3세계와 동서 유럽, 유럽통합, 세계화와 독일, 유럽경제의 앞날 등 주요 국내외 문제가 제기될 때마다 시민토론회와 세미나를 연다. 이와 동시에, 전문가들의 안목이기는 하지만 누구나 쉽게 이해할 수 있도록 친절한 설명이 담긴 팸플릿과 비디오, 오디오, CD-ROM을 제작 배포하고 있다. 시민토론회 이외에도 초중고등학교 학생과 해외에 거주하는 독일 학생들을 대상으로 하는 토론회를 따로 열고 있다.

또 정치를 테마로 한 페스티벌을 열고, '이스라엘 학습여행'처럼 정치교육을 위한 학습여행을 조직한다. 1963년부터 계속되고 있는 이스라엘 학습여행에는 지금까지 학생과 교사, 기자, 영화인과 연극인, 청소년 지도자 등 7천 명이 참가했다. 이스라엘을 직접 가보고 유대인들에 대한 독일인들의 죄를 잊지 말자는 것이다. 크고 작은 세미나와 토론회는 연간 800회 이상 열린다. 여기서는 정치 이데올로기와 역사의식, 전쟁과 평화에서부터 노동과 환경, 사회통합, 종교와 문화, 주택과 건강, 민주주의와 법치, 청소년 문제, 기술, 현재와 미래에 이르기까지 다루지 않는 것이 거의 없다. 이를 통해 독일인 개개인을 더욱 민주적인 시민으로 만들겠다는 것이다.

독일이 통일된 이후에는, 독일인들이 '내부 통일'이라 부르는 동서독인 사이의 의식통합에 교육의 주안점을 두고 있다. 독일인들은 베를린 장벽 붕괴에 따른 정치 통일로 독일이 외부 통일은 이룩했지만 동서독인들의 생각과 습관이 하나 되는 내부 통일은 아직 요원한 것으로 보고 있다. 내부 통일이 완성되는 날이 독일이 진짜로 통일되는 날이라는 것이다. 이를 위한 정치교육도 하고 있다. 독일의 정치교육은 지역공동체 또는 시민단체들과 협조하고 있으며, 특히 대중들을 많이 상대하는 직업을 가진 사람들을 집중적으로 교육한다. 교사와 학생, 의사, 간호사, 언론인, 시민단체 일꾼, 군인, 공무원, 경제인들이 그들이다. 이들이 교육을 받으러 갈 때에는 유급휴가로 소속기관에서 처리해주게끔 법으로 보장하고 있다. 국가적 사업인 셈이다.

이들에게 올바른 정보와 지식을 제공함으로써 잘 모르거나 정확하게 모르는 데서 생기는 편견과 오해, 그리고 갈등을 해소시켜 독일 사회를 어떻게 하든 통합시키고, 독일 국민들로 하여금 과거를 되돌아보면서 미래를 준비하도록 하겠다는 것이다. 사회평화를 확보하는 또 하나의 방법으로서 정치교육 센터가 기능하고 있는 셈이다. 이들이 자주 하는 말 중에 '사람은 배운 것만 이해하고, 이해하는 것만 사랑하며, 사랑하는 것만 보호한다'는 말이 있다. 알지 못하고 이해하지 못하는 것에 대해서는 사랑이 생겨나지 않고 사랑하지 않는 것에 대해 보호 본능을 가질 수 없다는 뜻이다. 그렇다면 이러한 민주시민 정치교육이야말로, 분단 시절의 서독에 절실했던 것만큼 우리에게도 지금 절실하지 않은가?

'민주시민 정치학교'를 열다

1999년 초가을 어느 날, 민주당 지도위원장 안동선 의원한테서 전화가 왔다. 지도위원장이 무엇을 하는지 알 수 없으나 당헌상으로는 민주당의 제2인자라는 것이다. 나는 평소 그와 내왕한 적도, 인사를 나눈 적도 없다. 그런데 나를 꼭 한번 만났으면 한다는 것이다. 언론인으로서 진짜로 존경한다는 말까지 했다. 기분이 나쁘지는 않았다.

며칠 뒤 서울 태평로 코리아나 호텔의 일본식당 사카에서 저녁식사를 함께 했다. 나를 어떻게 알고 있는지, 왜 만나자고 했는지 물으니까 신문을 통해 오래 전부터 나를 알고 있었으며, 나를 만나자고 한 것은 이번 가을 정기국회에서 대정부 질문을 해야 하는데 히트를 칠 만한, 진짜 그럴 듯한 아이디어를 하나 얻기 위함이라는 것이다. 순간 머릿속에 떠오른 것이 바로 이것이다. 얼마나 오랫동안 하고 싶은 말이었던가? 한국에도 한국형 정치교육 센터를 세워서 여야당이 함께 운영하고 이를 통해 우리 사회를 통합시켜나가면 얼마나 좋겠는가?

본의 연방 정치교육 센터를 참고로 하는, 한국형 정치교육을 하자는 이야기는 정말 여러 번 해왔다. 노태우 정권 때는 학교 선배인 김학준(현 동아일보 사장) 청와대 공보수석에게, 김영삼 정권 때는 청와대 김정남 교육문화수석에게 "정치교육을 합시다"라고 했다. 김학준 선배는 "좋은 이야기야" 하고 응수했지만, 신문에 '서독 정치교육에 대하여'라는 칼럼 하나 달랑 쓰는 걸로 그만이었고, 김정남 선배는 그뒤 아무런 말이 없었다. 그런데 평소 내왕이 없는 안동선 의원이 대정부 질문에서 이것을 제기하겠다고 한다. 실제로 안동선 의원은 김종필 총리를 상대로 정치교육 센터 건립에 관한 대정부 질문을, 내가 이야기해준 그대로 했다. 진지하게 검토하겠다는 총리의 답변이 신문에도 보도가 되었다. 3대에 걸친 노력 끝에 이제야 정치교육의 꿈이 실현되는가 보다. 얼마 뒤 청와대 정무비서관에게서 연락이 왔다. 좀더 구체적으로 이야기를 해보자는 것이다.

그러나 그로써 끝, 소식이 없다. 이번에도 말뿐, 이렇게 나라를 걱정하고 미래를 새롭게 열 마음들이 없단 말인가? 그해 겨울 정말 엉뚱한 일이 벌어졌다. 시민단체 하나가 정부로부터 막대한 재정지원을 받아 내가 건네준 아이디어들을 구체화하기 시작했다는 이야기가 들려온다. 모든 것이 이런 식이다. 정치교육 커리큘럼을 보니 진정한 의미에서의 애국 교육이 아니다. 그냥 어디서 주워들은 것을 얼키설키 짜놓았다. 그나마 그 시민단체의 교육마저도 얼마가지 못하고 어디론가 사라졌다. 정부로부터의 재정 지원금 또한 어디로 갔는지 모를 일이다.

노태우 정권 7년, 김영삼 정권 5년, 김대중 정권 5년의 세월 속에서 모든 것이 이런 식으로 흘러간다. 그렇다면 이제 우리끼리라도 해보자고 해서 공간도, 정해진 교사도, 교재도 없는 '민주시민 정치학교'를 2000년에 열었다. 내가 교장인 셈이다. 여기서 나온 것이 고급 주간 시사평론지 'Weekly SOL'이다. 'SOL'은 우리말로 하면 솔, 즉 '소나무'이고 프랑스 말로 하면 '대지'이고, 스페인 말로 하면 '태양'이라는 뜻이다. 솔바람처럼 청량하고 흙냄새처럼 건강하며 태양처럼 밝고 빛나는 새로운 시대정신을 만들자는 뜻에서 2001년 10월 학계와 언론계, 종교계, 경제계, 법조계 인사 150명이 '솔'에 참여하기 시작했고, 2003년 7월 현재 회원이 7천 명에 이르고 있다.

땀과 눈물의 파토스

"허황한 장밋빛 미래보다는 땀과 눈물이 요구되는 때"

　국내에서 '세계경영'과 '한국의 세계 5강 진입'을 말하는 등 정권 차원의 허장성세와 노동법 개정 파동이 한창이던 1997년 봄 프랑스 국립 과학원 교수 장 라파엘 사포니에르가 한국의 위기 상황을 알리는 글을 프랑스 신문 〈르 몽드〉에 싣고 있었다. 사포니에르 교수는 각종 통계 자료를 제시하면서 한국이 '성공'에서 '실패'로 굴러 떨어질지 모르는 위기 상황에 처해 있다며, 그렇게 된 근본 원인을 '에스파뇰 황금 신드롬'에서 찾고 있었다.

　해외 식민지 개척 시대, 스페인이 남미 등 해외 식민지에서 약탈한 황금을 국내로 가져오자 스페인 국민 전체가 밖으로부터 들어온 엄청난 부에 취한 나머지 흥청망청 돈을 쓰는 등 국가가 퇴락해가는 모습을 에스파뇰 황금 신드롬이라고 부른다. 이 신드롬이 한번 휩쓸고 간 자리에는 일체의 생산 기반이 파괴되고 국민정신이 황폐해진다. 과소비와 허장성세, 쾌락주의의 퇴폐가 국민정신을 거덜내버리는 것이다. 19세기 스페인이 세계제국의 자리를 영국에 내주게 되는 것도 이 에스파뇰 황금 신드롬 때문이었던 것으로 역사가들은 보고 있다. 해외 식민지 개척 경쟁을 하면서도 영국의 빅토리아 왕조는 스페인 같지 않았다.

"사도 바울도 일하지 않는 자는 먹지 말라고 했다. 꿀벌처럼 열심히 일해 돈을 버는 것은 하나님이 보기에도 아름다운 일이다. 그러나 이렇게 해서 번 돈을 개인적인 향락추구에 쓰거나 돈 자체를 위해 돈을 사랑하는 것은 죄악이다."

이렇듯 사회에 대한 책임감과 검약의 정신이 영국 사회를 지배하고 있었던 것이다.

'에스파뇰 황금 신드롬'

에스파뇰 황금 신드롬은 식민지 개척시대에만 있었던 것이 아니다. 압축성장과 그에 뒤이은 민주화와 욕구분출, 돈으로 사회평화를 매수하려는 정부의 영합주의, 이에 따른 연 15% 이상에 달하는 임금인상의 행진이 이어지는 곳에서는 거의 예외없이 이 황금 신드롬이 분다. 한국도 그런 곳의 하나일 것이다. 그러나 임금인상이 거듭되면 사람들의 만족감에 힘입어 사회평화가 이룩되고 더 열심히 일할 줄 알았던 것과 달리 현실은 정반대로 나타났다. 높은 임금인상률과 더불어 대중의 소비욕구가 폭발했고 그러자 아무리 돈을 많이 받아도 만족할 줄 모르는 통제불능, 쾌락추구의 사회가 되어버리는 것이다. 이런 사회에서는 노동의 가치와 진지한 삶은 한갓 웃음거리에 지나지 않게 된다.

사포니에르가 '한국의 위기 상황이 우리에게 주는 교훈'에서 하고 싶었던 말도 에스파뇰 황금 신드롬이 한국에도 불기 시작했다는 것이다. 그는 한국 기업과 정치가 자기들의 약점을 돈으로 가려 사회평화를 매수하려 했으며, 이 때문에 연 15% 이상의 임금인상이 거의 10년째 계속되고 있다면서, 이런 나라는 아마 한국뿐일 것이라 주장하고 있다. 더군다나 한국 정치 지도자 그룹의 무능과 군사정권에 봉사한 과거 기록, 허약한 도덕성과 부패, 이에 따른 국민영합이 이 신드롬과 맞물려 돌아가고 있는 것이다. 무엇이 먼저이고 무엇이 나중인지 모를 정도이다.

이 과소비와 허장성세, 노동의 가치를 우습게 여기는 황금 신드롬을 그대로 두고서는 어떠한 부정부패도 척결할 수 없으며, 아무리 개혁과 변화를 추진한다 해도 모래 위에 짓는 집과 다름이 없을 것이다. 이럴 때 국민에게 정말 필요한 것은 장밋빛 미래를 제시하는 것이 아니다. 그보다는 현재의 위기를 위기로 받아들이게 하고, 다시 한 번 땀과 눈물을 요구하는 편이 낫다. 즉, 결단력 있는 국가지도력이 요청되는 것이다.

잔칫집의 등불을 끄고, 미래에 대한 장밋빛 환상 대신 땀과 눈물을 요구함으로써, 파산한 국가 경제와 국민정신을 다시 일으켜세운 지도자가 있다. 전 네덜란드 수상 루돌프 루베르스가 그 사람이다.

사포니에르가 한국의 위기에 대해 경종을 울리던 그때, 유럽의 여러 나라 정치인과 학자들은 네덜란드로 '학습여행'을 떠나고 있었다. 이들 속에는 로카르 전 프랑스 수상과 같은 사람들도 있다. 당시 유럽 대부분 나라들은 경제가 참 어려웠다. 경제가 어려우면 다른 모든 것도 어려워지게 마련이다. 그래서 모두 '불만의 겨울'을 보내야 했다. 그런데 네덜란드만은 예외였다. 네덜란드에는 '불만의 겨울'이 없었으며, 노동자들의 가두시위도 없었고, 집이 없어 길거리에서 자다가 얼어 죽는 부랑자나 빈민도 없었다. 이른바 '네덜란드 모델'이 성공을 거둔 것이다. 1987년 1월 1일 베아트리스 네덜란드 여왕은 노사를 비롯 국민 모두에게 감사한다는 신년 메시지를 발표했다. 네덜란드 국왕이 대국민 감사 메시지를 발표한 것은 25만 명의 국민이 희생된 나치와의 전쟁 이후 처음 있는 일이었다.

네덜란드 모델은 서독의 라인 강 모델, 미국과 영국의 앵글로색슨 모델을 비롯 여러 자본주의 모델 중 하나이다. 네덜란드 모델의 최대 특징 중 하나가 생산에 있어서는 시장법칙에 가장 충실하고, 소비에 있어서는 근검절약을 제일의 미덕으로 삼는 점이다. 네덜란드는 물론 선진 자본주의 사회이고, 1인당 국민소득이 3만 달러를 넘어선 지 오래이다. 그런데도 밍크코트를 입는 사람도, 파는 가게도 없다. 밍크코트를 입고 거리에 나갔다가는 선망의 대상이 되기는커녕 조롱의 대상이 되고 만다. 지난 시절 동물 보호운동 단체들이 밍크코트를 입은 여자들에게 페인트 깡통과 돌을 던지고부터는 밍크코트 자체가 아예 자취를 감추었다. 네덜란드에서는 국가적으로는 물론, 국민적으로도 금기시되고 있는 것이다.

돈이 많다고 해서 고품질의 고가 상품을 구입할 수 있는 것은 아니다. 그래서 집도 같고, 자동차도 같으며, 가구도 이케아 상표의 조립식 가구로 통일이 되어 있다. 뿐만 아니라 자기들은 마가린을 먹고 버터는 수출을 하고 있다. 소비문화에 관한 한 네덜란드는 교과서적인 사회주의 사회처럼 느껴질 정도이다. 그러나 생산문화에 들어가면 네덜란드만큼 시장경쟁과 이익추구에 높은 비중을 두는 사회도 드물다. 노동시장도 그렇고, 자본과 상품시장도 그렇다. 경쟁에서 지는 것이야말로 네덜란드에서는 악이다.

네덜란드는 칼뱅주의 사회이다. 열심히 일해서 돈을 버는 것은 신의 뜻에 합당한 것이나 일해서 번 돈을 자기 마음대로 흥청망청 쓰는 것은 죄악이라는 기독교 신앙이 수백 년의 역사 속에서 네덜란드 사람들의 의식과 생활 속에 자리잡고 있는 것이다. 프로테스탄티즘이 미국에서는 개인주의와 대중 소비문화로 발전했다. 그러나 네덜란드의 프로테스탄티즘은 개인의 번영보다는 집단의 번영을 더욱 중시하는 집단주의와 기회의 평등을 사회적 선택점으로 삼고 있다.

빈민이 없는 나라, 네덜란드

네덜란드라는 국가는 마치 하나의 큰 마을처럼 운영되고 있다. 문자 그대로 국가공동체가 존재하는 것이다. 네덜란드가 인종차별이나 마리화나에는 비교적 관대한 나라라고 하지만 과소비와 사치, 게으름, 거친 행동, 이웃의 위급한 상황을 외면하는 행위에 대해서는 일종의 적대감마저 보이고 있다. 그리고 민주보다는 공화의 가치를 앞세운다. 모든 사람이 화합해서 함께 살아가는 것이 공화이다. 과소비와 사치, 허영, 게으름, 거친 행동, 이웃의 고통을 외면하는 것을 네덜란드인들은 공화를 깨는 것으로 받아들이고 있다. 이런 점에서 네덜란드인들이 누리는 자유와 관용은 공화와 사회정의의 틀 안에 있는 것이지 틀 밖에 있는 것이 아니다.

"내 돈 갖고 내 마음대로 하는데 누가 잔소리냐" 하는 말이 네덜란드에서는 통하지 않는다. 법에 의해서가 아니라 사회규범과 그들의 정신문화가 이를 허용하고 있지 않은 것이다. 그리스도의 휴머니즘에 더 높은 비중을 두는 네덜란드의 기독교와 사회의 끊임없는 자기혁신, 사회 구성원간의 연대감에 기초한 자주와 자율, 자조의 공화와 자유에의 실험정신을 그들은 '정신 인프라'라고 부른다. 그리고 그들의 정신 인프라는 아주 튼튼하다. 튼튼한 정신 인프라의 바탕 위에 문화와 예술이 꽃을 피우고, 이 문화 인프라가 다시 질 높은 국민과 질 높은 사회 시스템, 양질의 공공 서비스, 질 높은 사회간접자본을 만들어내고 있다. 네덜란드에는 마을마다 '문화의 집'이 있다. 책과 비디오, 오디오, 각종 운동시설, 토론광장을 갖춘 이 공공 시설은 학교, 교회와 함께 네덜란드의 문화 인프라를 형성해준다.

네덜란드와 독일은 실질적인 경제통합을 이룬 상태이다. 그래서 로테르담을 가리켜 "독일 제1의 항구"라고 말하는 사람들마저 있다. 영국, 프랑스와의 관계에서도 마찬가지이다. 영국에 대해서는 2차대전 때의 처칠의 도움을 아직까지 고마워하고 있다. 네덜란드인들은 강대국 사이에 낀 작은 나라 국민들이 다 그런 것처럼 강한 애국심을 갖고 있다. 그러나 그들의 애국심은 외부 세계를 적대하는 폐쇄적인 애국심이 아니라 열린 사회의 능동적인 애국심이다. 그리고 이들은 미국의 세계패권에 대해서 이의를 제기하지 않는다. 무엇이 국가이익에 도움이 되느냐를 국제관계와 외교의 중심 과제로 삼는 실용주의에 따른 것이다.

네덜란드의 정치인과 공직자, 사회 지도층은 아주 깨끗하다. 전 네덜란드 수상 루베르스는 억관장자이다. 그러나 수상_재임 당시 그는 부인과 함께 노동자들이 즐겨 찾는 대중식당에서 저녁식사를 하며 대중들과 어울렸다. 그의 수상 집무실에는 호화로운 소파가 없었다. 네덜란드 왕족들 또한 매우 검소하다. 1차 오일쇼크로 네덜란드가 2개월 이상 '자동차 없는 일요일'을 실시했을 때 여왕이 먼저 자전거를 타고 암스테르담 시내를 돌아다녔다. 그래서 네덜란드 국민들은 왕실을 사랑한다.

공직자들의 청렴함도 그렇다. 특히 세무공무원들이 그러한데 차 한잔 이외에는 일체의 접대를 거부한다. 인정상 식사라도 한끼 같이하고 싶지만 '법이 허락하지 않는다'는 것이다. 네덜란드는 법 적용이 철저하다. 그리고 사람들은 법과 국가, 신을 두려워한다. 그런만큼 행정과 공공 서비스의 질은 높다.

1960년대에 도입한 '맘모스 법'에 따라 네덜란드 학생들은 초등학교 5학년 때부터 영어를 배워야 하며, 중학교 때부터는 독일어와 프랑스어를 배워야 한다. 한 가지 이상의 외국어를 할 줄 모르는 네덜란드인은 별로 없다. 세계 어느 곳에 가든 비즈니스를 할 수 있는 국민을 만들어내는 것이 네덜란드 국민교육의 목표이다.

네덜란드는 '작지만 빛나는' 나라이자 '작지만 잘 조직된' 나라이다. 사람과 사회, 정부 조직은 말할 것도 없고 도로와 철도, 항만, 우편, 통신망이 치밀하게 짜여 있다. 네덜란드에선 버스나 기차 등 대중교통수단을 이용해도 어느 곳이든 제 시간에 갈 수 있다. 지금 네덜란드 정부는 민영화 정책을 과감하게 추진하고 있다. 공기업을 거의 모두 민영화하고 여기서 나온 돈을 국제공항과 항만 확장 같은 산업 인프라와 문화 인프라 확대 및 강화에 투입하고 있다. 철도와 우체국의 민영화는 물론이고, 박물관과 미술관의 민영화 계획까지 세워두고 있다. 이렇듯 질 높은 국민과 사회간접자본, 질 높은 공공 서비스가 외국 자본과 사람을 네덜란드로 끌어들이고 있다. 미국과 일본의 거대 기업들은 거의 네덜란드에 유럽 본사를 두고 있다. 이 나라만큼 기업 환경이 좋은 나라가 없다는 것이다. 그리고 이것이 다시 네덜란드에 엄청난 부를 가져다주고 있다.

'네덜란드 모델'의 실체와 진실

네덜란드가 지금과 같은 성공 모델을 만들어내기까지는 정말 먼 길을 달려왔다. 그들은 위기를 기회로 전환시켜 여기까지 왔다. 네덜란드에 위기가 찾아온 것은 1980년대 초이다. 유럽의 다른 나라들과 마찬가지로 1960년대 3M으로 불리는 마르크스, 모택동, 마르쿠제의 좌파 물결이 네덜란드 사회를 휩쓸고 지나간 자리에 1970년대 들어서면서는 '돈과 지식, 권력은 나눠 가져야 되는 것'이라는 '행동 그룹'들이 생겨난다. 이런 주장에 영향받은 네덜란드 좌파 정부는 엄청난 정치실험을 하게 된다. 영국형 복지국가를 부러워하던 그들이 영국을 능가하는 복지국가 건설에 나선 것이다. 그래서 1970년대 말이 되면 사회복지 지출비가 정부예산의 65%를 차지하고, 온갖 명목으로 집에서 놀며 월급을 타 먹는 사람이 전체 노동인구의 절반 이상을 차지하게 된다. 그리고 1966년부터 1975년 사이 사회 전반의 좌파적 분위기에 휩싸여 임금폭발 현상이 일어난다. 매년 노동자 임금이 15% 이상씩 오른 것이다.

당시 네덜란드 노동자 임금을 100으로 할 때 서독 노동자 임금은

87, 프랑스 노동자 임금은 69였다. 임금폭발이 있으면 노동자들이 만족을 해야 할 텐데, 임금인상의 요구는 그치지 않고 오히려 임금인상 이전보다도 노사분쟁이 격화된다. 네덜란드 노동자들이 대중소비사회의 즐거움에 빠져들기 시작한 것이다. 여기에 네덜란드 노동시장과 생산기반을 결정적으로 와해시키는 에스파뇰 황금 신드롬이 찾아온다. 네덜란드 북쪽 그로니구에서 발견된 천연가스 유전이 본격적으로 가동하기 시작한 데에 따른 황금 신드롬이었다. 모든 사람이 일은 하려 하지 않고 잔치만을 벌이고 있었던 것이다. 그 결과 네덜란드는 재정적자가 눈덩이처럼 쌓이고 1980년 2차대전 이후 처음으로 제로 성장을 한 데 이어 1981년과 1982년 드디어 마이너스 성장을 하게 된다. 국내 투자도 1970년 이하 수준으로 떨어진다. 급기야 네덜란드는 위기에 빠진 것이다.

이 위기를 기회로 전환시킨 사람이 바로 1983년 네덜란드의 새로운 수상으로 선출된 기독교 민주당의 루돌프 루베르스이다. 그가 첫번째로 한 일은 '국가 비상사태 선포'이다. 네덜란드가 나치와의 전쟁에 버금가는 비상사태를 맞고 있으며, 이 위기는 외부에서가 아니라 내부에서 찾아온 것이기 때문에 더욱 심각한 것이라며 전국민들에게 이제는 잔칫집의 등불을 끄고 일터로 돌아갈 것을 요구한다. 그러면서 그는 국민들에게 장밋빛 미래를 제시하는 대신에 눈물과 땀과 피를 흘릴 것을 요구한다. 이 요구를 네덜란드 국민들이 받아들였다. 그래서 나온 것이 노사간의 '바세나르 합의'이다. 이 합의를 통해 네덜란드는, 모든 노동자의 임금을 1%씩 깎고 정리해고제와 변형근로제의 파트타임 등 유연성을 도입하여 노동시장을 정상화시켰다. 그러나 바세나르 합의는 노사 쌍방간에 이뤄진 합의

라기보다는 네덜란드 전체 사회의 합의과정을 거친 것이라 볼 수 있다. 의회와 학교, 언론, 교회 등 사회 모든계층과 모든 분야의 사람들이 네덜란드의 비상시국을 어떻게 돌파할 것인가를 두고 끊임없이 토론했다. 그 토론의 결과가 바세나르 합의로 정리된 것으로, 이는 복지국가 네덜란드의 한 모퉁이를 허무는 작업이었다. 그래서 생산문화에서는 자유시장법칙에 따른 철저한 경쟁을, 소비문화에서는 근검절약을 미덕으로 삼는 네덜란드 모델이 태어나고, 이 모델이 향후 10년간의 시간을 거쳐 빛을 발하게 되면서 네덜란드 모델을 연구하려는 또 다른 행렬이 전세계로부터 이어지게 된 것이다.

1996년 12월 16일 파리 OECD(경제협력개발기구) 본부에서 '사회평화와 노동시장의 유연성'이라는 제목의 세미나가 열렸다. 이 자리에서 루베르스는 경제가 나쁠 경우 여기서 빠져나갈 방법은 노동비용을 줄이고 생산성을 높이는 경쟁력 강화라는 단 한 가지 방법밖에 없다며 다음과 같은 말을 하고 있다.

"네덜란드처럼 수출에 의존하는 국가에는 다른 여유가 없다. 네덜란드 국민들은 세계화가 무엇이며, 세계화가 얼마나 가혹한 것인가를 알고 있다. 수요·공급의 시장법칙에 맡기는 노동시장의 유연성을 프랑스 노동자들은 자기들에 대한 위협으로 받아들이고 있는 모양이지만 네덜란드 노동자들은 그렇지 않다. 문제가 생기면 사회 모든 조직이 나서서 해결책이 나올 때까지 토론을 하지, 프랑스처럼 길거리에 나서지 않는다. 파업과 과소비, 방만한 재정 운영, 복지국가의 의존자 문화가 우리에게 무엇을 가져다주었는가를 우리는 1970년대의 경험을 통해 뼈저리게 느꼈다. 그때 우리는 유럽의 환자였다. 네덜란드 모델을 만들어낼 때까지 우리는 정말 먼 길을 달려왔다."

이 네덜란드 모델을 두고 우리 사회에서도 참 말들이 많다. 정확한 말보다는 부정확한 말이 더 많은 것 같다. 우리 사회의 고질병인 '편가르기'가 하나의 객관적인 사실인 '네덜란드 모델'을 바라보는 시각에조차 그대로 나타나고 있는 것 같다. 참으로 우습고 어떻게 보면 한심하다. 재계와 정계는 물론이고 언론계 역시 골수 깊이 병들어 있는 게 아닌가 하는 생각을 지울 수가 없다.

우리 사회의 참새들이 무슨 소리를 지저귀든 간에, 네덜란드 모델은 성공한 모델 중 하나이다. 그리고 또 한 가지 분명한 것은 노동자가 힘을 쓰는 그런 모델이 아니라 오히려 그 반대의 모델이 바로 네덜란드 모델이다. 그런데도 한국 사회에서는 네덜란드 모델이 마치 친노동자 모델인 것처럼 곡해하거나 아니면 의도적으로 왜곡하고 있다. 무지의 소치인가 아니면 악의의 소산인가? 알다가도 모를 일이다. 노동자에게 "잔치는 이제 그만, 일터로 나가자"며 피와 땀을 요구한 모델이 네덜란드 모델이다. 네덜란드 노동총연맹 대변인 제로엔 슈페르겐도 "자유의 청색, 사회주의의 적색, 환경보호의 녹색이 배합된 보라색이 네덜란드의 나라 색깔이다. 이 보라색에서 적색을 줄이고 청색을 늘린 것이 네덜란드 모델이다"라고 말하고 있다. 네덜란드 모델을 친노동자 모델로 몰아붙이고 있는 한국의 신문들과 경총 지도자들은 네덜란드 모델이 진짜로 무엇인지 제대로 공부를 하고 발언하는 걸까? 아니면 어림짐작과 편견을 그대로 쏟아내 우리 사회 전체를 끊임없이 혼란으로 내몰고 있는 걸까?

파리의 아동독본에서 배우는 민주시민 정신

"무엇보다 좋은 사람이 먼저이다"

　어떤 사람이 좋은 사람인가? 민주적인 사람이 가장 좋은 사람이
다. 자주, 자존, 자조의 민주정신을 가진 사람이라야 가장 효율적이
고 가장 독창적이며 가장 정직한 사람이기 때문이다. 우리가 민주
주의를 좋아하며 강한 지지를 보내는 것은 우리가 살아가는 데 아
직까지는 민주주의 이상의 사상과 법제도를 찾지 못했기 때문이다.
사람의 경우에 있어서도 그렇다. 민주시민 이상의 강한 경쟁력과
창조의 정신을 가진 인간형을 아직까지는 발견하고 있지 못한 것이
다. 그런데 민주시민은 저절로 주어지지 않는다. 학교 교육이든 사
회교육이든 교육을 통해서 형성된다.

　조선일보 특파원으로 파리에 있을 때의 일이다. 옆집에 사는 폴
은 파리의 초등학교 2학년생이다. 아버지는 엔지니어이고 어머니
는 학교 선생님이다. 다른 아이들이 그런 것처럼 폴도 장난꾸러기

이고 나무타기를 좋아한다. 학교에서 돌아오자마자 같은 또래의 마을 아이들과 집 앞 공원의 나무에 올라가 노래를 부르거나 자기들 식의 나무 위 숨바꼭질 놀이를 한다.

좋은 시민이 되는 15가지 방법

그런 폴이 어느 주말에는 호주머니에서 아주 작고 예쁜 책을 꺼내 공원 벤치에 앉아 열심히 읽고 있다.《좋은 시민이 되기 위해서》라는 책인데 한 쪽에는 스무 줄이 채 안 되는 글이 씌어져 있고 다른 한 쪽에는 만화가 그려져 있는 30쪽짜리의 문고판 책이다.

아주 작은 책인데도 내용은 간단하지가 않았다. 좋은 시민이 되기 위해서는 이러이러한 순간에는 이렇게 해야 한다는 것을 가르치는 15개의 주제와 20줄의 주제별 해설이 씌어 있고 이를 다시 시각적으로 보여주는 만화가 그려져 있다.

선택한다는 것, 수락한다는 것, 거절한다는 것, 지켜야 한다는 것, 관용한다는 것, 저항한다는 것, 뛰어든다는 것, 위험을 남에게 알린다는 것, 의심을 갖는다는 것, 아는 것과 믿는 것, 참여한다는 것, 대화를 한다는 것, 자기 의견을 밝힌다는 것, 자기 통제를 한다는 것, 항거한다는 것이 이 책이 다루고 있는 민주시민 교육을 위한 15개 주제이다. 폴이 읽고 학교에서 학우들 앞에서 좋은 시민이 되기 위해 우리는 무엇을 해야 하느냐에 대해 자기 의견을 발표해야 한다는 이 책의 간단한 전문(全文)을 소개한다.

(1) 선택한다는 것

인생은 선택의 순간으로 점철되어 있다. 말할 때와 침묵할 때, 거절할 때와 수락할 때, 떠날 때와 머무를 때를 선택해야 한다. '이것이냐 저것이냐'야말로 두 개의 사물을 항상 분리시킨다. 선택이 너무 어렵거나 선택이 망설여질 때, 문제에 대한 해답이 서로 충돌할 때 그리고 무엇이 최선인지를 알지 못하거나 선택 자체에 관심이 없을 때 우리는 흔히 선택하지 않는 것을 선택한다. 말하자면 기권을 하는 것이다. 기권은 선택의 권리를 다음 순간을 위해 유보하는 것이기도 하다.

또 부모를 비롯한 다른 사람에게 선택의 권리를 넘겨주는 때도 가끔 있는데 나의 선택이 아닌 그들의 선택은 거의 예외없이 나에게는 최악의 선택이 되는 경우가 많다. 선택의 즐거움과 괴로움을 남에게 넘겨주는 것은 어리석은 일이다.

(2) 수락한다는 것

인생은 무엇을 수락하고 싶은데 그것이 좋은 것인지 나쁜 것인지가 확실하지 않은 순간들로 점철되어 있다. 무엇을 수락하기 위해서는 수락할 그 무엇이 무엇인지가 확실해야 하며, 우리가 바라는 것이 무엇이며 하고자 하는 것이 무엇인지가 분명해야 한다. 그리고 친구들의 의견이 나의 의견과 다르다고 하더라도 친구들에게 내가 수락하고자 하는 것이 무엇인가를 명확하게 설명할 수 있어야 한다.

그런데 때로 우리들이 하고자 하는 것이 분명하지 못하거나 아니면 남에게 폐가 되지 않을까 해서 또는 명백한 일인데도 우리 자신이 너무 소심한 까닭에 무엇을 수락하지 못하는 때가 가끔 있다. 우리가 무엇을 수락해야 하며 무엇을 수락하지 말아야 하는가를 알기 위해서는 수락 이후의 미래를 내다보는 능력을 갖고 있어야 한다. 수락에 따른 미래가 행복할 것으로 느낀다면 과감하게 수락을 해야 한다.

(3) 거절한다는 것

인생은 하고 싶지 않거나 자기가 바라는 것이 무엇인지 불분명한데도 타인으로부터 무엇을 끊임없이 요구받는 순간들로 점철되어 있다. 그런데 거절하면 우리가 위험에 빠질 경우도 가끔 있다. 우리에게 수락을 요구하는 자가 위협적인 존재일 때 특히 그러하다. 그렇다고 해서 항상 눈을 감고 귀를 막고 살 수는 없으며, 따라서 자기가 원하지 않는 것이라면 이를 거절할 수 있는 지혜를 가져야 한다.

무엇을 수락하고 나서 곧바로 후회를 하게 되는 경우도 있는데 문제는 후회의 병을 얼마나 오랫동안 앓느냐에 달려 있다. '아니오'를 말할 수 있는 용기와 이에 따른 고통을 각오해야 한다. 그럴 용기가 없을 때는 평소 자기가 믿고 있는 사람에게 이럴 때는 어떻게 해야 하는지를 물어보아야 한다.

(4) 지켜야 한다는 것

사회 생활을 하다 보면 인생에는 우리의 선택 범위를 벗어나는 것들이 많다. 우선 우리의 의회 대표들이 투표로 제정한 법률들이 있다. 말하자면 어른들이 만든 뜻인데, 법은 우리가 선택할 수 있는 것이 아니라 지켜야 하는 것이다. 이런 법들을 사람들이 지키고 있는가, 지키지 않는가를 감시하기 위해 경찰이 있다. 그리고 법관들은 법을 어겼다고 경찰이 고발한 사람들의 유죄와 무죄를 판단한다.

예를 들어 우리에게는 도둑질할 권리와 폭력을 행사할 권리가 없는 것이다. 만약 법이 없다면 우리는 우리 자신에게 가장 좋다고 여겨지는 것을 선택할 수 있을 것이다. 그리고 이 경우 어느 누구든 이 같은 선택을 둘러싸고 "옳다, 그르다" 토론은 할 수 있을지 몰라도 선택 자체를 비난할 권리는 갖고 있지 못하다.

(5) 관용한다는 것

인생에는 타자의 선택을 마음 속으로 받아들이기 어려울 때가 있다. 어떤 사람들은 우리와 다른 생각을 갖고 있다. 우리와 다른 신을 믿는 사람들도 있다. 신이라고 해서 다 같은 신이 아닌 것이다. 그리고 어떤 사람들은 어린이들도 무엇을 스스로 판단하고 결정할 수 있는 능력이 있다고 생각하는 반면 또 어떤 사람들은 그렇지 않다고 생각한다.

관용한다는 것은 타인의 생각과 삶의 방식이 나의 그것과 다르다고 하더라도 이를 받아들이는 것을 말한다. 그러나 관용에는 반드시 한계가 있다. 무엇이 같고 무엇이 다른지를 토론할 수 있어야만 관용의 정신을 가질 수 있다. 예를 들어 토론 자체를 거부한다거나 폭력에 의존한다거나 무조건 강요를 한다거나 암살로 문제를 해결하려고 한다면 여기에 대한 관용은 무가치한 것이다.

(6) 저항한다는 것

인생에는 흩어진 개인이 아니라 그룹을 지어야만 대처 가능한 순간들이 있다. 어떤 그룹은 자기들의 신앙을 강요하기 위해 억압과 폭력을 행사한다. 또 가끔 있는 일이긴 하지만, 그 사회가 병들었을 때 그 사회는 희생자를 찾아 나선다. 그 사회의 모든 잘못을 뒤집어 씌우려고 '희생양'을 찾아 나서는 것이다. 때로는 희생양을 찾아 나설 뿐만 아니라 희생양을 살해해서 제단에 바치는 것을 서슴지 않는다.

이 같은 폭력 상황 아래에서 공공연한 저항은 아주 위험해질 때가 있다. 그렇다고 해서 저항이 불가능한 것은 아니다. 비밀리에 투쟁을 해야 하는 것이다. 무엇보다 귀중한 것은 공개적인 저항이 어렵다고 해도 자기의 처음 견해를 꺾지 않는 일이다.

(7) 뛰어든다는 것

인생에는 텔레비전 영화를 감상할 때처럼 구경꾼으로 머물러 있을 수만은 없는 순간들이 있다. 뛰어들어야 한다. 어떤 사람이 위급한 상황에 처해 있는데 혼자의 힘만으로는 뛰어들 수 없다면 어른들에게 달려가야 한다. 사고를 당한 사람이나 병든 사람이 구조 요청이 늦어 목숨을 잃는 경우가 자주 있다.

더군다나 우리 나라 법은 '위험에 빠진 사람을 외면하는 행위'에 대해서는 처벌을 하도록 되어 있다. 그리고 가끔 위험 상황 자체가 더 심각한 것인지 아니면 위험에 빠진 사람을 고통 속에 놓아두거나 죽게 내버려두는 것이 더 심각한 것인지를 자기 자신에게 물어보아야 한다.

(8) 위험을 남에게 알린다는 것

인생에는 못 본 척 외면하고 넘어갔으면 하는 순간들이 있다. 친구가 부모에게 매를 맞거나 상급생이 하급생에게 돈을 내놓으라고 협박하는 것을 볼 때나 어른들이 그들 스스로는 하기 싫거나 부끄럽다고 생각하는 일을 아이들에게 대신 시키는 것을 볼 때가 그런 순간이다.

이럴 때 부모님이나 선생님과 같은 어른들에게 이를 알려야 할지 말지를 결정하는 것은 아주 큰 일이다. 그리고 희생자가 두려움 때문에 지금 자기가 당하고 있는 일을 다른 사람에게 알려서는 안 된다고 생각하고 있지는 않은지, 알릴 경우 상황이 좋아지기보다 오히려 더 악화되는 것은 아닌지를 먼저 알아야 한다.

(9) 의심을 갖는다는 것

인생에는 믿기 어려운 이야기를 듣는 순간들이 있다. 어떤 사람들은 이렇게 말하고 또 다른 사람들은 저렇게 말한다. 그리고 '사람들이 그러던데'라고 전하는 말들이 있는데 이때 누가 처음 '그러던데'의 말을 했는지는 아무도 모른다. 어느 누구도 아닐 수 있다. 이런 것들이 말하자면 루머인데 루머의 대부분은 사실상 거짓말일 때가 많다.

'사람들이 그러던데'라는 말을 들었을 때는 일단 여기에 의심을 가져야 한다. '아니 땐 굴뚝에 연기나랴' 하는 속담이 있다. 이 속담처럼 대부분의 사람들은 루머에 대해 약간은 진실일 것이라고 믿는다. 그러나 이런 뜬소문에 넘어가서는 안 된다. 스스로 확인할 수 없는 것은 믿지 않는 것이 가장 좋다.

(10) 아는 것과 믿는 것

생활하다 보면 아는 것과 믿는 것을 혼동할 때가 가끔 있을 수 있다. 싸움도 그렇지만 어떤 사태를 목격하게 될 때 우리는 무슨 일이 벌어지고 있는가를 미루어 짐작할 수 있다. 그러나 사태의 처음을 보지 못했을 경우 우리는 누가 싸움을 먼저 걸었는지 상상하게 되고 이 상상을 현실인 것처럼 믿게 된다.

자기가 믿는 것을 사실인 것처럼 확실하게 말하지 않도록 주의를 기울여야 한다. 저널리스트들이 사건의 표면만을 보지 않으려고 하는 것도 이 때문이다. 저널리스트들은 어떤 사건에 대해 논평을 하기 전에 먼저 진짜로 무슨 일이 일어났는지를 확인하려고 한다. 모든 사람은 자기 자신의 의견을 말할 수 있다. 그러나 아는 것과 믿는 것이 항상 일치하는 것은 아니다. 잘 알지 못하면서도 믿는다고 할 때에는 여기에 대해 의문을 가져야 한다.

(11) 참여한다는 것

민주 사회에서는 어른들 모두의 이야기를 들어야 할 때가 있다. 왜냐 하면 모든 사람들이 관계자이기 때문이다.

이것이 바로 선거이고 국민 투표이다. 그리고 학교든 지방 의회든 놀이시설이든 어린이들과 관계가 있는 계획이라면 어린이들의 의견을 모아야 할 때가 자주 있다. 이럴 경우 어린이들은 스스로 자기 의견을 말해서 결정에 참여해야 한다.

생각은 조용하게 하고 발언은 분명하고 높은 목소리로 해야 한다. 자기 의견이 중요성을 갖고 있지 않다고 생각해선 안 된다. 자기 의견을 밝히려고 하지 않거나 토론에 참여하지 않으려고 해서는 사물을 제대로 알 수가 없다.

(12) 대화를 한다는 것

인생에는 말하는 것 이상으로 남의 말을 잘 듣는 것이 더 중요할 때가 있다. 남이 하는 말이 잘못된 것인지, 일리가 있는 것인지, 남의 말에 동의를 하고 있는지, 하고 있지 않은지를 스스로 물어보아야만 자기 성찰이 가능하다. 남의 말을 잘 듣고 여기에 응답하는 것이 대화이다.

대화를 통해 다른 사람의 생각의 일부를 받아들임으로써 자신의 잘못된 처음 생각을 버릴 수 있으며, 이렇게 함으로써 여러 사람의 견해와 일치하는 문제의 해답을 구할 수 있다. 다른 사람의 말을 듣지 않고 혼자 말하는 것은 귀머거리와의 대화이다. 남의 이야기에 귀기울이지 않고 혼자 떠드는 것은 공동의 결정을 내리는 것을 거부하는 것이나 다름없다.

(13) 자기 의견을 밝힌다는 것

인생에는 남의 말을 듣는 것 이상으로 자기 의견을 분명하게 밝히는 것이 중요할 때가 있다. 가끔 우리는 남 앞에 나서는 것을 수줍어하거나 자기 의견을 과감하게 밝히지 못할 때가 있다. 또 나의 말이 어느 누구의 관심도 끌지 못할 것이라고 생각하기도 한다. 그러나 우리가 남의 말을 잘 들어보면 남의 관심을 끄는 방법이 어떤 것인지를 쉽게 알 수 있다. 남과 다른 의견을 분명하게 밝히면 되는 것이다. 나의 의견을 분명하게 밝힌다는 것은 아무것도 말하지 않기 위해 말을 하는 것이 아니다.

말하고자 하는 것이 머릿속에서 분명하다면 말도 분명해지고 남에게도 분명한 목소리로 들린다. 자기 의견을 분명하게 밝힌다는 것은 우리 모두를 위해서도 아주 중요한 일이라는 것을 잊지 말아야 한다. 자기 의견을 드러내놓고 분명하게 밝혀라.

(14) 자기 통제를 한다는 것

인생에는 옆자리에 앉은 사람과 의견을 완전히 달리하게 될 때가 있다. 이때 우리의 목소리는 높아지고 고함을 치며 화를 내게 된다. 그리고 고약한 말을 입에 담게 되고 자기 통제력을 잃어 곧바로 후회하게 될 말과 행동을 한다.

남으로 하여금 나를 존경하게 하고 싶다면 남을 존경하지 않으면 안 된다. 우리를 화나게 하는, 통제되지 않는 반사 신경에 자동적으로 따라서는 안 된다. 남의 말이 나를 화나게 하는 것이라고 하더라도 자기 자신을 통제하는 방법을 배워야 한다.

그러기 위해서는 우리의 생각이 흐릿하지 않고 분명해야 한다. 그래야만 토론의 쟁점을 쉽게 찾을 수 있다. 자기 통제는 폭발보다 훨씬 더 큰 힘을 갖는다.

(15) 항거한다는 것

인생에서 우리는 불의의 희생자가 될 수 있다. 개인도 불의의 희생자가 될 수 있으며, 단체와 국가도 불의의 희생자가 될 수 있다. 내가 잘못을 하지 않았는데도 잘못의 책임을 나에게 뒤집어씌우는 것이 불의이다. 예를 들어 독재자나 전체주의 국가가 국민에게 강요하는 게임의 법칙이 그런 것들이다. 이럴 경우 우리는 정의를 위해 우리가 가진 모든 힘을 다해 불의에 항거하고 투쟁하며, 동맹자를 찾아 나설 권리를 갖는다.

그러나 내가 동의하지 않은 게임의 법칙이라고 하더라도 이 게임의 법칙이 사회 구성원 다수가 민주적으로 선택한 것이라면 그것은 불의가 아니라 단순한 의견의 차이일 뿐이다.

시민은 자신의 운명을 스스로 결정한다

"시민은 자연적 산물이 아니라 역사적 산물이다"

〈옥천신문〉에서 강의를 해 달라고 한다. 이 신문은 충북 옥천군 사람들이 발행하는 지역신문이다. 그런데 이 신문이 언제부터인가 다른 지역 사람들로부터 주목을 받고 있다. 작은 지역신문이지만 언론의 올바른 길을 걷겠다는 신념이 남다르기 때문이다.

2003년 3월 27일 대구 가톨릭 대학 사회학과의 이정옥 교수와 함께 신문사를 찾았다. 이 신문사의 오한웅 사장은 지난날 한때 건달 생활을 했다고 하는데 지금은 스님 같기도 하고 목사님 같기도 하다. 탈속의 느낌을 강하게 주는 인물이다. "책 속에서가 아니라 실천 속에서 과거와 결별할 수 있었다"는 그의 말이 기억에 남는다. 옥천군 인구가 6만 명인데 옥천신문 발행부수가 3,300부이다. 이 발행부수를 매호마다 인쇄하고 있다.

이 신문은, 신문이 제대로 서야 나라가 제대로 선다는 강한 신념을 갖고 있다. 충남대 신문방송학과 졸업생 등 젊은 엘리트들이 문자 그대로 열과 성을 다해 신문 제작에 임하고 있다. 금년 들어 처음으로 시민강좌를 열었다는데 한 코스가 열 강좌로 짜여 있고, 한 강좌당 수강료가 1만 원이라고 한다. 금년 첫 열 강좌는 지역분권과 풀뿌리 민주주주의를 중심 제목으로 해서 짜여 있고, 김두관 전 행자부 장관, 명계남 씨 등이 출강을 하고 있다. 수강생은 40여 명. 두 시간이 넘는 저녁시간 강의인데도 모두들 열심히 듣고 있다. 그러나 내 강의가 끝나자 오 사장은 너무 어렵다고 불평을 한다. 이 지역으로 내려와 내년 총선을 준비중인 386 대표주자 중 한 사람인 김서용은 이 지역 환경운동가들에게 "환경 생태주의의 아나키스트들, 한방 터졌지"라고 농담삼아 말한다. 그리고 옥천신문의 한 젊은 기자는 "노사모식 언어에 익숙해 있는 이 지역 수강생들에게 선생님의 강의는 매트릭스 게임 같았을 것"이라고 말한다. 무엇이 매트릭스 게임이라는 말인가. 왜 그들은 내 강의를 그렇게 받아들이는가? 그날 강의를 발췌 소개한다.

매트릭스 강의— '풀뿌리 민주주의란 무엇인가?'

언젠가부터 우리 사회에서는 '풀뿌리 민주주의'라는 말을 많이 쓰고 있다. 어떻게 보면 모호하다고밖에 할 수 없는 이 '풀뿌리 민주주의'의 진정한 의미는 과연 무엇인가?

지금 우리 사회에는 온갖 용어들이 홍수처럼 넘쳐흐르고 있다. 풀뿌리 민주주의도 그런 용어 중 하나이고, 그 연장선상에 놓인 '시민'이라는 용어도 그 중 하나일 것이다. 요즘은 어디를 가도 시민,

시민단체, 시민운동 그리고 자치와 분권이라는 말이 자주 사용되고 있다. 그러느라 어느덧 우리 사이에서 '국가'와 '국민'이라는 말이 자취를 감추고 있다. 그러면 시민은 무엇이고 국민은 무엇인가? 또 애향은 무엇이고 애국은 무엇인가?

시민은 단순히 '도시에 사는 사람'이란 뜻이 아니다. 시민은 역사의 산물이다. 근대 국민국가가 등장하기 이전에는 시민이 존재하지 않았다. 존재하는 것은 시민이 아닌 봉건 영주와 지방 토호에 매여 사는 신민(臣民)들뿐이었다. 내가 주체적 존재가 되지 못하는 신민들이 있는 곳은 다른 말로 하면 근대 국민국가가 아닌 곳이다. 지역감정이 판을 치고 정치적 판단의 최대 잣대가 지역감정인 곳에는 시민이 없다. 따라서 당연히 이런 곳은 전근대 봉건국가이다. 그리고 무슨 말을 해도 여기서는 국민통합이 이뤄지지 않는다. 자기 의사와 자기 운명을 자기 스스로 결정하는 시민이 없기 때문이다.

우리 개개인은 시민이자 등시에 국민이고, 소비자이자 동시에 생산자이다. '시민으로서의 나'와 '국민으로서의 나'가 일치하지 않고 상호 충돌하는 경우도 가끔 있다. 이 경우 우리가 살펴보아야 할 것은, 그 충돌의 기회와 조건이 사회 내부로부터 주어진 것인지, 아니면 외부로부터 강력한 힘이 작용해서 그렇게 된 것인지 하는 문제다.

시민은 항상 있어온 것이 아니라 역사적 산물이다. 자연의 산물이 아니라는 것이다. 흔히 자유, 평등, 박애를 민주시민사회의 기본 정신이라고 한다. 그러나 나는 자기 혼자 설 수 있는 능력, 홀로 험한 밤길을 걸을 수 있는 자아의 발견과 자존·자주의 능력을 갖지 않으면 시민이 될 수 없다고 본다. 자기 생각이 아닌 남의 생각으로 살고, 자기 행동이 아니라 무리 속에서 행동을 하려는 것은 시민의 자세가 아니라고 본다.

1980년대 후반 고르바초프의 페레스트로이카가 한창일 때 소련의 개혁개방을 취재한 적이 있다. 그때 한 소련 사람이 곰 이야기를 했다. 우리 안의 곰을 풀어주었더니 풀려난 곰들이 산으로 가서 자신의 야성(野性)을 찾지 못하고 오히려 우리 속으로 되돌아오더라는 것이다. 이때 '우리'는 나의 복수체인 '우리'이자 동시에 나를 감금하는 '우리'이다. 우리가 우리가 되고 있는 셈이다. 내가 나 스스로의 자주성과 자기 존엄성을 찾지 못한 채 지역감정의 '우리' 속에 함몰되어 패거리를 짓는 한 시민사회는 없는 것이다. 또 경쟁을 지나치게 강조하는 것도 좋지 않지만 협동만을 지나치게 강조해도 좋지 않다. 협력과 협동의 '우리' 속에 들어가 자신의 무책임과 게으름, 방만함과 무능력을 숨기면서 모든 것을 내 탓이 아닌 네 탓으로 돌리지는 않는지 생각해볼 일이다. 혼자 밤길을 걷는 것이 어렵지, 대오를 지어 깃발을 들고 함께 가는 것은 어렵지 않다. 혼자서도 사막과 거친 바다를 건널 수 있어야 한다. 그것이 시민사회의 중심이다.

그러니 시민이란 결국 '자기 운명을 스스로 책임질 수 있는 사람, 자기 운명을 스스로 개척할 수 있는 사람, 자신이 주인이 되고 자신을 존중할 수 있는 사람'을 가리키는 말일 것이다. 나는 하찮고 아무것도 아니다, 남의 뒤를 편안하게 따라가면 되지, 라고 하면서 자기를 존중하지 않는 것은 결코 미덕이 아닐 뿐더러 하나의 속임수이고 사기이다. 자기를 존중하지 않는 자는 결코 타인을 존중할 수 없으며 자기를 존중할 줄 알아야 타인도 존중할 수 있게 된다. 자기

발로 홀로 설 수 있는 자주와 자존이 시민의 기초인 것이다. 반면 신민은 자기 생각도 없고 자존의 마음도 없다. 있는 것이라고는, 강자 뒤를 무조건 따르면서 그들이 던져준 약간의 먹이로 생을 영위하며 강자의 압박 아래에 있으면서 강자의 영광을 곧 나의 영광으로 아는 허위의식에 사로잡혀 있는 자일 것이다.

지금 세계에는 세 개의 국가가 있다. 하나는 탈국민국가이고, 또 하나는 국민국가이며 다른 하나는 전근대국가이다. 미국과 유럽연합이 탈국민국가라면 유고연방과 아프간, 아프리카의 루안다와 같은 나라가 전근대국가이다. 통합이 탈근대국가와 국민국가의 특징이라면 해체가 전근대국가의 특징이다. 국민국가가 전근대국가로 해체될 때는 유고 내전에서 보듯 분열에 따른 유혈의 파열음이 난다. 해체의 시작이 극심한 지역간, 종파간, 인종간 분쟁과 시기 질투와 증오의 감정이다.

그리고 이것들을 외세가 부채질 한다. 지금 우리가 지역분할 구도, 지역감정에 극도의 위기감을 느끼고 있는 것도 이 때문이다. 법제도 형식 틀로서의 근대 국민국가가 자기 내용을 채우지 못한 상태에서 전근대 국민국가로 분열의 파열음을 내면서 해체되고 있는 것을 우리는 목격하고 있는 것이다. 통합하는 자와 해체 분열하는 자 중에서 누가 역사의 주인이 되고 누가 역사의 노예가 될까? 묻지 않아도 대답은 명확하다. 노예의 길도 마다하지 않고 노예가 된 상태에서도 나라를 동과 서, 남과 북으로 가르는 당파 싸움의 기막힌 즐거움을 포기하기 싫다면 지역감정 싸움을 계속할 수밖에 없다.

다양성과 관용을 키우는 사회

그러면 한국은 지금 어느 그룹에 속해 있는 것일까? 세계에서 무역규모 몇 위, 정보화 몇 위, '동북아 중심' 등의 요란한 포부와 전망을 이야기하고 있지만 우리가 진정한 의미에서의 근대 국민국가를 완성했다고 할 수 있을까? 없을 것이다. 나라가 이미 남과 북으로 분단되어 있고, 분단된 남이 다시 동과 서로 갈라져 분열의 골이 깊어만 가고 있다. 뿐만 아니라 계층간 갈등과 분열의 골도 깊어져 국민국가로서 국민통합의 힘이 갈수록 약해지고 있는 듯하다. 근대 국민국가의 주체는 시민이다. 신민이 주체가 되는 나라는 근대국가라고 할 수 없다. 3김이 국토를 분할 통치하고, 죽은 박정희 대통령의 혼이 허공을 맴돌면서 경상도 땅에 짙은 그림자를 드리우고 있는 한, 우리는 여전히 시민이 아닌 신민의 상태에 머물러 있는 게 아닐까?

국민국가의 주체인 시민이 자주와 자존을 특징으로 삼고 있다면 당연히 색깔이 서로 다르고 모양도 서로 다를 것이다. 말하자면 꽃밭에 만 가지 꽃이 피어 있는 셈이다. 획일성이 아니라 다양성이 형성되고 있다는 말이다. 실제로 서로 다른 꽃들이 함께 피어 서로 경쟁하는 꽃밭에 피는 꽃들이 단일 품종만 재배하는 꽃밭의 꽃들보다 훨씬 더 건강하다는 실험 결과들이 수없이 발표되고 있다. 획일성보다 다양성에서 오는 힘이 강하다는 뜻이다. 그러나 이 다양성이 무질서가 되지 않고, 차이가 다름이 되지 않기 위해서는 다양성을 관통하는 한 가지 큰 줄기가 있어야 한다. 이것이 근대국가의 틀 안에서는 '애국심'일 것이고, 그 틀 바깥에서는 인류 보편의 가치인

'휴머니즘'일 것이다. 애국심과 휴머니즘에서 벗어나는 다양성은 다양성이 아니라 해체와 충돌의 이질성일 것이다.

사람도 마찬가지일 것이다. 나와 다른 조건, 다른 연령, 다른 생각을 가진 사람들이 나와 함께 살아갈 때 더 잘 성장할 수 있다. 나와 코드가 맞는 사람하고만 놀고 내 지역 사람들하고만 놀면, 나를 둘러싼 세계가 점점 작아지고 편협해져 진짜 세상이 어떻게 돌아가고 있는지를 알 수 없게 될 것이다. 늘 고정된 주파수의 방송만을 청취하는 사람들이 종국에 가서 어떻게 되는지를 우리 이웃의 경험에서 보고 듣고 있지 않은가? 모든 것에 생명력을 주고, 다양성을 하나로 통합할 수 있는 원칙과 힘은 어디에서 나오는 것일까? 자주와 자기 존중의 마음에서 나오는 것이다. 자기를 존중하는 것은 곧 타인을 존중한다는 것과 같은 말이며, 진리의 독점과 오만한 개혁은 결코 나와 타인을 존중하는 길이 아닐 것이다. 타인에게 겸손하고 나 자신에게 당당한 삶이 곧 풀뿌리 민주주의와 시민사회의 성장을 위한 요체일 것이라고 생각한다.

지금 우리는 북핵과 세계화의 전면적인 도전 아래에 놓여 있다. 한마디로 위기 상황이다. 위기가 파국으로 치닫지 않게 하고, 오히려 이 위기를 기회로 전환시키기 위해 요청되는 것은, 나 자신을 사랑하고 타인을 사랑하며, 나를 먼저 개혁함으로써 타인을 개혁의 길로 인도하는 높은 도덕성과 지도력이다. 그리고 차이가 다름이 아님을 깨달아, 더는 오만과 독단으로 서로 가시처럼 날카롭게 찌르지 말아야 할 것이다. 말하자면 관용의 정신이 크게 요청되는 시점이라는 말이다. 서로 관용하고 감싸주는 자세가 필요한 때가 아닐 수 없다.

타인의 잘못을 지적할 때에도 칼날같이 찌르지만 말고 관용의 정신을 바탕으로 애정을 갖고 대해야 할 것이다. 우리 내부에 적을 만들지 말고, 인내하면서 우리 내부의 증오와 불신을 진짜 깊은 마음으로 잘 다스려야 한다. 그리하여 우리 사회가 유고슬라비아처럼 외부로부터의 강한 힘에 걸려넘어져 나라가 파멸되는 그런 비극을 거듭하지 말아야 한다. 풀뿌리 민주주의는 결국 열린 마음과 관용의 정신이 되어야지, 배격과 독선독단의 정신에 지배당해서는 안 되는 것이다.

보수해야 할 한국의 '보수'

"진정한 '보수'는 자신에게 엄격하고 타인에게 관대하다"

지금, 한국의 이른바 보수파들은 불행하다. 보수파가 불행하다는 것은 본래대로 하면 말이 되지 않는다. 보수파는 항상 불행하지 말아야 하는 것이기 때문이다. 보수란 게 무엇인가? 옛것을 지키고 유지 발전시키는 것이 보수이다. 말하자면 보수는 지키고 유지, 발전시킬 그 무엇을 갖고 있다. 그 무엇을 갖고 있는 게 보수이기 때문에 보수는 근본적으로 행복하면 했지 불행할 수가 없다. 그런데도 보수가 불행하다고 하면 그것은 온정을 가장하는 악어의 눈물이거나 아니면 지킬 그 무엇을 더 이상 지키지 못할지 모른다는 불안감의 표현일 것이다.

지금 한국의 이른바 보수파들이 불행해하는 이유는 여럿일 것이다. 우선 세상이 옛날 같지가 않다. 옛날에는 보수라고 하면 뒤로는 어떨지 몰라도 적어도 그 앞에서는 한수 접어주면서 겁먹는 듯한 표정이라도 지어주었는데 지금은 전혀 그렇지가 않다. "나는 보수파요"라고 해도 "아, 그래요. 우리의 주인님이군요"라고 하지 않는 것은 물론이거니와 "별 우스운 사람 다 보겠네"라는 식으로 피식 웃고 지나가기 일쑤이다. 아무리 보수의 뱃지를 자랑스럽게 달고 다녀도 도무지 어깨에 힘이 실리지를 않는 것이다. 구소련의 훈장 같다고나 할까. 보수 입장에서는, 보수가 아닌 자들이 보수에 주눅 들지 않아서 불행하고, 이 주눅들지 않는 세상이 쉽사리 끝날 것 같지 않아 더욱 불행하며, 자기성찰을 해서 진정한 보수로 재생하라는 말이 자꾸 들리니 더더욱 불행하다.

그리고 또 있다. 보수가 아닌 사람들이 보수라고 자처하는 사람들보다 더 똑똑하고 더 민주적이며, 옛것을 지키기 위해 더 열심히 자기 한몸을 던지고 있어서 보수는 불행하다. 보수가 쌓아올린 경제력의 기반 위에 도입된 새로운 기계들을 보수가 아닌 자들이 그들의 것으로 만들고 있어 불행하다. 인터넷이 바로 그것이다.

한국의 보수가 왜 이 지경이 되었나? 보수파가 불행해하는 이유가 여럿이듯이 이 지경이 된 까닭도 여럿일 것이다. 그러나 우선 이 지경이 된 까닭 중 가장 뚜렷한 까닭은, 지금까지 보수라고 자처해 온 한국의 보수가 진짜 보수가 아닌 가짜 보수였는데, 이게 그만 시대 변화와 함께 들통이 나버렸기 때문이다.

한국의 '보수'는 불행하다

무엇이 진짜 보수이고, 무엇이 가짜 보수인가? 옛것을 지키되, 현재를 발전시켜 옛것을 더욱 아름답고 강하게 하는 것이 보수이다.

지켜야 할 옛것 중 가장 대표적인 것이 '민족의 자존심'이 아닌가 싶다. 눈앞의 이익만을 내세워 민족 자존심을 우습게 내던져버리는 자는 결코 보수일 수 없다. 외서를 끌어들여 국내의 경쟁자를 제거하고자 하는 자치고 진정한 보수였던 적이 없다. 따라서 친일의 과거에서 벗어나지 않고 있는 자는 보수가 아니다.

그리고 법과 질서, 사회규범을 지키는 것이 보수이다. 보수라는 말 자체가 준법정신을 뜻하는 것 아닐까? 그런데 지금까지 한국의 보수는 이와 반대였다. 준법 대신 탈법, 질서유지 대신 질서파괴에 솔선수범하고 부패 속에서 온갖 특혜와 특권을 누려왔다.

그들은 진짜 보수가 아니었을 뿐더러 엄밀한 의미에서 보면 '범법자 그룹'이었다. 여기에 대한 항의와 비판의 목소리를 차단하기 위해 그들은 냉전의 장벽을 높이 쌓아올렸던 것이다. 냉전종식을 거부하며 기회가 있을 때마다 갈등과 분열을 부추겨온 이유도 여기에 있다. 갈등과 분열은 가짜 보수에게 있어 생존의 근거와 같은 것이다. 이 근거가 흔들리려고 할 때마다 그들은 불안하고 불행하며, 가끔은 공포감마저 든다.

한 가정의 가통을 잘 이어받아 근검절약하고 엄격하며, 조상의 가르침을 동생들에게 잘 전하는 보수적인 형이 있다고 치자. 그런데 동생 중에 간혹 집을 뛰쳐나가곤 하는 '파괴적 창조' 혹은 '창조적 파괴'를 하는 진보파 동생이 있다면? 그렇더라도 이를 관용하며, 창조적 실험을 하다가 실패한 동생들이 마지막으로 돌아와 기댈 수 있도록 가정을 만들어두는 것이 진정한 보수이다. 말하자면 자기에게는 엄격하고 타인에게는 관대한 사람이 한 가정으로 치자면 제대로 된 맏형이고, 이 제대로 된 맏형과 같은 존재가 한 국가에 있어서는 진정한 보수가 아닌가 한다.

한국의 보수가 이런 맏형의 입장으로 되돌아가는 날, 그들이 지금 느끼는 엄청난 불행감도 사라질 것이고, 우리 사회 전체가 행복해질 것이다. 엄격하면서도 자애로운 눈길을 한, 끊임없는 자기성찰과 자기개혁 속에서 시대 흐름에 떠밀려가지 않고 그 물결을 다스리는 존재로서 보수가 재탄생하기를 바란다. 그날이 내일이 되면 더욱 좋을 것이다.

진보와 개혁은 옛것을 뜯어고치며 앞으로 나아가는 것이고, 보수는 안정의 토대 위에서 옛것을 지키는 것이다. 그런 의미에서 진보와 보수는 상호 대립하는 것이라기보다 보완적인 것이다. 어느 누구도 한시도 쉬지 않고 전진만을 할 수는 없으며, 어느 누구도 끝없이 한자리에만 머물러 있을 수 없기 때문이다. 앞으로 나아가다가도 잠시 쉬고, 쉬다가도 다시 일어나 앞으로 나아가는 것이 인간사, 세상사이다. 그 점에서 진보도 좋은 것이고 보수도 좋은 것이다. 진보와 보수가 모두 자연의 이치에 합당한 것이다. 문제는 진보와 보수 그 자체에 있는 것이 아니라 이 둘을 대립적인 것으로 충돌시켜 국민을 적대적인 두 개 진영으로 분열시키고 그 속에서 자기 이익을 취하고자 하는 정치 선동가들에게 있다.

진보와 개혁이 스스로의 미숙함과 오만한 독단 때문에 흔들릴 때마다 어김없이 등장하는 것이 '보수의 깃발로' '보수 대연합'과 같은 구호들이다. '보수'가 인기 상품이라면 사두는 것이 좋다. 그런데 문제가 있다. 무엇이 '보수 상품'인지, 그리고 그 상품 자체의 질이 어떤지 알아야 살지 말지를 정할 텐데 '보수'와 '비보수'를 가르는 잣대가 제멋대로여서 이만저만 헷갈리는 일이 아니라는 점이다.

말 그대로 옛것을 지키는 것이 '보수'이다. 법과 사회규범, 도덕과 사회의 가치체계를 지키면서 과거와 미래를 조화롭게 연결시키는 것이 보수이다. 그리고 법과 사회규범을 준수하며 사회의 도덕률에 가장 충실한 사람들이 보수주의자들일 것이다. 그런데 이런 '보수'는 거저 되는 것이 아니다. 아무리 안정의 토대를 강조하는 보수라 하지만 계속 한자리에 머물러 있어서는 고인 물처럼 썩고 만다. 낡은 것은 새로 고쳐야 한다. 말하자면 리모델링이 있어야 한다는 이야기다. 자기혁신의 이노베이션(innovation)이야말로 보수를 보수답게 하는 기초이다. 그리고 무엇보다 먼저 국헌 준수의 결의, 국가와 사회 지도자로서의 명예에는 반드시 의무가 따른다는 노블레스 오블리지 없이는 진정한 보수라고 할 수 없다.

그런데 우리 나라의 '보수'는 좀 이상하다. 부패해서 살짝 한물간 맛이 나지 않으면 믿을 만한 보수파가 아니다, 라는 그들끼리의 내부합의가 없지 않아 있는 것도 같고, '보수'해야 할 법과 사회규범을 어느 누구보다 앞장서서 '파괴'하면서 스스로를 보수주의자로 자처하는 사람들도 없지 않다. 뿐만 아니라 탐욕스럽고 부패한 부자를 무조건 보수파로 생각하는 시각도 있다. 법과 사회규범은 지켜도 좋고 지키지 않아도 좋은 것이 아니다. 준수에 있어서 강제성을 띠고 있는 것이다. 이 강제성의 바깥에 서 있다는 것은 한마디로 범법의 특권을 인정한다는 것과 같은 말이다. 그러나 우리 헌법과 법제도 어디에도 특권의 허용을 인정하는 대목은 없다.

그런데도 우리 사회에는 노블레스 오블리지는 고사하고 법과 국민 위에 군림해서 온갖 특권을 행사하며 국부와 민부를 약탈해온 사람들이 보수주의자로 자처하며 '보수 대단결'을 외치고 있다. 말하자면 이들은 '보수'해야 할 것을 '보수'하지도 않으면서, 보수주의자로 자처하고 있는 것이다. 이들이 가짜 보수인 것이다. 탈법의 특권과 부패의 자유가 보수로, 준법의 애국심과 선량한 시민의식, 그리고 형제들끼리는 더불어 살아야 한다는 형제애의 솔리다리티가 반보수로 여겨지는 거꾸로 된 의식이 횡행하고 있는 것이다. 그들이 소유한 나쁜 신문과 선전매체들이 날마다 거꾸로 된 의식을 생산하고 있는 탓이다. 우리 사회의 이른바 '보수주의자'들은 지켜야 할 것을 지키지 않았음은 물론, 오히려 파괴해왔다. 이들은 끼리끼리 패를 지어 거들먹거리며 진정한 '보수'를 거덜내는 탈법자들이자 범법자들일 뿐이다. 진실과 거짓이 혼동되고 가짜 보수의 위압에 눌려 진짜 보수가 목소리를 죽여온 것이 지금까지의 한국의 정치 현실이다.

정치조폭이 되어버린 부패 네트워크

가짜 보수파들은 탈법과 위법의 특권을 특징으로 한다. 이를 가능하게 하는 것이 부패한 정치권력이다. 이러한 정치부패는 네트워크를 이루고 있다. 부패한 가짜 보수파들이 조폭들처럼 패거리를 짓고 있는 것이다.

부패는 위로부터 아래로 확산되는 특성을 가진다. 그 안에서 보스와 꼬붕 관계가 생겨나고 그들 사이에 부패 네트워크가 형성되는 것이다. 정치부패의 네트워크는 왕거미가 가운데에 자리잡고 거미줄에 걸린 먹이를 삼키는 한편 옆자리에 들어선 또 다른 부패 네트워크와 때로는 공존을 하고 때로는 생사를 건 정치 싸움을 벌인다.

부패 네트워크를 권력의 기반으로 삼는 자들도 가끔 '부패와의 전쟁'을 선포한다. 그러나 그들이 선포하는 '부패와의 전쟁'은 진짜로 부패를 없애겠다는 것이 아닌, 부패 네트워크간의 영역확장 싸움이다. 부패 네트워크의 총체적인 부패 시스템 아래에서는 불법적으로 행동하는 자가 상을 받고, 법에 따라 행동하는 자가 벌을 받는다. 조직에서 따돌림을 당하는 것이다.

부패 네트워크가 정치의 주류로 자리잡고 있는 한 어떤 이데올로기를 내걸든 간에 민주주의는 실현되지 않는다. 비록 겉으로는 민주주의의 모양을 하고 있다 하더라도 부패 네트워크에 걸려든 사회는 더 이상 민주사회가 아니다. 최고 지도자, 다른 말로 하면 네트워크 거미줄의 왕거미의 아들과 딸들, 그 측근들이 판을 치는 비민주 특권사회일 따름이다.

그리고 이런 곳에서는 부패시장에서 거래되는 검은 돈이 정치에 재투자되고, 정치판에 투자된 돈은 부패 정치인의 경쟁력을 높인다. 이렇게 해서 정치인과 기업인, 금융자본, 관료, 노동운동 및 환경운동 지도자 또는 시민운동 지도자들 사이에 먹이사슬이 형성되고, 먹이사슬 형성과정에서 국가와 사회발전을 위한 순수한 운동 초기의 열정과 긴장감이 사라진다. 사라지는 정도가 아니라 국가와 사회발전에 대한 열정이 오히려 비웃음의 대상이 되고 만다. 이렇게 해서 국민의 정신이 병들고 그 결과 국가와 사회의 토대가 무너지고 마는 것이다. 정치부패 네트워크가 거미줄처럼 깔려 있는 곳에서는 국민통합이 이뤄질 수 없다. 그들의 '국민통합' 구호는 위선에 가득 찬 '대국민 사기극'일 따름이다.

정치부패는 민주주의를 형해화하고, 시민을 봉건 왕조의 신민으로 만든다. 그리고 정치인들이 마음대로 시장과 시민사회에 침범하는 것을 허용함으로써 그늘에 가려진 권력의 어두운 그림자를 강화시켜준다. 공공 재산과 정부기관을 사물화하는 한편 물밑 접촉과 밀실거래를 통해 사회 전반에 불신풍조를 만연시키고, 국민 전체를 부패하게 한다. 부패 네트워크는 국내외적으로 지배 엘리트들끼리 '침묵의 협정'을 맺고 있으며, 이 협정을 통해 부패 네트워크에 편입되어 있지 않거나 편입을 거부하는 자에 대해 공동으로 대응해서 정직하고 깨끗한 정치 신인의 정계 진출을 한사코 봉쇄하려고 하는 것이다.

우리의 고비용 정치구조와 금권 타락 선거의 뿌리도 여기에 있다. 진정한 국민의 친구들이 정치로 나아가는 길을, 교묘하게 짜여진 구조로 봉쇄하고 있는 것이 정치부패 네트워크인 것이다. 그 속에서 국민들은 무기력해지고 온 나라는 생기를 잃고 병이 든다. 지금 우리 사회의 최대 현안이라고 할 지역감정 또는 지역주의란 것도 정치부패 네트워크의 일종이다. 정권이 바뀌니까 청탁의 고리가 이렇게 단절될 줄 예전에는 미처 몰랐다며 '호남 소외론'을 큰 소리로 외치고 있는 것 역시 부패 네트워크의 해체에 대한 안타까움과 분노의 표시에 불과하다.

이 정치부패 네트워크의 궁극적인 해체 없이는 정치개혁을 비롯한 그 어떤 개혁도 성공시킬 수 없다. 지난 역사 속에서 수차례나 반복된 개혁의 시도가 사회를 더 혼란스럽게 만들었을 뿐 아무런 결과 없이 실패로 끝난 근본적인 이유도 여기에 있다. 동교동과 상도동계라는 이름의 부패 네트워크를 온존 내지 강화시키면서 진행되는 개혁은 개혁이 아니라 개혁을 바라는 국민을 속이기 위한 술수이다. 이 정치부패 네트워크의 마지막 망들이 정치개혁에 끝까지 저항하고 있다. 그들이 어떤 모습을 하고 있는지 우리 국민들은 잘 알고 있다.

부패 네트워크를 해체시킬 수 있는 자는 원칙적으로 이 네트워크에 편입되어 있지 않은 자들일 것이다. 부패의 망과 고리를 끊을 자는 국민에 의존하여 국민과 더불어 부패 네트워크의 정치 봉쇄망을 뚫고 정치 전면에 등장할 수 있는 힘과 열정을 가진 그룹이다. 그리고 이 어렵기 짝이 없는 작업의 진행과정에서 우리의 21세기를 이끌 새로운 지도 그룹이 태어날 것이다. 따라서 이 새 정치 지도 그룹은 부패 네트워크에 편입되어 그 힘으로 성장해온 지금까지의 정치인들과는 전혀 다른 현대적이고 민주적이며 국민의 진정한 아들과 딸의 모습을 보일 것이다.

정치부패의 심각성을 경고하는 한 연구조사 보고서가 있다. 미국 하버드 대학의 보고서인데, 한 나라의 발전을 가로막는 10가지 장애물을 그 높이의 순서대로 다음과 같이 열거하고 있다.

(1)정치부패 (2)과도한 정부 간섭 (3)취약한 사회간접자본 (4)내각의 빈번한 교체 (5)자주 바뀌는 경제정책 (6)법제도의 미비 (7)낮은 교육수준 (8)정치 불안 (9)후진적인 금융제도 (10)민간 부문 부패

정치 엘리트는 정치 개혁을 하지 못한다

"정치는 타자와의 싸움이자 자신과의 싸움"

정치가 창날이라면 경제와 사회 문화는 창자루이다. 녹쓴 창날을 그대로 놓아두고 창자루만 아무리 자주 갈아끼워도 창은 제 역할을 하지 못한다. 이와 마찬가지로, 정치개혁 없이는 국가의 행정개혁도 없고 경제·사회·문화에서의 개혁도 불가능하다. IMF 위기는 경제와 문화전쟁에서 패한 결과이기 이전에 정치전쟁에서 패한 결과이다. 정치전쟁은 타자와의 싸움인 동시에 자기 자신과의 싸움이다. 이 전쟁에서 졌다는 것은 자기 자신과의 싸움에서 졌다는 것과 같은 말이고, 따라서 패전의 변명을 아무리 외부에서 찾으려고 해도 공허해지기만 할 뿐이다. 부패한 지도자 그룹을 그대로 두고서는 나라의 국가경쟁력은 결코 강해지지 못한다. 옛날에도 그랬고 지금도 그렇다. 큰 나라든 작은 나라든 지금 잘 되고 있는 나라들은 한결같이 나라의 중심 세력이 건강하다. 창날이 날카로운 것이다. 녹을 닦아 부패한 창날을 반짝반짝 빛나게 하고 날카롭게 하는 일이 바로 정치개혁인 것이다.

개혁을 하려면 창날부터 갈아 끼워라

얼마 전까지만 해도 정부를 구분할 때 흔히 복지국가의 큰 정부
와 자유시장경제의 작은 정부로 구분해왔다. 그러나 이제는 '좋은
정부'와 '나쁜 정부'만이 있을 뿐이라는 말들이 들려오고 있다. 큰
정부라고 해서 반드시 나쁘거나 좋지 않은 것처럼 작은 정부라고
해서 반드시 효율적이지만은 않다는 것이다. 크고 작은 것이 문제
가 아니라 국민에게 얼마나 양질의 공공 서비스를 제공할 수 있는
지, 미래를 위한 장기 비전과 청사진을 갖고 얼마만큼 국가를 잘 이
끌어나가느냐에 좋고 나쁘고가 달려 있다는 것이다.

국민들 가슴 속에 갇혀 있는 애국의 에너지를 폭발시켜 국민의
자질을 높이고, 궁극적으로 사회를 올바른 방향으로 통합해나가는
것이 좋은 정부이다. 그리고 조직정비가 잘 되어 있고, 자본과 노동
의 요청에 대해 최대의 공공 서비스를 제공하는 정부가 좋은 정부
이다. 외자유치를 자주 들먹이지만 부패한 정치집단이 국민들로부
터 비웃음과 분노의 대상이 되고 있는 나라에는 건전한 생산자본이
잘 들어오지 않는다. 들어오는 자본은 수상한 투기자본이거나 인간
과 환경을 파괴함으로써 발생하는 단기이익을 추구하는 자본인 경
우가 대부분이다.

창자루가 아니라 창날을 갈아 끼우는 정치개혁이 없고서는 경제
개혁과 사회문화개혁, 의식개혁이 이뤄지지 않는다. 그럼 정치개혁
은 누가 어떻게 해야 하는가? 우리는 정당법과 선거법, 정치자금법

과 같은 법 개정만을 정치개혁으로 보지 않는다. 정치부패 네트워크의 해체 없이는 어떠한 법제도의 개혁도 결국은 미봉책으로 끝나거나 아니면 일시적으로 국민들의 눈을 가리기 위한 정치 제스처에 불과하기 때문이다. 부패 정치 네트워크의 해체는 정치를 통해서만 가능하다. 좋은 정치를 바라는, 전국민적인 개혁 참여가 요청되는 것도 이 때문이다. 국민이 지역감정과 각종 미신에서 깨어나 부패한 가짜 보수 정객과, 위법 및 탈법을 행하는 정치 엘리트들을 포위해서 그들을 압박하지 않는 한 그들은 자기혁신의 의지마저 세우지 않는다. 이것이 부패와 비리를 서로 감싸주기로 '침묵의 협정'을 맺은 부패 정치 지도자 그룹의 속성이다.

국민은 동원의 대상이 아니라 참여의 주체이다. 주체로서의 그들의 애국심이 폭발한다면 이루지 못할 일이 없다. 우리 나라는 경제시장에서 그래왔던 것처럼 정치시장에서도 독과점을 형성해, 신제품 또는 신진세력의 시장진입을 어떻게든 차단해왔다. 신제품 배제를 위한 가장 합법적인 장치는 바로 '돈 많이 드는 선거'를 하는 것이다. 이러한 선거 메커니즘을 설치해두어야만 경쟁력 있는 신제품의 시장진입을 차단할 수 있기 때문이다. 이 모든 것의 기초가 돈으로 권력을 사도 좋다는 식의 고비용 정치 방식이다. 부패한 정치 네트워크가 뿌리를 내릴 수 있었던 것도 이 같은 고비용 정치구조가 있기 때문이었다.

사회발전 모델의 창조

그래서 이들 가짜 보수파들은 그들의 부패 네트워크를 무력화시키는 시도가 보이면 늘 훼방을 놓는다. 그들의 훼방이 현실정치 속에서 승리를 거듭해온 것이 지난 20세기 우리의 정치 모습이다. 민주화가 되었다고 기대만 잔뜩 부풀려놓았지 이 부패 네트워크의 구조에 어떠한 변화도 오고 있지 않은 것은 그저 우연히 그렇게 된 일이 아니다. 그 결과 국민들 사이에 정치에 대한 허무주의가 광범하게 확산되었는데 그들은 이것을 그들의 정치 목표를 위해 또다시 이용하고 있다. 정치는 본래 추하고 더러운 것이라면서 진짜로 애국심이 있고 깨끗한 양심 세력은 아예 정치에 발을 들여놓지 말라고 한다. 많은 사람들은 이 말에 속아 "옳은 말이지" 체념하며 고개를 끄덕인다. 이런 함정과 덫이 도처에 놓여 있고, 우리들은 진실을 알면서도 자주 이 속에 빠지곤 한다. 그리고 이것이야말로 정치 9단이요, 8단이라고 한다.

선거를 진짜로 공정하고 깨끗하게 할 수 있다면 어떻게 될까? 모든 게 좋아질 것이다. 그러나 나라 전체가 좋아진다고 해서 모든 사람이 좋아지는 것은 아니다. 좋아지지 않는 사람들도 있는 것이다. 겉으로는 '민주'를 부르짖지만, 마음 속 깊은 곳에서는 민주주의의 발전을 바라지 않는 사람, 부패의 그물망을 통해 정말로 훌륭한 신진 인사의 정계 진출을 어떻게든 가로막고자 하는 사람, 지역분할 구도 아래에서 지역감정을 끊임없이 자극함으로써 지역민을 지역감정의 볼모로 잡는 전근대적인 패거리 정치인들, 최고권력자 옆에서 간신처럼 행동하면서 국정을 농단하고 국부를 갈취하는 자들…… 이들이 바로 그런 자들인 것이다.

그래서 그들은 '총론 찬성, 각론 반대'나 '시기상조' 또는 '준비 부족' 등 갖가지 명분과 구실을 내세워서, 혹은 그도 잘 안 되면 지연작전을 써서 은근슬쩍 넘어가려고 한다. 진보든 보수든 이러한 정치 엘리트들은 실제로는 정치개혁을 바라지 않는 것이다. 수많은 개혁의 약속들이 허공중으로 사라지고 있는 것도 이 때문이다.

새로운 정치 세력이 기존의 특권 계급에 대항하려면 국민에게 의존하는 수밖에 없다. 국민이 그들 특권집단을 포위해서 특권 포기와 부패 청산을 요구할 때, 비로소 개혁은 한 발자국이나마 앞으로 나아갈 수 있다. 국민에게 의존한다는 것은 국민 속으로 들어가는 것을 뜻한다. 국민 속으로 들어가려면 자기 자신을 낮추어야 한다. 개혁은 개혁을 주도하는 자들로 하여금 오만과 독선에 빠지게 하기 쉽다. 오만 중에서도 가장 고약한 것이 도덕성의 오만이다. 돈과 권력의 오만은 그런대로 웃으며 넘어갈 수 있지만 도덕성의 오만은 감당하기 힘들고 감당하기 힘든만큼 이에 대한 반감 또한 아주 크다.

특권층이라는 사람들은 어쨌든 성공한 사람들이다. 그것이 어디에서 왔건 그들은 성공의 빛을 가지고 있고, 보통 사람들은 그 빛에 눈이 부신다. 그래서 특권과 부패의 먹이사슬에 분개하면서도 정작 그들 앞에 서면 주눅이 든다. 여기에 지역감정이라는 대결구도까지 곁들여지면 개혁의 대상인 부패한 특권계급을 단순히 정치적 파워 게임의 희생자로 보고 그를 자기 지역의 맹주로 떠받들며 그 그늘 아래로 들어가고자 하는 유혹을 느낀다. 지역감정에 따른 대결구도야말로 개혁을 가장 쉽게 왜곡시킬 수 있는, 부패한 특권계급의 강력한 생존무기인 것이다.

개혁은 깃발만으로는 되지 않는다. 깃발이 아무리 찬란하더라도 그 깃발을 들고 있는 지도자가 열렬히 국민 속으로 들어가 국민으로부터 개혁의 프로그램을 배우려는 겸손함을 갖고 있지 못하다면 사람들은 개혁의 깃발 아래로 모여들지 않는다. 그렇게 되면 그 개혁은 국민 대중들로부터 고립된 '당신들의 개혁'에 머물고 만다. '당신들의 개혁'은 또 하나의 도그마이자 정치싸움의 수단으로 받아들여질 뿐이다. 개혁은 자기 부정이면서 동시에 새로운 자기 긍정이다. 자기 부정의 프로그램이 있어야 하는 것과 마찬가지로 자기 긍정의 프로그램이 있어야 한다. 자기 긍정의 프로그램은 긴 안목을 가진 비전의 제시이자 새로운 사회발전 모델의 창조이다. 그 점에서 자기 부정과 자기 긍정은 둘이 아니라 하나이다. 그리고 여기에는 이 둘을 하나로 관통하는 시대정신이 있게 마련이다. 정신이 없으면 생명력도 없다. 평화와 번영이 이 시대의 시대정신이다.

개혁은 '위로부터의 혁명'인 동시에 '아래로부터의 혁명'이다. 국민을 대상으로 한 계몽군주의 개혁이 위로부터의 혁명이라면, 무능력하고 부패한 기득권층을 대상으로 하는 개혁은 분명히 아래로부터의 혁명이다. 그런만큼 개혁의 주력부대는 어디까지나 국민이지 기득권층이 아니다. 개혁의 대상이 개혁의 주체가 될 수는 없는 것이다. 개혁과 변화는 그것이 무엇이든 새로운 기대와 불안을 동시에 가져다준다. 그래서 변화와 개혁은 불편한 것이다. 그런데도 문민정권 초기, 개혁이 제대로 되기만 한다면 세금을 더 내도 좋다고 말하는 우리 국민들이 수없이 많았다. 일상을 벗어나는 애국심이 개혁을 위한 힘의 원천인 것이다.

국민 속에 자리잡고 있는 이 애국심이라는 힘의 원천을 믿느냐

믿지 않느냐에 따라 개혁의 성공과 실패가 판가름날 것이다. 국민을 믿는다고 하지만 개혁을 주도하는 세력들이 더욱 몸을 낮추어 국민 속으로 들어가야 한다. 그리고 밤을 새워서라도 국민과 직접 대화를 하고 의논을 해서 개혁의 구체적인 프로그램을 끌어내지 않는 한 국민들로부터 신뢰를 얻을 수 없다. 국민들이 신뢰하지 않으니까 기득권층의 저항에 흔들리게 되고, 흔들리다 보면 그들과 다시 타협하게 된다. 그렇게 되면 개혁은 국민과 기득권층 모두로부터 웃음거리가 되는 절름발이 개혁이 되고, 사회는 사회대로 어수선해진다. 이런 개혁은 혼란만 야기할 뿐 시도하지 않은 것만 못하다.

개혁에 대한 기득권층의 저항도 문제지만 언론도 문제다. 그리고 개혁을 국가 존립의 과제로 받아들이다가도, 이것을 정치집단간의 권력싸움인 듯 보도하는 언론을 접하는 순간 오히려 이것을 즐기고자 하는, 질 낮은 국민 수준 또한 어떤 의미에서는 더 큰 문제이다. 질 낮은 국민 속에서는 결코 질 높은 정치가 태어날 수 없다. 우리 사회의 진짜 위기는 여기에 있지 않나 하는 생각이 든다.

우리 국민이 개혁의 성공과 실패, 부패와 반부패를 단순히 정치집단간, 지역간 세력투쟁으로 받아들여 이를 한탄하는 동시에 즐거워하는 냉소적인 구경꾼으로 남아 있는 한 우리 정치의 무질서와 무능, 부패와 특권의 범법행위는 악순환의 고리에서 벗어나지 못할 것이다. 그리고 이것은 부메랑이 되어 냉소짓는 국민들 자신과 그 후손들에게 되돌아올 것이다.

타인의 부정부패에는 펄펄 뛰면서도 자신의 부정부패에는 눈을 감는 위선과 허위의 행진 또한 이제는 중단되어야 한다. 특히 국민의 정신적 교사로 불리는 언론계와 종교계, 교육계 지도자들이 그러해야 할 것이다. 부정부패의 본산이 정치계만이 아님을 우리 국민들은 알고 있다.

카이로스적 시간 앞에 선 우리들

정말 이 모든 것을 청산해야 하고 개혁해야 한다. 모든 병든 것을 고쳐 우리 국민들의 기운과 마음이 한곳으로 모이는 새 시대를 열어야 한다. 그래야만 현재의 토핵 위기가 새 역사를 창조하는 기회로 전환될 것이다. 우리는 위기와 혼란 속에서도 새로운 기운을 보고 있다. (1948년의) '48체제'가 닫히고 (2002년의) '02체제'가 문을 열고 있는 것이다. 진정한 의미에서의 국민참여와 개혁이 시작되고 있다. 무르익고 성숙한, 그리하여 무엇인가를 결정하고 결정한 것을 행동으로 옮기는 '바로 이때'라는 의미의 카이로스(kairos)적 시간이 우리 앞에 열리고 있는 것이다.

우리는 우리의 젊은 세대들에게서 이 카이로스적 시간이 다가오고 있음을 본다. 그들은 '48체제'처럼 무겁고 우울하며 비겁하고 잔혹하지 않다. 그들은 가볍다고 할 정도로 경쾌하며 밝고, 강자의 눈치를 보지도 않는다. 강자의 눈치를 보지 않는다는 것은 자존의 마음이 크다는 것인데 자존의 마음이 있는 한 타인도 존중할 것이며, 게임을 해도 페어 플레이어의 룰을 귀중하게 여길 것이다. '02체제' 개막의 주역은 바로 이들이다. 21세기가 그들의 것이다. 이들이야말로 불가능할 것 같은 정치개혁을 이 땅에서 성공시킬 진정한 주인공들인 것이다.

우리 사회에서는 오랫동안 국민의 '영적 폭발'이 억압되어왔다. 이 억압된 '영적 폭발'이 정치개혁의 성공과 함께 터져나올 날이 올 것이다. 그날이 되면 우리 사회 내부를 가로막고 있던 지역간, 계층 간, 지역간, 남녀간 장벽이 허물어지고 잇달아 휴전선의 철조망도 걷힐 것이다.

한국의 르네상스, 쿨 코리아 프로젝트

"목소리를 한 옥타브 낮추고 남의 말에 귀를 기울여보자"

    새 천년, 새 백년에서의 한국은 '쿨'한 한국이기를 진심으로 바란다. '쿨 코리아(Cool Korea)'야말로 우리가 바라는 21세기 신한국의 모습이다. 영어 단어 '쿨(cool)'을 사전에서 찾아보면 '차가운' '서늘한' '냉정한'이란 뜻이라고 나와 있다. 그러나 요새 영국 사람들이 일상적인 용어로 사용하는 '쿨'은 그런 뜻이 아니라 '날씬한' '상쾌한'이란 뜻이다. 날씬하고 상쾌한 한국, 그것이 바로 '쿨 코리아'다.

    어떤 한국이 '쿨 코리아'인가? 멋지고 아름다우며 총명하고 날씬한 그리고 가을날씨처럼 청명한 한국이 '쿨 코리아'이다. 한국의 가을날씨는 세계 최고이다. 애시당초 우리는 '쿨 코리아'로 태어난 것이다. 그래서 '쿨 코리아'는 '우아하고 평화로우며, 조용하고 지혜로운 목소리로 말한다. 우아하고 평화로우며 지혜롭게 말한다는 것은 무엇을 뜻하는가? 우아하다는 것은 거칠지도 천박하지도 않으며, 오만과 편견, 미신과 신화, 무지의 어두운 터널에서 벗어난 계몽의 상태를 뜻한다.

조용하고 지혜로운 목소리로 말한다는 무엇을 뜻하는가? 지금 세계는 지나치게 복잡해졌다. 그래서 이렇게 말하면 이것이 옳은 것 같고, 저렇게 말하면 저것이 옳은 것 같다. 지금까지의 고정관념으로는 쉽게 이해할 수 없는 게 한둘이 아니며, 쉽게 이해할 수 없기 때문에 조용하게 낮은 목소리로 말해도 될 것을 성난 목소리로, 부드러운 눈길을 해도 될 것을 눈에 핏발을 세워가며 말한다. 충혈된 눈으로 날카롭고 째지는 목소리로 자기 말만 들어보라고 외치면서, 정작 남의 말에는 귀를 기울이지 않는다.

친구의 얼굴과 적의 얼굴도 분명하지 않아 친구를 적으로 알고, 적을 친구로 아는 비극도 자주 생긴다. 모두 지혜와 총명함이 부족한 데 따른 것이다. 지혜와 총명함은 어디에서 오는가? 부모에게서 물려받을 수도 있지만 그것만으로는 부족하다. 아는 것이 힘이고, 정보가 기회라는 말이 있지만 알지 못하면 이해하지 못하고 이해하지 못하면 사랑하지 못하고, 사랑하지 않으면 지킬 수 없듯이, 친구를 적으로 알고 성난 목소리로 말하는 것은 그 대상을 잘 알지 못하는 데서 비롯되는 일이다. 따라서 끊임없이 공부해야 하고, 상호간에 올바른 정보의 소통이 이뤄져야 한다. 끊임없이 배우고 가르치며 올바른 정보의 소통이 이뤄지는 나라가 '쿨 코리아'이다.

나와 다른 생각, 나와 다른 문화와 관행을 받아들이는 열린 마음이 없고서는 진짜로 우아한 목소리로 말할 수 없다. '쿨 코리아'에서는 모든 이들이 목소리를 한 옥타브 낮추고 남의 말에 귀를 기울인다. 다름이 잘나고 못남의 차별이 되지 않고, 백 가지 꽃 모두가 자신의 아름다움을 뽐내며 꽃을 피우는 꽃밭을 가꾸는 것이 '쿨 코리아'이다. 나와 다른 것을 받아들이는 열린 마음과 관용의 정신이 없는 상태에서는 당당함을 갖지 못할 뿐 아니라 미지의 넓은 세계로 나갈 용기를 가질 수 없다. 그리고 집안일에만 매달려 시시콜콜 우리 동네에선 누가 세며, 앞으로 누가 세질 것인가에 온 신경을 곤두세우며 밤낮을 지새게 된다. 그리고는 홀로 서는 것을 두려워해서 지연이든 학연이든 무엇이든 고리를 짓고 파당을 지으려고 한다. 이런 과거와의 결별이 '쿨 코리아'를 향한 출발점이다.

과거와의 결별로부터

어떤 한국이 '쿨 코리아'일까? 우선 돈으로 권력을 사고, 권력으로 돈을 버는 한국은 쿨 코리아가 될 수 없다. 정치개혁을 통해 정치 선진화가 된 한국이 '쿨 코리아'이다. 여기서는 '정치를 위해 사는' 정치인과 '정치에 의해 사는' 정치인 간의 차이가 분명하게 부각된다. '정치에 의해 사는' 정치인이 바로 돈으로 권력을 사고, 권력으로 돈을 버는 정치인인 것이다. 이런 정치인일수록 정치시장의 독과점을 공고히 하려고 하며, 무슨 수를 쓰더라도 신진 정치인의 정치시장 진입을 봉쇄하려고 한다.

정치가 후진 상태일수록 그들에게는 좋다. 그들의 주요 관심사 또한 사적 이익과 일당일파의 이익에서 한치도 벗어나지 못한다. 그들이 말하는 '국가와 민족'은 대부분 속임수이다. 이런 정치인들이 퇴출되고 그 자리에 진정으로 나라와 사회발전을 생각하는, 정직하고 진지한 참일꾼들이 들어서야 한다. 그리하여 개혁의 구체적인 내용과 비전을 갖고 국민 속에서, 국민과 더불어, 국민에 의존하여 정치를 해나가야 한다. 그러한 한국이 '쿨 코리아'인 것이다.

'쿨 코리아'는 정치부패가 더 이상 허용되지 않는 한국이다. 부패 자체를 용납하지 않는 정신 인프라가 이미 깔려 있어야 하는 것이다. 가진 자에게나 갖지 못한 자에게나 공권력이 구별없이 적용되어야, 법 앞에 만인이 평등하다는 민주주의 기본 원칙이 현실 속에 그대로 실현된다. "유전무죄 무전유죄"라는 말이 쿨 코리아에서는 먼 옛날의 말로 전락, 사람들 기억 속에서 사라진다. 총체적인 부패 시스템 아래에서 법 위에 군림하여 법을 우습게 아는 자가 상을 받고 법대로 사는 자가 벌을 받거나 조직 안에서 따돌림당하는 일도 더는 없다.

'쿨 코리아'에서는 평등사상이 사람들 몸에 배어 있어서 돈과 권력을 가진 자들 앞에 무조건 머리를 조아리지 않으며, 실업자라고 해서 경멸당하지 않는다. 인간은 모두 신이 준 재능을 갖고 있는데 재능은 단지 행운일 뿐인 것으로 받아들인다. 이런 평등사상이 임금체계와 조세제도, 생활태도에도 그대로 실천된다. 과소비와 사치, 게으름, 거친 행동, 이웃의 고통을 외면하는 행위는 지탄을 받고, '자유'와 '민주' 못지않게 더불어 함께 살아간다는 '공화'의 가치가 생활 속에 스며든다. 그래서 "내 돈 갖고 내 마음대로 하는데 누가 무슨 잔소리냐" 하는 말도 나오지 못한다. 검소함의 미덕이 되살아나는 것이다. 이때의 검소함은 단순히 '돈의 절약'만이 아니다. 생활이 소박 검소하지 않으면 정신이 병든다는 데에 사람들이 눈길을 돌리는 것이다.

'쿨 코리아'에서는 자유시장이라는 이름 아래 광적인 과소비로 치닫는 것을 반문명으로 본다. 이것은 과소비를 미계몽의 원시적인 본능의 표출로 보기 때문이다. 더불어 조화롭게 살아가는 '공화'의 정신이 이런 것을 철저히 무시하는 것이다. '공화'가 없으면 '문명'도 없다는 것이 '쿨 코리아'이다. 광적인 소비는 빈곤과 직결되어 있다. 주식시장이 축배를 들면 실업자는 신음한다. 한쪽은 잠을 자면서도 부를 늘려나가는데 다른 한쪽은 밤을 새워가며 일을 해도 갈수록 가난해지고, 정리해고와 구조조정이 발표되는 순간 주가가 폭등하는 한편 노동시장에서는 임금동결 조치가 발표되거나 삭감이 되고 그 결과 폭력이 등장하는 한국은 결코 '쿨 코리아'가 아니다.

'쿨 코리아'는 노동자와 사용자가 독립되어 있는 개별적인 존재가 아니라 서로 의존하고 협력하는 존재로서 살아가는 나라이다. 서로 존중하지 않고서는 서로 의존할 수 없다. 서로가 서로에게 책임을 지는 관계가 상호의존의 관계이다. 기업이나 노동조합이 독점적인 파워를 행사하는 곳, 돈으로 산업평화를 매수하는 곳, 내 이익을 위해서는 사회 전체의 평화가 파괴되어도 좋다고 생각하는 곳에서는 사용자와 노동자 사이에 진정한 의미의 파트너십이 생겨나지 않는다. 따라서 21세기 새 한국에서는 외국 친구들보다는 국민들에게 의존하며, 국가발전에 있어서도 국민을 동원의 대상이 아닌 참여의 주체로 등장시킨다. 참여의 주체로서 국민 개개인의 잠재력이 꽃을 피우고, 그들 속에 내재되어 있던 애국 에너지가 터져나온다.

'쿨 코리아'에는 '내부 장벽'이 없다

여성에게 편견을 갖는 자는 사회의 소외 계층에 대해서도 편견을 갖는다. 이런 편견이 지배하는 사회는 문명사회가 아니다. 전쟁의 폐허에서 가계를 다시 일으켜세운 것도 우리들의 할머니와 어머니들이었고, 섬유와 가발, 전자제품으로 '한강의 기적'의 토대를 쌓은 것도 여성 노동자들이었다. 그러나 우리 나라 여성들은 위기의 순간 '구원 투수'로 등판했다가도 위기의 순간이 지나가면 다시 투수의 자리에서 내려갈 것을 강요당한다.

여성에게는 희생과 헌신만이 있고, 이것이 미덕으로 칭송받는 사회가 현재 우리 사회이다. 우리 사회의 기득권층이 사회 곳곳에 이러한 내부 장벽을 쌓아올려 사회 구성원이 하나로 통합하는 것을 차단해왔다. 여성들의 정치사회 진출이 막혀 있는 민주주의는 '미완의 민주주의'이다. 민주주의의 완성, 미완성 이전에 지금 세상이 자유시장경제의 세상이라면 남성과 여성 간의 경쟁도 자유롭고 공정하게 전개되어야 한다. 공정하고 자유로운 경쟁을 막아온 갖가지 형태의 법제도 장치와 유무형의 사회규범, 관행들을 이제는 뜯어고쳐야 한다. 여성들의 활발한 정치 참여는 지금까지 독과점에 안주해서 졸고 있던 남성들의 경쟁력을 강화하는 계기가 될 것이다. 성의 장벽을 그대로 둔 기회평등, 남녀평등의 구호는 텅 빈 구호일 뿐이다. 평등하지 않고서는 자유롭지 못하며, 자유롭지 않고서는 남자든 여자든 창조적인 애국 에너지를 분출하고 싶어도 분출할 방도를 찾지 못한다. 남과 여를 가로막고 있는 내부 장벽이 무너지는 한국이 '쿨 코리아'이다.

'쿨 코리아'는 세계화의 물결에 떠내려가는 나라가 아니라 세계화의 물결을 다스리는 한국이다. 현재의 세계화는 평화적으로 전개되고 있지 않다. 세계화의 물결은 황하 홍수처럼 몹시 거칠다. 국경이라는 둑을 무너뜨리고 모든 것을 휩쓸며 모든 것을 집어삼키고 있다. 그렇다고 둑을 높이 쌓아 세계화의 물결에 저항만 하고 있을 수는 없다. 세계화의 전면개방 요구를 받아들이면 그것이 우리를 삼키지 않을까 염려하는 '개방 공포증'을 갖게 되고, 세계화를 거부하면 정보와 기술 등에서 낙오할지 모른다는 '밀실 공포증'이 동시에 생겨나고 있다.

문제는 세계화의 물결에 떠내려갈 것인지 아니면 이를 다스릴 것인지에 달려 있다. 황하 치수와 동일한 이야기이다. 국민국가의 국경을 허물면서 세계시장을 하나로 통합하고 있는 시장과 국민국가의 국경 안에 머물 수밖에 없는 민주주의가 함께 가고 있지 않으며, 정치 엘리트와 경제 엘리트의 이익이 일치하고 있지 않은 것이 오늘날의 현실이다. 정치 엘리트에게는 1차 충성의 대상이 국가인 데 비해 경제 엘리트들은 그 자본이 누구의 것이든 자본이 1차 충성의 대상이며, 세계시장이 그들의 중심에 들어와 있는 것이다. 더군다나 한국의 시장은 세계화를 주도적으로 추진하고 있는 미국 등 서방 국가들의 시장만큼 거대하지 않다. 이윤추구에만 매달리는 시장 법칙으로는 세계화의 거친 물결을 다스릴 수 없다. 아니, 이 물결을 다스리지 못하면 21세기 신식민지로 전락하고 말 것이다. 요새 세상에 무슨 식민지 타령인가, 할지 몰라도 실제로 세계화의 도전에 제대로 응전하지 못한 상당수의 라틴 아메리카 국가들이 신식민지 신세로 굴러떨어지고 있다. 이것은 유럽 언론들의 헤드라인에 등장하고 있는 말이다.

'쿨 코리아'에서는 나쁜 선생님들에 대해 더 이상 관용을 베풀지 않을 것이다. 교육을 국가발전 전략의 첫번째로 삼고 있기 때문이다. 나쁜 선생님들을 퇴출시켜야 하는 것과 마찬가지로 좋은 선생님들에 대해서는 사회가 존경을 표시할 것이다. 선생님에게 감사하고 선생님을 존경하는 마음이 절로 나오게 하는 참교육이 열릴 것이다. 가르친다는 것이 낮은 보수와 관료주의의 상징처럼 될 수는 없다. 의사의 본분이 환자의 치료에 있는 것처럼 선생님의 본분은 가르치는 데 있을 뿐, 돈벌이나 상급기관에 대한 보고업무에 있지 않다.

학교 시설보다는 무엇을 어떻게 가르치느냐에, 인풋(input)보다는 아웃풋(output)에, 학교 시스템보다는 교육기회의 평등에, 소수 특권 엘리트 교육보다는 국민 전체의 자질 향상에 더 관심을 갖는 한국이 바로 '쿨 코리아'이다. '쿨 코리아'에서는 일하는 손이 두뇌의 지시를 받을 것이며, 로테크(low-tech)가 아닌 하이테크(high-tech)의 질 높은 노동력과 높은 생산성으로 경제사회 구조가 질적인 발전을 이룰 것이다. 일하는 손이 두뇌의 지시를 받도록 하기 위해서는 콘베어벨트 앞의 단순 조립공이라고 하더라도 높은 수준의 사회문화 환경 속에서 스스로 생각하고 판단할 수 있는 능력을 갖추게 해야 한다. 이를 위해서는 학교교육 외에 사회교육의 기회를 지속적으로 확충해나가야 한다.

스스로 자유롭게 생각하고 생각한 것을 자유롭게 말하며, 찬성과 반대의 논쟁이 뒤따르는 사상의 자유가 없고서는 일하는 손이 생각하는 두뇌의 지시를 받을 수 없다. 우선 생각하는 두뇌가 허용되지 못하고 있기 때문이다. 두려움과 눈치보기, 하나를 말하면 하나밖에 할 줄 모르는 로봇의 경직성과 모든 것이 동일하기만을 요구하는 획일주의 사회에서는 생각하는 머리가 요청되지 않는다. 또, 요청된다 하더라도 어느 날 갑자기 이 요청에 부응할 수도 없는 노릇이다. 소련과 동구권 공산국가들이 그들 나름의 개발독재를 통해 한때 엄청난 속도로 근대화를 이룩하는 듯했으나 결국은 패망의 길을 걸을 수밖에 없었던 것도, 사상의 자유가 억압되고 그 결과 생각하는 머리가 허용되지 않았을 뿐만 아니라 생각하는 머리와 일하는 손이 따로 놀았기 때문인 것이다.

21세기 한반도 비전, '동북아 중심'을 향해

"동북아 중심의 꿈은 정신 인프라가 실현한다"

　새 천년을 열며 우리 앞에 제시되고 있는 국가 비전이 '동북아의 중심'이다. 지금은 군사력 이상으로 경제와 과학기술, 문화의 힘이 큰 시대이다. 그리고 한국인이 살고 있는 땅이 곧 한국이다. 독일 신문 〈디 차이트〉는 세계가 알아주는 고품격 신문이다. 얼마 전 여기에 '코리아 공영권'이라는 용어가 실렸다. 남북한과 만주, 연해주, 중앙 아시아, 미국과 일본, 유럽에 흩어져 살고 있는 8천만 한국인들이 그 지도력 여하에 따라 세계 역사의 향방에 직접적인 영향을 미칠 정도의 강력한 주체로 등장할 수 있다는 것이었다. 우리보다 먼저 서양인들이 '코리아 공영권'을 말하고 있는 것이다.

　이 문제와 관련해서 한국의 대표적인 지식인 잡지 〈창작과 비평〉 2003년 여름호에 글을 하나 실었는데 여러 사람들이 기분 좋은 이야기라며 전화를 걸어왔다. 나의 의견에 전적으로 공감하며 "형이 말하는 그런 한국의 새 천년을 만들어가는 데 힘을 합치겠다'는 것이었다. 어떻게 하든 나라를 한 단계 더 업그레이드시켜 21세기에는 우리 나라가 동북아와 세계의 중심이 되고 그렇게 됨으로써 우리들 한 사람 한 사람이 모두 세계의 중심권에 진입하자는 나의 절절한 마음이 부족하나마 전달된 것 같아 기쁘다.

새 천년, 새로운 한국의 비전

비전은 항해의 나침반이나 여행길의 신호판과 같은 것이다. 장기 발전의 비전 없이 그냥 되는 대로 하루하루를 살다 보면 이일 저일과 부딪치고, 왔던 길을 되돌아가는 일이 생기는가 하면 처음 출발할 때 지향했던 목표 지점을 잃고 엉뚱한 길로 접어들기 쉽다. 민주화와 함께 만발했던 국민적 기대가 국민적 실망, 국민적 냉소와 허무주의로 끝을 맺은 지난 10년간의 쓴 경험도 국가발전의 밑그림이 애당초 없었거나, 있었다고 하더라도 지극히 정치구호적인 것이었거나, 아니면 처음의 국가발전 비전을 누군가가 진행과정에서 왜곡해버린 데에 따른 것이다.

노무현 정부의 '참여정부' 출범을 두고 여러 사람들이 기적이라고 말한다. 과학적으로 분석해도 가능하지 않을 것 같던 일이 현실화됐을 때 우리는 "기적"이라고 한다. 그러나 기적도 따져보면 인과응보의 법칙에서 한치도 벗어나지 않으며, 그 점에서 기적은 없다고 하는 사람들도 있다. 기적이라도 좋고 기적이 아닌 합리성의 극적인 안무(按舞)라 해도 좋다.

어쨌든 새 정부가 들어섰고, 이 새 정부에서 국가의 장기발전 비전을 제시하고 있으니까 말이다. 그 비전이란 바로 '동북아 경제중심'이다. 노 대통령도 취임식 이후 기회 있을 때마다 "동북아 경제중심"을 이야기하면서 비전 실현을 위한 국민통합을 요청하고 있다. 그리고 동북아 중심이라는 장기 발전의 방향에 담길 구체적 프로그램을 작성할 실무위원을 구성하고 있다 한다. 비전과 프로그램, 정책과 실제적인 행동지침들이 곧 제시될 예정이다.

　모든 낯선 것들에 대해서는 거부감이 없을 수 없다. 중심이라는 말도 우리에게는 낯선 말이다. 중심을 지금 중국 사람들은 흔히 영어의 'center' 또는 'institute'의 뜻으로 사용하고 있는 듯하다. 중국 '과학기술중심'이라고 하면 중국 과학기술연구원이라는 말이다. 그러나 참여정부가 말하는 '동북아 경제중심'에서 중심은 물론 연구소가 아니고, 센터라는 뜻과도 조금 거리가 있는 것 같다. 이것을 청와대 쪽에서는 영어로 'a northeast business hub'로 표기한다는 말도 있다. 인근 국가로부터의 항의도 있고 해서 고심중이라고 하는데 영어 표기대로 하면 한국이 동북아 기업활동의 여러 거점 중 하나가 되겠다는 것이다. '동북아 경제중심'이 주는 메시지가 상당히 약화되고 있다는 느낌이 든다.

　영어 표기가 어떻든 이것은 한국이 동북아에서 우뚝 서는 존재로 새로이 발돋움하겠다는 국가경영의 의지로 받아들여진다. 바로 그 때문에 고심을 하고 여러 가지 말들도 생기고 있는 것이다. 중심이라니, 우리가 무슨 중심이냐는 말에서부터, 중국은 그 자체로 하나의 완결된 중심이고, 일본은 지리적으로 동북아 국가지만 정치경제적으로 서방세계에 속할 뿐더러 일본이 아시아에서 벗어나 유럽으로 들어간다는 탈아입구(脫亞入歐)를 선언한 지가 언제인데 이제

와서 동북아를 하나의 정치경제 단위로 내세우느냐는 말까지 있다.

특히 지난 정권에서 고위관료였던 어떤 사람은 동북아 경제중심 또는 동북아 중심국가에 대해 "인구와 국토 등 객관적인 변수들을 무시하고 순전히 주관적인 의지에 의해 동아시아의 중심국가가 되겠다고 선언하는 것은 자칫 잘못하면 주변 강대국들로부터 한국이 객관성 없는 환상을 추구하고 부질없는 행동을 할지 모른다는 우려를 유발할 수도 있다"면서 "그렇게 되면 우리는 중심국가는커녕 보통국가도 되기 어려울 수 있다"고 한다. 입 가진 자는 모두 한마디씩 하고 있는데, 말을 하지 않는 것보다는 하는 편이 낫다. 비록 그것이 비우호적이거나 빈정대는 것이라 할지라도 말이다. 국가경영의 그림이 크면 클수록 수많은 말의 세례 속에서 비전의 구체적인 프로그램이 정교해지고 정책 내용이 더 풍부해질 수 있기 때문이다. 만인의 만 가지 말들에 이어 동북아 중심국가 또는 동북아 경제중심에 대해 한마디 거들고자 하는 까닭도 여기에 있다.

'동북아 경제중심'의 실체

경제중심이든 중심국가든 실체는 하나일 것이다. 한국이 더 이상 변방이 되지 않겠다는 것이고, 우리의 운명을 타자에게 맡기지 않고 스스로 개척하겠다는 뜻이 담겨 있는 것이다. 문제는 '중심'이다. 모든 사물에는 중심이 있고, 중심으로부터 구심력이 나온다. 사람과 물건을 끌어당기는 구심력이 없는 것은 중심이 아닌 것이다. 구심력을 다른 말로 하면 '매력'일 텐데 매력에도 여러 가지가 있다. 약탈의 대상이 되는 것도 분명히 매력이 있기 때문이다. 그러나 우리가 여기서 말하는 매력은 약탈의 대상이 되어 군침을 흘리게 하는 지난날의 그런 매력이 아니다.

그곳에 가면 무엇인가를 얻고 배우며 함께 협력해서 더욱더 큰 것을 이룩할 수 있다는 기대와 신뢰가 바로 '중심'이 가진 매력 포인트이다. 그래서 중심에는 사람과 물건, 지식과 정보가 몰려들고 항상 개방되어 있다. 국경이 열려 있고, 사회가 열려 있으며, 사람들의 마음이 열려 있다. 열려 있지 않고는 사람과 물건, 정보와 지식이 몰려들 수 없는 것이다. 열려 있으면서도 자기 자신을 상실하지 않고 다른 문화와 다른 문물을 받아들여 나의 것을 더욱 풍부하게 하는 것이 중심이다. 그런만큼 중심은 아무나 할 수 있는 것이 아니며, 어떤 위험성도 내포하고 있다. 중심을 잘못 내세우다가는 남의 것을 흡수 통합하기 이전에 나의 것이 오히려 흡수 통합당할 수 있는 것이다.

또 중심에서 나오는 끌림, 다른 말로 하면 '매력의 크기'는 나라나 인구의 크기와 비례하는 것도 아니다. 면적이 넓고 인구가 많음에도 전혀 찾고 싶지 않은 나라가 있는 반면 그 반대의 나라도 있다. 끌림은 강함이나 크기와는 관계가 없는 것이다. 이 점에서 한국이 동북아 중심을 내세웠다고 해서 하등 이상할 것이 없으며 이를 비웃는 것은 어리석음의 징표이거나 악의일 따름이다. 어느 나라에든 중심은 있다. 문제는 이 중심에서 나오는 구심력과 끌림의 강함 또는 약함이다. 작은 나라라도 큰 중심과 강한 끌림을 얼마든지 가질 수 있는 것이다.

무슨 중심이든 중심은 그 토대가 건강하고 튼튼하지 않으면 중심으로서의 구심력을 발휘할 수 없다. 동북아 중심국가 또는 동북아 경제중심도 예외가 아닐 것이다. "빨리빨리"로 상징되는 날림공사와 썩은 토대 위에 서 있는 상부 구조를 가지고는 중심으로서의 역할을 결코 할 수 없다. 말하자면 도로와 항만, 정보통신 시설과 최첨단 금융 시스템의 산업 인프라 이전에 건강하고 튼튼한 정신 인프라가 먼저 요청되는 것이다. 거듭 말하지만 질 높은 국민과 질 높은 공공 서비스, 사회체제 그리고 질 높은 사회간접자본이 있어야만 세계에서든 동북아에서든 중심국가로 나아갈 수 있다.

중심국가 또는 경제중심은 개방을 전제로 한다. 국경이 열리고 사회가 열려야만 낯선 사람과 낯선 문물이 들어오고 이들이 발걸음을 자주 해야만 중심이 되는 것이다. 따라서 중심에는 낯선 것들에 대한 관용이 절대적으로 요청된다. 내 것만 최고라 생각하면서 나와 다른 사람, 나와 다른 생각과 관습, 나와 다른 문화를 배척하거나 형편없는 것으로 본다든가, 아니면 그 반대로 나의 것은 형편없게 여기고 남의 것만 무조건 숭상하는 사대주의로는 중심에 들어설 수 없다. 내 것이 중요하다면 남의 것도 중요하며, 땅 위에 나와 다른 수많은 존재와 생각이 있음을 받아들여야 한다. 열린 마음과 관용의 정신이 중심으로 진입하기 위한 첫걸음이다. 마음의 문을 연다는 것은 인간성과 다양성에 대한 존중이고, 획일주의와 유일사상에 대한 거부이다. 나와 색깔이 다른 피부를 가진 사람을 만났을 때 무조건 경멸하거나 숭배해서는 안 된다.

열린 마음을 갖는 자는 당연히 인종주의를 거부하고, 자기보다 못났다고 생각되는 상대에게 거들먹거리고 싶어지는 본능의 유혹에 굴복당하지 않는다. 우리는 그 동안 인종주의를 오만한 서양 백인의 전유물로 생각해왔다. 그러나 지금 우리는 일자리를 찾아온 외국 근로자들을 어떤 식으로 대하고 있는가? 중국 동포들에게도 마찬가지이다. 인간의 평등과 존엄을 한사코 외면하고 모든 것을 지배와 복종, 정복과 피정복의 관계로만 보는 개발독재 시대의 잔재가 우리 머릿속에 뿌리 깊게 박혀 있는 것은 아닐까?

우리 마음 한구석에 자리잡고 있는 피해의식과 반외세의식, 낯선 사람과 문물에 대한 경계심, 민족문화에 대한 과장된 자부심과 허위의식 및 열등감이 기묘하게 혼합된 심리상태는 중심으로의 진입을 가로막는다. 이래서는 중심으로의 진입은 고사하고 남북한과 5백만 해외동포조차 하나로 묶을 수 없다. 통일 후 남한 사람한테 열등 국민으로 멸시를 받기보다는 차라리 자폭의 길을 택하는 편이 나을 것이라는 소리가 북한 동포들 입에서 나오고 있다. 통일을 피정복으로 본다면 어느 누구든 마지막 순간까지 통일에 저항할 수밖에 없을 것이다. 아버지의 나라에 왔다가 같은 동포한테 멸시만 받고 가는 중국과 러시아 동포들이 무엇 때문에 한국의 동북아 중심에 편입되려고 하겠는가? 그들은 소수민족을 우대하는 중국의 한족에게 우리 이상의 친밀감을 느낄 것이다.

열린 마음과 관용의 정신이 없는 상태에서는 당당함이 생겨나지 않을 뿐더러 미지의 넓은 세계로 나아갈 용기를 갖지도 못한다. 또 관심 영역이 좁아져서 지금 세계가 어떻게 돌아가고 있는지도 모른 채 굼뜬 행동으로, 조금만 잘나면 남을 멸시하고 조금 못났다고 생각하면 남한테 굽신거리며 속없이 친절하지만, 형제한테는 걸핏하면 시비를 걸게 된다. 정든 집과 고향 친구를 떠나 낯선 곳 낯선 사람, 낯선 문물, 낯선 생각과 문화를 접하는 것 자체를 즐거움으로 삼는 도전의 마음이야말로 중심으로 진입하는 길일 것이다. 이런 인간형이 이 시대의 질 높은 국민이다. 질 높은 국민은 다른 그 무엇보다 앞서는 중심국가의 요체라고 생각한다.

질 높은 국민이란 바로 성숙한 민주시민일 것이다. 민주시민은 자기 자신이 타율적인 존재임을 거부한다. 그 반면 모든 것에 책임 있게 행동하며 사고한다. 시민은 억압과 독재에 대한 저항, 자존과 계몽의 과정을 거쳐 태어난 역사적 존재이다. 이 역사적 존재인 시민의 자존과 창발성, 적극성, 책임감이 중심국가의 문을 여는 열쇠가 된다. 독재에 길들여진 사람한테는 민주시민에게서 발견되는 정직과 용기, 창발성과 자존심을 찾아볼 수 없다. 자기 스스로를 존중하지 않고는 남을 존중할 수 없으며, 자존의 마음이 없는 사람은 감시의 눈길만 없다면 언제든지, 그리고 무엇이든지 도둑질할 준비를 한다. 이런 사람들은 생각과 행동에서 홀로서기를 겁내며 지역감정 같은 고리를 만들어 파당을 지으려고 한다. 그들의 주요 관심사 또한 무엇이 옳고 그르냐보다는 누가 이기고 지느냐의 파워 게임에 집중된다. 도덕적 정당함과 관계없이 이길 승산이 보이는 자 주변으로 쥐떼처럼 몰려드는데 이런 사회는 이전의 식민지 사회에 머물러 있는 것과 같다. 이런 사회구조 아래에서는 중심국가가 열리지 않는다.

'중심'으로 가는 길

집에 사람이 찾아오지 않으면 그 집은 중심은 말할 것도 없고 변방에 머무는 것조차 어렵다. 사람 사는 집에 사람이 찾아오지 않는다면 다 그럴 만한 까닭이 있는 것이다. 사람에 따라 사정은 다르겠지만 그 집에 가봐야 별볼일이 없다든가 별볼일은 있을지 모르나 아예 꼴보기 싫다는 생각이 사람의 발길을 끊게 하는 이유일 것이다. 사람이 찾아오지 않으면 새 사조도 들어오지 않고 새 정보와 돈도 들어오지 않는다. 그래서 시대에 뒤진 고루함이 쌓이고 이 고루함이 낙후를 낳게 되며, 낙후가 다시 고루함을 낳는 악순환이 생겨나 점점 중심에서 멀어진다.

집에 사람의 발길이 끊기는 것은 사람을 끌어당기는 매력을 상실했기 때문일 것이다. 어떻게 하면 매력 포인트를 상실할 수 있나? 무엇보다 먼저 정색을 하고 망자존대(妄自尊大)의 허장성세를 며칠만 계속하면 된다. 또한 외부인에 대해 의심부터 하면 된다. 의심이 경계심이 되고 경계심이 적대감으로 표출되면 우리가 남을 배척하기 전에 남이 먼저 우리를 배척할 것이다. 이렇게 하면 우리를 찾는 외부인의 발길을 끊을 수 있고, 중심이 아니라 변방에서 우리끼리 밤낮으로 싸움질을 하다가 남의 종살이 신세로 전락할 수 있을 것이다. 그러나 이것만으로는 부족하다. 이 땅에 사는 사람들의 마음과 행동이 거칠고 천박하여 낯선 사람을 대하는 태도가 고압적이면 고압적일수록 좋다. 또 뒷돈을 주지 않으면 되는 일이 하나도 없도록 해야 한다. 이렇게 하면 중심에서 스스로 멀어지게 된다.

대단하지도 않은 돈과 힘 자랑으로는 사람의 마음을 살 수가 없다. 사람의 마음을 사지 않고도 우리가 동북아의 중심국가가 될 수 있다고 생각한다면 문자 그대로 그것은 생각의 자유일 따름이다. 힘의 과시와 돈 자랑은 매력 포인트라기보다 오히려 혐오 포인트로 작용하기 쉽다. 자존심에 상처를 주면 상처받은 자들은 더욱 단결한다. 돈과 힘의 과시가 아닌 진정한 인간애의 매력 포인트를 높여야 하는 것이다. 이것이 중심으로 가는 길이다.

그리고 또 공격성이 있다. 우리의 지난 시절이 그랬던 것처럼 공격성은 때로 압축성장의 원동력이 되기도 한다. 그래서 이를 조장해왔으나 일정 단계를 지나면 도리어 발전에 방해가 된다. 우리는 평화를 사랑하는 민족이라고 하지만, 과거에는 그랬는지 모르나 지금은 아니다. 겉으로는 평화를 이야기하나 속으로는 평화를 우습게 알고 평화에 냉소를 보내고 있다. 경쟁을 하더라도 공격적으로 남을 앞지르려고 한다. 우리의 공격성은 인간관계에만 그치지 않는다. 자연을 공격해서 파괴하는 동시에 우리의 심성도 파괴하고 있다. 평화와 사랑, 공존을 말하는 사람을 우습게 여기거나 불온시하고 강한 공격성을 보이는 사람을 오히려 애국자라 하고 있다.

이웃이든 자연이든 더불어 살아가야 할 존재가 아닌 공격과 정복의 대상으로 볼 따름이다. 공격성에 대한 찬양을 멈추고 평화의 힘에 대한 신뢰를 심는 데서 새 출발을 하지 않는 한 중심에 들어설 수가 없다. 우리가 추구하는 중심이 세계패권이 아니라면 말이다. 반문명에서 문명으로 나아가는 길이 중심으로 들어가는 길이다. 공격성을 강하게 드러내는 자를 누가 중심으로 삼고 싶어하겠는가?

어떻게 하면 중심국가의 요체인 건강하고 튼튼한 정신 인프라와 그 위에서 태어나는 질 높은 국민과 질 높은 공공 서비스, 질 높은 사회간접자본을 확보할 수 있나? 첫번째가 정치와 언론, 교육의 개혁이다. 정치는 창날과 같은 존재이다. 창날이 녹슬고 무딘 상태에서는 문화와 사회의 창자루를 아무리 갈아끼워도 창이 제 역할을 하지 못하고 창이 제 역할을 하지 못하는 한 중심국가는 없다. 그리고 정치가 개혁되어야 국가가 개혁될 수 있다. 그런데 지금 우리의 정치 지도자라는 사람들은 무엇을 하고 있나?

모로 가도 서울만 가면 그만이고 꿩 잡는 것이 매이고, 눈앞에 보이는 것을 먼저 삼키는 자가 임자라 한다. 사회정의가 어떻고 기회평등이 어떻고 하는 자들에게는 억울하면 출세하라고 한다. 모로 가도 서울만 가면 그만이기 위해서는 무엇보다 먼저 원칙에 얽매이지 않고 유연해야 한다. 이때의 유연함은 페어플레이를 우습게 아는 뻔뻔함과 약삭빠름이다. 여기서는 이 말을 하고, 저기서는 저 말을 하며, 어제 한 말을 오늘 뒤집는다고 하더라도 꿩 잡는 것이 매이기 때문에 하등 문제 될 것이 없다. 꿩만 잡으면 그것을 어떻게 잡았든 간에 잡은 자에게는 무한한 찬사가 뒤따른다. 뻔뻔함과 약삭빠름은 지금 이 순간에도 이 땅에 넘쳐흐르고 있다. 정당의 '국민 대표성'이라는 것도 필요없고, 당의 이념이나 정강정책, 유권자의 의사도 개의할 것이 못 된다. 모든 것이 사적 소유물이다. 어제 국민에게 무엇을 약속했건 상관없고 또 상관도 하지 말라면서 국민주권의 민주주의 원칙에 등을 돌리라는 배신의 가르침이 어지럽게 춤을 추고 있다.

이렇게 해서 철새 정치인이 태어나고, 단기이익을 추구하는 극단적인 현실타협과 현실안주의 약삭빠름이, 원칙을 지키고자 하는 용기있는 정신과 자존의 마음을 압살하고 있다. 이런 속에서는 역사발전의 장기 비전을 갖고 나라와 사회발전을 위해 일하고자 하는 자기헌신이 조롱거리가 되기 십상이다. 단기이익을 추구하는 뻔뻔함과 약삭빠름, 무원칙의 현실타협이 현실정치의 이름으로 유행처럼 번지고 있고, 위로부터의 이 유행이 전국민적으로 확산되고 있다. 이런 사회는 이미 부끄러움을 잃은 몰염치의 사회이다. 염치를 잃은 사회는 만인이 만인을 우습게 아는 냉소주의의 날라리 사회이다. 몰염치와 날라리 사회 속에서 정치부패가 자리를 잡는다. 부패와 비리에 엘리트들이 침묵하고 국민들은 자기 운명의 주인이 되지 못한 채 무기력과 냉소주의에 빠져 있는 나라가 역사의 중심에 진입한 전례는 없다.

정치부패 네트워크의 해체 없이는 국가개혁은 말할 것도 없고 사회개혁과 국민의식개혁도 이뤄지지 않을 것이며, 따라서 건강하고 튼튼한 정신 인프라가 이 땅에 깔리지 않을 것이다. 건강하고 튼튼한 정신 인프라 없이 동북아의 중심이 될 수는 없다.

그러나 우리는 승리의 역사를 거듭하고 있다. 국민이 긴 잠에서 깨어나 부패 엘리트들을 압박하고 스스로 정보와 지식의 공급체제를 갖춘다면 난공불락일 것 같은 부패의 요새도 결국은 함락될 것이며 우리 앞에 동북아 중심의 새 지평이 열릴 것이다. 이것이 우리의 21세기 국가 비전이다.

국민은 동원의 대상이 아니라 새 역사 창조를 위한 참여의 주체이다. 주체인 국민의 에너지가 폭발한다면 이루지 못할 일이 없다. 우리의 생활태도를 바꾸고 우리의 교육과 언론을 바꾸며, 우리의 정치를 바꾸고 민주주의를 발전시켜 우리의 미래를 바꾸어야 한다. 집안 당파싸움으로 밤낮을 보내는 주변부에서 세계사의 중심부로 이제는 진입을 해야 할 때이다.

피동과 분열의 20세기와 결별하고, 능동과 통합의 새 역사의 장을 열어야 한다. 국민의 질과 인프라와 공공 서비스의 질을 높여 우리의 경쟁력을 강화하고 공격성 대신 평화의 메시지를 끊임없이 발하는 것이야말로 동북아 중심으로 나아가는 길일 것이다.

진보에는 나이가 없다

지은이 | 최병권

1판 1쇄 발행일 2003년 10월 6일
1판 1쇄 발행부수 3,000부 총 3,000부 발행

발행인 | 김학원
기획 | 이재민 선완규 한상준 박재호 김이선
디자인 | 이준용 김준희
마케팅 | 이상용
저자 · 독자 서비스 | 인현주(ihj2001@hmcv.com)
조판 | 홍영사
본문 · 표지 출력 | 희수 com.
용지 | 화인페이퍼
인쇄 | 청아문화사
제본 | 정민제본

발행처 | 휴머니스트
출판등록 제10-2135호(2001년 4월 18일)
주소 | 서울시 마포구 연남동 564-40호 121-869
전화 | 02-335-4422 팩스 | 02-334-3427
홈페이지 | www.hmcv.com

ⓒ 최병권, 2003

ISBN 89-89899-64-8 03810

만든 사람들

책임 기획 | 선완규(swk2001@hmcv.com)
책임 편집 | 선완규
책임 그래픽 | 김준희
책임 디자인 | 이준용